LE BON

MONSIEUR JOUVENCEL

Librairie E. DENTU, éditeur

Ouvrages de Tony Révillon

La Séparée, 1 vol	3 fr.
Les Convoitises, 1 vol.	3
La Bourgeoise pervertie, 1 vol . . .	3
Le Faubourg Saint-Germain, 1 vol. . .	2

Saint-Amand (Cher). — Imp. de Destenay.

LE BON
MONSIEUR JOUVENCEL

PAR

TONY RÉVILLON

E. DENTU, ÉDITEUR

LIBRAIRE DE LA SOCIÉTÉ DES GENS DE LETTRES

PALAIS-ROYAL, 15, 17, 19, GALERIE D'ORLÉANS

1877

LE BON

MONSIEUR JOUVENCEL

I

Le pays est le plus joli des pays. Il est de ceux
qu'en les traversant le voyageur souhaite habiter.
Au pied de collines chargées de ceps, couronnées
de loin en loin par des bouquets de chênes, l'Yonne,
parmi les prés, se tord comme un serpent. Ici, sur
une crête en friche, un castel ruiné ; là, ceint d'arbres et de jardins, un village ; au delà, un horizon
que le lointain rend féerique, d'un bleu pâle, sur
lequel les vitres d'une fenêtre ou les ardoises d'un
clocher frappées par le soleil se détachent comme
des points d'or.

1

La ville est la plus jolie des petites villes. Ses
maisons escaladent une colline brusquement ren-
flée, comme ferait un troupeau trop à l'étroit dans
la vallée. De la rivière, le regard les découvre
toutes ; elles sont bâties en pierres rouges, avec des
toits d'ardoise ou de pierres brunes. L'ancien château seigneurial, devenu l'hôtel de la sous-préfecture, couronne la ville. A l'entour, les églises
dressent les tours rondes ou carrées de leurs clo-
chers Le quai est planté de tilleuls et de marron-
niers. Sous les arbres du bord de l'eau, un peloton
de conscrits fait l'exercice du sabre sous le com-
mandement d'un vieux brigadier ; des cavaliers
en petite tenue conduisent des chevaux ; des enfants jouent aux billes ; des blanchisseuses, un panier sous le bras, s'arrêtent pour regarder les conscrits. Sur le trottoir, un officier passe, faisant sonner son sabre, puis un clerc, des papiers à la main.
Au bruit du sabre, des grisettes, qui cousent derrière une fenêtre, lèvent les yeux et regardent
sur le quai. Un char-à-bancs traverse le pont ro-
main bâti par les soldats de Jules César. Des pê-
cheurs jettent leurs filets. Des flâneurs accoudés sur
le parapet les contemplent curieusement. On
voudrait être marinier pour habiter l'un de ces
faubourgs qui mirent si coquettement dans l'eau
leurs petites maisons, philosophe péripatéticien
pour deviser sous cette allée de platanes qui monte,

en la tournant, la colline. Quel charme de tranquillité !

La rue est la plus jolie des rues de la ville. Elle est large, bordée de maisons dont la plus élevée a deux étages au-dessus du rez-de-chaussée, toutes habitées par leurs propriétaires et accompagnées d'une cour et d'un jardin. Elle va du château qui est en haut à la rivière qui est en bas, en tournant un peu, ce qui adoucit la pente et rompt l'uniformité. Les voitures y passent rarement. Pas de boutiques. De larges pavés, que recouvre à demi une mousse verdâtre. De temps en temps le bruit de la canne d'un promeneur. Sur le rebord des fenêtres, quelques chats dormant en rond.

La maison est la plus jolie des maisons de la rue. Aux fenêtres on voit des rideaux blancs comme la neige. La façade principale, tournée vers un jardin plein de fleurs, est recouverte d'un treillage vert auquel s'enlacent en grimpant des plantes variées. La cour est au midi; une cour, avec de grands pavés carrés, un vieux puits à armature de fer entortillée d'aristoloches et de vigne vierge, un hangar sous lequel picorent des poules, une écurie où une bonne jument tient compagnie à deux vaches à lait. Vous voyez tout cela d'ici. Entrons dans la maison. Le salon est garni d'un vieux meuble Louis XV en bois blanc recouvert de soie verte, à dessins de même couleur d'une nuance un peu plus foncée que le fond. Sur la cheminée, une horloge en écaille, à incrustations de cuivre doré. Une table de jeu, avec une boîte en acajou sur le couvercle de laquelle le mot *boston* est écrit en majuscules jaunes. Enfin, entre un guéridon en marbre gris sur lequel sont les journaux et la cheminée dans laquelle est le feu, juste à égale distance des deux, en face de la fenêtre égayée par une jardinière bien tenue, précédé d'un petit tabouret, — un fauteuil ! un maître-fauteuil, à dos bien haut, légèrement renversé vers le sommet, à oreilles bien larges et bien rembourrées, à bras bien longs et bien dodus ; au fond de ce fauteuil, un coussin ; un autre coussin appuyé au dossier. Heureux le mortel qui s'assiéra dans ce fauteuil ! Ses pieds n'auront qu'à s'étendre pour toucher les chenets en hiver, le tabouret en été ; sa main, sans effort, pourra atteindre les journaux sur la table ; la porte se trouve précisément derrière : nul vent ne pourra lui rappeler qu'il fait froid et que les rhumes sont de ce monde ; la fenêtre est en face, sur laquelle le soleil jouera pour égayer son regard. Que vois-je ! Les autres fauteuils et les autres chaises forment autour du maître-fauteuil un cercle d'amis. Leur attitude a je ne sais quoi de respectueux et pourtant d'empressé ; on dirait des courtisans, les courtisans d'un bon roi ! Passons dans la salle à man-

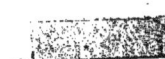

ger. Ce qui frappe tout d'abord le regard, c'est un
grand buffet en chêne, d'une ampleur et d'une pro-
preté flamandes, dont les rayons sont garnis de
plats en belle faïence ou en porcelaine, sur le fond
desquels sont peintes des fleurs ou représentés des
sujets riants. La table, couverte d'une nappe immaculée en toile d'un ton un peu roux, porte cinq couverts. Derrière un de ces couverts, adossé à la cheminée, est un maître-fauteuil, frère ou cousin ger-
main de celui du salon ; devant, dans un petit
panier oblong, repose une bouteille revêtue de la
poussière sacrée ; ailleurs, le vin rit dans de simples
carafes. Heureux encore celui qui, le dos au feu,
s'assiéra dans ce fauteuil et boira le vin exquis que
contient cette vieille bouteille ! La cuisine appartient à cet ordre de cuisines de province où l'on
pourrait faire cuire aisément le dîner d'un régiment.
Elle est grande, claire, avec une cheminée sous le
manteau de laquelle on se tient debout, un fourneau
à dessus de faïence blanc quadrillé de bleu, une
batterie étincelante de moules et de casseroles.
L'air qu'on respire là est chargé d'arômes, la fumée
y tamise le soleil, les sons qu'on y perçoit sont
joyeux ; rien qu'à passer le seuil de ce bon endroit,
on se sent faim.

A l'heure où commence ce récit, un homme va
et vient à travers la salle à manger, un homme
d'une cinquantaine d'années, avec de gros pieds,

de grosses mains, un gros corps, un gros nez, et
de gros yeux, dont l'un a l'air de regarder à droite
et l'autre à gauche, non que leur propriétaire lou-
che, ce n'est pas cela ; mais ces yeux sont si loin
du nez et si près des tempes, qu'ils semblent fuir le
visage et courir chacun après un objet différent ;
sauf ce détail pittoresque, la physionomie est bien
la plus ordinaire qui soit ; elle est même de celles
qui font dire de celui qui les possède : « Quelle
bonne bête ! » Les cheveux, coupés en brosse, font
paraître les oreilles un peu écartées, plus grandes.
Un tablier bleu en toile grossière, mais d'une pro-
preté irréprochable, à poche ouverte sur le ventre,
va du coup-de-pied au cou du domestique qu'il habille par devant ; par derrière on voit le dos en
molleton gris d'un gilet à manches de lustrine noire.
Un domestique, en province, est toujours un maître
Jacques, aux fonctions innombrables. En cherchant
dans la poche du gilet, vous trouveriez certainement
une serpette indiquant que celui-ci est jardinier,
une mèche de fouet indiquant qu'il est cocher ; il
met le couvert, donc il est valet d'office ; tout à
l'heure il venait de la cave, donc il est sommelier ;
le matin, il porte de l'eau chaude à son maître,
donc il est valet de chambre ; qu'un coup de sonnette retentisse, il ira ouvrir, donc il est concierge ;
il dira du visiteur : « C'est monsieur un tel, » donc
il est valet de pied. Mais il doit accomplir ces di-

verses fonctions avec cette consciencieuse maladresse chère aux bonnes gens, qui aiment à avoir
quelqu'un à gronder sous la main. A voir cette
grande taille, cette face ronde, ces bonnes pattes à
ongles carrés, ces joues rouges entourées d'un poil
rude rasé tous les dimanches, on devine que cet
homme doit passer sa vie à casser des assiettes et à
se dévouer à ses maîtres, content des autres, mécontent de soi ; qu'il doit beaucoup travailler,
beaucoup manger, peu boire, ne jamais convoiter
le bien d'autrui, et respecter la vertu de la cuisi-
nière.

Celle-ci, qui s'agite dans sa cuisine, offre avec
lui un contraste parfait. La Peloce est aussi petite
et aussi maigre que Jacquot est long et gros. Elle
est à peu près du même âge : cinquante ans. Ses
vêtements collants semblent faire partie de son individu ; la tête, prise dans un serre-tête qui cache
les cheveux, est toute ridée ; les manches courtes
de la robe étranglent les bras qui en sortent, dès le
coude, couleur de brique rouge noircie à la fumée.
Cette petite vieille, alerte, étriquée, fait des gestes
comme un pantin, roulant des yeux gris étroits aussi
brillants que les yeux tabac d'Espagne de Jacquot
sont ternes. Elle vous remue une casserole ou vous
fait danser une poêle pleines avec autant de sans
façon que si elles étaient vides. Elle va, vient, saute,
balaie, cuisine, ne s'assied jamais, dort à peine, et

parle sans cesse. L'autre a l'air bonasse ; celle-ci a l'air bon enfant. Ils s'éveillent à la même heure, quand le jour paraît ; mais elle a déjà allumé son fourneau, que lui n'a pas encore retiré son bonnet de coton. Elle ne fait pas que la cuisine, elle fait encore la lessive, donne à manger aux poules, va au marché, raccommode le linge de table, bouscule Jacquot, adresse aux chats des discours bien sentis, vante son maître à toute la ville, et rapporte chaque jour à la maison plus de nouvelles que n'en contiendrait un journal américain. On ne peut naître ni mourir à Joigny sans que la Peloce en soit instruite. De ceux qui naissent elle vous dira si c'est le pied ou la tête qui est sorti le premier, de ceux qui meurent si c'est la vieillesse ou la maladie qui les a emportés. Quant aux mariages, c'est sa spécialité. Elle entre à propos des mariages dans les détails les plus minutieux ; quelquefois il faut faire sortir les enfants, car elle dit tout, cette Peloce. C'est qu'elle sait tout, l'histoire du département comme les saints du calendrier : c'est aujourd'hui vendredi la Sainte-Opportune ; c'est aujourd'hui la Saint-Sylvestre :

> Que le bon saint garde vos chats de la toux
> Et vos poules du *petoux!*

Petoux veut dire renard en Bourgogne. La Peloce

sait tout cela. Mais là ne s'arrête pas l'universalité de ses connaissances. Elle sait encore tricoter des bas ; ne riez pas : c'est la première tricoteuse de bas du département de l'Yonne ; on irait même dans la Côte-d'Or sans trouver sa pareille ; on irait plus loin qu'on ne la trouverait pas encore, par cette raison bien simple, c'est qu'elle n'existe pas. Et son maître, et sa maîtresse, et leurs filles, et leur fils, et leur pupille, et Jacquot ne portent pas d'autres bas que ceux tricotés par elle ; et elle tricote tous ces bas debout, allant, venant, s'occupant de cent choses diverses, des aiguilles fichées comme des cornes dans son serre-tête. Elle en tricote de laine pour l'hiver, de fil pour l'été, de coton pour le printemps et l'automne, elle en tricote pour toutes les saisons et pour tous les temps. Et son maître, et sa maîtresse et tous les leurs peuvent mourir et laisser de nombreux héritiers ; ces héritiers marcheront encore, leur vie durant, dans les bas de la Peloce. Et Jacquot, qui ne s'est pas reproduit, léguera des grosses de bas à ses nièces et à ses neveux. Quelle tricoteuse que cette Peloce, et quel trésor pour une maison ! Ce n'est pas elle qui servirait des va-nu-pieds !

La voilà qui fait irruption dans la salle à manger :

— Là ! notre bon monsieur va rentrer et rien n'est prêt. Ah ! si ! Le couvert est mis, c'est bien heureux ! Cinq heures moins le quart ! Voyons, voyons ! Tiens ! des fourchettes en croix ! Imbécile ! Tu sais bien que ça porte malheur ! Moi je ne le crois pas, monsieur non plus, ni personne ici, mais enfin il y a des gens qui se l'imaginent... Cette carafe est mal essuyée. Voilà comme on essuie ! Cette assiette est de travers. Il manque un couteau ici. Qu'est-ce que tu ferais donc si je n'étais pas là ? Ah çà ! j'espère qu'aujourd'hui tu ne casseras rien. Et le fauteuil de notre bon monsieur ? Et son petit banc ? C'est heureux que tu y aies pensé. Il aime à reposer ses pieds, le cher homme'! Quand il s'agit de lui, il faut penser à tout. Il est si bon !

— Oh ! oui ! répond Jacquot.

Un coup de sonnette. Il se dirige vers la porte.

— Allons donc ! s'écrie la Peloce, tu n'arriverais jamais ! Tu le ferais attendre ! Laisse-moi !...

Et elle se précipite, bousculant Jacquot, qui la suit de loin.

— Reste ! reste ! crie-t-elle.

Mais il continue à la suivre. Ses deux yeux cette fois (une fois n'est pas coutume) sont fixés sur le même point : la porte de la rue par laquelle va rentrer son maître.

Au coup de sonnette, comme la Peloce courait et comme Jacquot marchait sur les traces de la Peloce,

quatre personnes s'acheminaient à travers le jardin
vers la salle à manger.

C'était d'abord un jeune homme de vingt-
quatre à vingt-cinq ans, donnant le bras à une
vieille dame ; deux jeunes filles venaient ensuite,
le bras de l'aînée passé autour de la taille de la cadette.

Le jeune homme était entièrement vêtu de noir ;
son pantalon sans sous-pieds laissait voir les cordons mal noués de ses souliers cirés avec soin. Il
avait une longe redingote, de celles qu'on nomme
lévites ; sa cravate, haute par derrière, roulée en
corde par devant, était nouée sans grâce ; il
tenait son chapeau à la main et laissait ainsi à découvert son front planté de cheveux châtains mal
taillés, courts sur les oreilles, longs sur la nuque et
plats ; le front était large, carré, bien coupé. Le
reste de la figure (était-ce simplement un effet
d'optique ?) paraissait pencher vers le bas, c'est-à-
dire que le regard des yeux bleus était tourné vers
les joues, que le nez allait s'inclinant vers la bouche, que la bouche souriait au menton, et que le
menton cherchait un asile dans la cravate. Assuré-
ment ce garçon n'était pas laid, au contraire ; mais
il était de ceux qui font dire aux mères de famille
dévotes : — Voilà un jeune homme bien comme
il faut ! et aux jeunes gens : — Quel échappé
de séminaire ! Un père de famille, à première vue,

l'eût laissé toute une journée en tête-à-tête avec sa
fille ; la fille se fût un peu moquée de lui. Il y
avait dans toute sa personne quelque chose d'in-
décis, d'indéterminé ; il se balançait en marchant.
Bref, c'était l'ébauche d'un homme. Il pouvait sentir, non rendre ; aimer, non le dire. De tels êtres
sont généralement le produit d'une éducation dure
développant une timidité naturelle, qu'un régime
affectueux eût au contraire combattue. Cependant on
paraît bienveillant pour lui, et la vieille dame qu'il
accompagne a pour lui des manières de mère à
fils.

Sa figure à elle est douce, calme, reposée. Ses
cheveux gris séparés en bandeaux disparaissent
par derrière sous un bonnet garni de rubans lilas.
Le visage est plein, régulier, doucement coloré,
éclairé par de beaux yeux noirs dont l'expression
est la bonté, non sans une nuance d'extase, d'admiration. Ce regard doit se tourner parfois avec passion, vers qui ? Dieu ? un mari ? un enfant ? tous les
trois peut-être.

Des deux jeunes filles, l'une, la plus grande,
l'aînée, est le vivant portrait de sa mère, avec
vingt ans de moins bien entendu ; les cheveux
gris sont là de beaux cheveux noirs, et une rose
remplace le bonnet. De jolies fossettes rient au
bas des joues et mettent de la gaieté dans le visage
sérieux et doux. Un ensemble de future honnête

femme, bonne ménagère, maîtresse de maison
gracieuse, aimant bien son mari, élevant bien ses
enfants.

L'autre était toute mignonne, avec une tête de
la plus capricieuse beauté. La lèvre inférieure
s'avançait avec une petite moue constante qui laissait à découvert des dents de nacre, petites, aiguës,
un peu séparées les unes des autres ; cette bouche
aurait été dédaigneuse, même méchante, si un rire
argentin ne s'en était constamment échappé. Le
nez fin était tourmenté vers le bout ; les narines
roses, transparentes, légèrement relevées, re-
muaient sans cesse. Les yeux étaient noirs, longs,
étroits ; les sourcils, châtains, allaient jusqu'aux
tempes. Le front, creux vers le milieu, se relevait
vers le haut en deux petites bosses comme celui
d'une faunesse. Le teint était d'une blancheur
mate ; les cils mettaient des ombres aux joues lorsque les paupières s'abaissaient sur les yeux, ce qui
à vrai dire n'arrivait que rarement : l'enfant avait
dix-sept ans et regardait droit avec la mutinerie de
l'innocence. Ce qui donnait peut-être le plus d'ori-
ginalité à cette tête, c'était une forêt de cheveux,
droit plantés, épais et crépus comme ceux d'une né-
gresse et blonds comme ceux d'une Polonaise, d'un
blond dont la coloration variait à chaque instant,
passant, au gré de la lumière, du rouge au cendré.
Une petite raie les séparait, qu'une arête empêchait

d'arriver jusqu'au front ; un immense peigne les
retenait à peine ; et, çà et là, quelques-uns échap-
pés voltigeaient pareils à des fils d'or. Ajouter
à cet ensemble le joli nom de Victoria. La sœur se
nommait Marguerite ; le jeune homme portait le
nom peu poétique de Jean-Marie, et la vieille dame
celui justement respecté de madame Jouvencel.
Un instant auparavant, tous quatre guettaient,
par-dessus le petit mur à hauteur d'appui qui
sépare le jardin de la rue, la venue de leur mari,
de leur père, de leur tuteur, — le bon monsieur
Jouvencel.

Lui, cependant, après une promenade dans le
plus joli des pays, venait de traverser la plus
jolie des villes et d'entrer dans la plus jolie des
rues.

Dans la campagne, le soleil occidental avait mis
une auréole au chapeau à larges bords du bon
monsieur. Lorsqu'il avait passé le pont, la rivière
avec son doux murmure lui avait dit : Bon appétit.
Dans les rues, les gens, sur le pas de leurs portes,
l'avaient salué d'un bonsoir sympathique. Il avait
vu par-dessus les murs du jardin les têtes de ceux
qui l'aimaient ; le regard de sa femme s'était levé
sur lui ; sur lui, le regard de Jean-Marie s'était
baissé ; Marguerite avait agité la main en signe
d'accueil, et Victoria avait sauté comme un cabri.
Maintenant il franchit le seuil : — Le voilà ! le voi-

là! crie la Peloce bruyante. Jacquot, respectueux, s'épanouit sur son passage. La campagne, le soleil, l'eau, ses concitoyens, ses parents, ses serviteurs, tout le fête. Qu'il est heureux! Mais aussi comme il mérite son bonheur, et qui donc oserait en être jaloux! Est-il dans tout le département, dans toute la France, dans tout le monde entier, un homme plus vertueux, plus intègre, plus grave, plus majestueux et plus doux! un que la calomnie ait plus respecté! un auquel la fortune ait plus souri! un qui sache avec plus de modération jouir des biens de la terre! Et qui ne remercierait la divine Providence comblant de ses dons ce juste, digne de servir d'exemple au reste des mortels!

II

Le bon monsieur Jouvencel avait alors soixante-cinq ans. De belles boucles de cheveux blancs, semblables à des flocons de neige, encadraient harmonieusement son front et s'agitaient à l'entour du bonnet de soie noire qui recouvrait le sommet de son crâne vénéré. Sous des sourcils également de neige roulaient deux bons gros yeux de couleur jaune, non du jaune clair de l'or, mais d'un jaune sombre qui rayonnait à l'égal du noir. L'ovale du visage était plein ; le nez bourbonnien avait une noblesse souveraine ; nul sillon de tabac ne salissait la lèvre bien rasée ; le menton épais renflait en avant comme celui de Napoléon, sans que sa courbe trop marquée imitât celle du menton de Polichinelle. On devinait les muscles du mollet sous le pantalon de casimir noir, demi-collant, à petit pont ; le gilet de soie broché, noir sur noir, descendait bas sur un abdomen bien arrondi. La taille était moyenne, mais la longue redingote du bon monsieur, non moins que la façon digne dont il portait la tête sur sa cravate blanche empesée, le faisait paraître grand. Ce qu'il faut renoncer à rendre, c'était la bonhomie mélangée de majesté qui se dégageait de tout l'individu ; c'était la sérénité empreinte sur cette face soigneusement rasée chaque matin et doucement colorée par un sang pur ! Les mains, courtes et grasses, avaient de petites fossettes à la naissance des doigts. Une belle bague chevalière ornait l'index de la main gauche. Ces mains blanches, grasses, bien soignées, semblaient devoir bénir ; et l'idée de lui demander sa bénédiction ne devait-elle pas venir à l'aspect de tout cet homme ?

Il avait été longtemps avoué à Joigny ; mais il avait refusé avec soin la plupart des causes qu'on l'avait prié de soutenir, et négligé non moins soigneusement celles dont par hasard il s'était chargé. Sans doute il craignait que ces causes ne fussent mauvaises, et il s'abstenait dans la crainte louable d'aider au triomphe de l'injustice. Ses confrères lui rendaient justice. Jamais il ne vint à l'esprit d'aucun d'eux la pensée de le taxer d'incapacité ou de paresse ; bien loin de là, ils vivaient avec lui dans les meilleurs termes. Eux, faisaient leur fortune au

2

palais ; lui n'avait pas besoin de faire la sienne,
ayant épousé de bonne heure une femme riche. S'il
n'avait pas épousé celle-là, il en aurait épousé une
autre non moins riche, tant, le voyant doux, poli et
jeune homme de bien, les mères de Joigny se dis-
putaient à qui l'aurait pour gendre. De son mariage, le bon monsieur Jouvencel avait eu un fils,
maintenant à Paris, où il travaille chez un agent de
change ; puis, à cinq ans d'intervalle, une fille, mademoiselle Marguerite ; puis cinq ans après, une
autre fille, mademoiselle Victoria. — Madame Jouvencel ne se presse pas, mais elle se rattrape sur la
qualité ! disait le bonhomme en montrant complai-
samment les beaux enfants que lui donnait sa
femme. Depuis trois ans, la famille s'était accrue
d'un nouveau membre : le fils d'un frère de madame Jouvencel, dont le père et la mère étaient
morts, confiant leur enfant et sa fortune à la tendresse, à la probité du bon monsieur. L'enfant était
majeur, mais il était si heureux de vivre sous la tutelle du chef de cette famille devenue la sienne,
qu'il se serait gardé comme d'un crime de demander des comptes à son tuteur. Madame Jouvencel
parlait souvent de lui faire épouser l'une de ses
filles. — Attends qu'il me la demande ! répliquait
doucement son mari. Es-tu donc si pressée de me
séparer de mes enfants ? Et elle attendait. Jamais un
nuage ne s'était élevé entre les deux époux. Madame

disait « oui » à tous les désirs de monsieur ; monsieur ne disait jamais « non » aux désirs de madame.
Il est vrai que madame n'avait pas de désirs. Qu'au-
rait-elle désiré, avec un mari si parfait et des enfants si beaux? A ces enfants elle avait, dès leur
plus jeune âge, inspiré pour leur père une affection
pareille à un culte ; et, comme le dieu n'était jamais descendu de son autel, cette affection n'avait
fait que croître avec l'âge des fidèles. Femme, enfants, serviteurs, amis, concitoyens, tout le monde
vénérait le bon monsieur, et sa vie était là pour expliquer cette vénération. Mari, il n'avait jamais dit
à sa femme un mot qui passât l'autre, elle en aurait
témoigné devant les tribunaux. Père, il avait donné
à ses enfants le précepte et l'exemple des vertus.
Citoyen, il s'était dérobé avec un désintéressement
aussi rare que sublime aux dignités dont avait voulu
l'investir l'estime des autres citoyens. En 1825, il
avait refusé d'être juré , en 1830, il avait refusé d'ê-
tre chef de bataillon dans la garde nationale ; depuis
quarante ans, il refusait chaque année d'être maire,
et même conseiller municipal. En 1848, élu repré-
sentant malgré lui, il avait donné tout de suite sa
démission accompagnée de ces paroles mémora-
bles : « Nommez-en un plus digne ! » Mais s'il re-
poussait les titres et les honneurs, jamais il ne refusait un bon conseil ; et même, si sa fortune n'eût
pas été en terres, jamais il n'eût refusé un service

d'argent. Il plaçait les gages de ses domestiques de façon à leur faire rendre cinq pour cent, *plus dix sous*, d'intérêt. S'il rudoyait parfois Jacquot, il lui disait ensuite de si bonnes paroles, que, rien que pour les bonnes paroles, Jacquot aurait voulu être rudoyé tous les jours. Le bon monsieur faisait à son fils, à Paris, une pension de trois cents francs par mois. Trouvez beaucoup de pères qui fassent de pareilles pensions à leurs fils! Le bon monsieur était catholique ; il pratiquait, sans zèle outré, mais régulièrement. Il était plein de tolérance pour autrui. En quoi il excellait, c'était à administrer le bien de sa femme. Elle lui avait apporté quinze mille francs de rente ; eh bien, tout en élevant ses enfants, en tenant confortablement sa maison, en ne se refusant rien, le bon monsieur avait réussi à mettre cent mille francs de côté. Si sa fille aînée, à vingt-quatre ans, n'était pas encore mariée, c'est qu'aucun parti digne d'elle ne s'était présentée ; c'est encore qu'il aimait trop cette perle (sa fille!) pour s'en séparer aisément. Elle ressemblait tant à sa mère ; sa douce gravité contrastait si bien avec l'enjouement de sa sœur cadette ; toutes deux formaient un groupe si aimable à regarder! Quant à ce dadais de Jean-Marie, le bon monsieur s'occuperait de lui en son lieu, à son heure, plus tard. Rien ne pressait. A quoi sert de chercher le mieux, lorsqu'on a le bien? Jean-Marie avait cent mille francs : ce n'était pas une raison, parce qu'il les avait, de les risquer dans le commerce, ni d'aller, sous prétexte de profession libérale, gaspiller son temps, son argent et sa santé dans une école de droit ! Mieux valait rester auprès de son oncle, de sa tante et de ses cousines ; dans quelques années on verrait à prendre un parti. A quoi bon se tourmenter, quand on est heureux? Or, ils étaient tous heureux autour du bon monsieur Jouvencel. Et lui, aimé de tous, descendait doucement la vie.

III

Le bon monsieur Jouvencel tendit son chapeau. Jacquot s'ébranla pour s'élancer, afin de le saisir; mais plus prompte que l'antilope, la Peloce avait déjà essuyé ses mains à son tablier, franchi la distance et conquis le chapeau.

On se mit à table. Le bon monsieur avait sa femme à sa droite et son pupille à sa gauche ; celui-ci lui versait à boire ; la première lui prodiguait mille petits soins. En face étaient les deux jeunes filles, l'une poétiquement grave, l'autre poétiquement rieuse. Jacquot servait, et, à la fin de chaque plat, par la porte de la cuisine, apparaissait la Peloce anxieuse : — Monsieur a-t-il trouvé cela bon? Cette Peloce, d'habitude si décidée et qui parlait d'un ton si péremptoire, elle avait alors la voix et

l'attitude d'un suppliant ; il n'y avait d'égale à son
anxiété, en attendant la réponse de son maître, que
sa joie si cette réponse était propice (elle disait
alors : Notre bon monsieur que Dieu bénisse!), et
que sa douleur si elle ne l'était pas (elle montrait
alors à Jacquot son poing fermé et lui criait d'une
voix sourde : C'est ta faute aussi! ce qui le troublait fort).

M. Jouvencel acheva son potage.

— Eh bien, notre maître? dit la Peloce.

Le bon monsieur posa sa cuiller dans son assiette,
but lentement un demi-verre du nectar contenu
dans la vieille bouteille, et se renversa un peu contre le dos de son fauteuil.

La Peloce trépignait d'impatience.

— Votre potage, dit-il enfin, était bon.

— Très-bon ! dirent les deux filles à la fois.

— Excellent! dit madame Jouvencel.

— Parfait! murmura Jean-Marie.

L'œil gauche de Jacquot exprima la même pensée.

— Notre bon monsieur que Dieu bénisse! s'écria
la petite vieille qui disparut, enchantée.

Le dîner continua.

Il se composait d'un brochet court bouillonné,
avec une sauce aux câpres à donner de l'appétit
à un mourant, d'une poularde rôtie, de toutes pe-

tites pommes de terre nouvelles aux tons dorés,
d'une fraîche salade, d'une omelette au sucre (le
bon monsieur aimait les douceurs), et de belles
fraises des bois servies sur des feuilles d'un vert
sombre. Tout fut trouvé bon, très-bon, excellent,
parfait, par les voix réunies des maîtres et le regard du serviteur. La Peloce, dans la cuisine, dan-
sait un rigodon.

Le bon monsieur (que Dieu bénisse !) aspira
longuement une prise d'excellent tabac puisée
dans une boîte de platine (c'est dans les boîtes de
platine que le tabac se conserve le mieux), il se
renversa dans son fauteuil, tout à fait, et tendit
son verre à Jean-Marie. Sa femme s'était levée et
avait disparu comme une ombre ; sa fille aînée
lui souriait, et sa fille cadette riait aux éclats d'une
maladresse de Jacquot. Le soleil horizontal, passant par les intervalles des rideaux, rayait la nappe
de petites bandes rouges et faisait étinceler le vin
dans les carafes et dans les verres. Le bon monsieur
prit le sien et le but à petits coups, les yeux à demi-
fermés, parmi les rayons et les rires. Il ferma tout
à fait les yeux, se recueillit, béat, les rouvrit, et se
tournant vers sa fille cadette :

— Viens, mon petit feu follet, viens m'embrasser ?
dit-il.

La jeune fille arriva, en sautant, et posa avec
bruit ses lèvres fraîches sur le front uni du vieillard.

Jean-Marie, cessant enfin de contempler les fleurs de son assiette, la dévorait des yeux.

— Voulez-vous prendre mon bras, papa? dit Marguerite qui s'était approchée à son tour.

On passa au salon.

La Peloce se tenait d'un côté de la porte, une cafetière à la main, Jacquot de l'autre, avec un plateau et des tasses.

— Notre bon monsieur! disaient la voix de la première et les yeux du second.

Madame Jouvencel était déjà dans le salon, ayant disposé suivant les us les coussins du maître-fauteuil. Lorsque son mari s'y fut étendu doucement, elle poussa sous ses pieds le petit tabouret.

— Es-tu bien?

Un regard, une pression de main furent sa récompense.

Jacquot, cependant, avait posé le plateau. Jean-Marie vint présenter une tasse à son oncle, il en tendit une autre à sa tante. Ce fut Marguerite qui prit la cafetière des mains de la Peloce : elle avait les mouvements calmes, à elle de verser le café. Victoria, qui l'aurait répandu sur les doigts des gens, avait la mission secondaire d'offrir le sucre. Jean-Marie, en extase, un peu à l'écart, la contemplait, buvant trop chaud, sans y faire attention. Madame Jouvencel soufflait sur sa tasse pour en refroidir le contenu, comme elle eût soufflé sur ses doigts pour les réchauffer, machinalement, regardant son mari. La Peloce attendait le résultat de la dégustation. Les deux jeunes filles, assises sur les bras du fauteuil, trempaient chacune un morceau de sucre dans la tasse de leur père. Lui, les yeux fixés sur elles, dégustait lentement le Moka mélangé de Martinique et de Bourbon.

— Le café est bon ! dit-il enfin.

— Mon père, répéta Marguerite, a dit que le café était très-bon.

— Très-bon ! appuya Victoria, en souriant à la Peloce.

— Il est excellent ! dit madame Jouvencel.

— Exquis ! fit Jean-Marie, dans un soupir.

— Notre bon monsieur que Dieu bénisse !

Victoria alla prendre un petit verre et Marguerite un carafon de vieux cognac ; toutes deux revinrent au fauteuil. La Peloce, ivre de joie, poussait Jacquot, la cafetière dans le dos, en lui disant :

— Viens dîner, imbécile !

Le bon monsieur Jouvencel vida son petit verre.

Un coup de sonnette retentit.

— Oh ! oh ! dit-il, voilà mon ami Ducrot.

Jean-Marie alla prendre la table de jeu à bras tendus et l'apporta près de son oncle ; Marguerite disposa les jetons ; Victoria fit sauter l'enveloppe

d'un jeu de cartes ; madame Jouvencel remonta
la lampe sur la cheminée et alluma deux bougies
sur la table de boston.

La porte du salon s'ouvrit.

— Ce n'est que Jacquot ! s'écria Victoria.

— Eh bien, qu'est-ce que tu veux ? dit M. Jouvencel au valet.

La Peloce, le poussant et passant devant lui, répondit avec empressement :

— Je vas vous le dire, moi, notre maître. C'est
M. Ducrot qui ne viendra pas ce soir, rapport à ce
que sa femme est malade et qu'il reste auprès
d'elle.

— Ducrot ne viendra pas ! s'écria le bon monsieur.
Quel malheur !

La foudre était tombée dans le salon. Tous avaient
un air consterné.

— Qui est-ce qui fera le quatrième au boston !
soupira le patriarche d'une voix dolente.

Ils se regardèrent. Jean-Marie devint très-
rouge.

On sonna de nouveau. Un silence de mort se mit
à régner, qui fut tout à coup interrompu par un
grand bruit au dehors.

— C'est nous ! c'est nous ! disait une voix pleine,
nous, le docteur Boussin !

Une grande femme fit irruption, qui marchait en
faisant de grands pas et parlait en faisant de grands

gestes. Deux grandes anglaises d'un blond cendré
se balançaient de chaque côté de son visage, l'une
allant en avant, l'autre en arrière ; par-dessus dan-
sait un chapeau de paille avec un grand voile vert
posé à la diable ; la figure longue, maigre. colorée,
respirait la bonne humeur.

— Voici mon mari ; il n'est pas plus bruyant qu'à
l'ordinaire, et mon frère que je vous présente. Il
arrive de Paris. Léopold Bety, étudiant. Il étudie
depuis cinq ans ; il en doit savoir long. Je vous en-
gage à tomber malade, pendant qu'il est ici. Bonsoir, mon bon monsieur. Chère amie, comment
vous portez-vous ? Toujours gaies mes petits anges !
Et vous, jeune homme immaculé, toujours timide !
Je vous amène un compagnon qui vous dégourdira,
Vous allez faire connaissance. Entre jeunes gens,
c'est vite fait...

— Eh ! eh ! eh ! c'est cette madame Boussin ! dit
le bon monsieur en souriant. Quelles nouvelles ?

— Ah ! oui, au fait quelles nouvelles ? Votre ami
Ducrot ne viendra pas. Sa femme est très-mal. Mon
mari l'a vue. Il craint pour elle. Voilà un malheur
auquel on ne se serait pas attendu. Qu'est-ce qu'elle
avait, madame Ducrot ? Cinquante ans. Avait-elle
cinquante ans ? C'est tout au plus ! Il n'y a qu'une
bonne femme pour s'en aller sitôt. Les mauvaises
restent pour faire enrager leurs maris. Regardez
madame Montbarbon ! Elle a soixante ans passés,

mais elle tient bon, celle-là ! Je crois bien. Elle est
bavarde, taquine, inconséquente, emportée, et d'une
coquetterie !... Pauvre Ducrot ! Voilà qui va faire un
vide dans sa vie. Après ça, les hommes se consolent
si vite. Si je partais, je suis sûre que Boussin ne
s'en apercevrait seulement pas. Hein ! t'en aperce-
vrais-tu ? C'est à toi que je parle.

— Non, chère amie.

On éclata de rire.

— Sais-tu ce que je te demande !

— Non, chère amie.

— Là ! vous l'entendez ! trouvez-m'en un plus
distrait ! L'autre jour n'a-t-il pas trempé son couteau dans son verre, croyant que c'était la salière ?
C'est comme une autre fois : Il avait quelque chose
à prendre au grenier ; c'était le soir ; il y monte,
une bouteille à la main. Il croyait tenir un chande-
lier. C'est trop fort ! Heureusement que je veille sur
lui. Tu entends ? Je veille sur toi !

— Oui, chère amie.

— Il a entendu !

Oui, chère amie était un homme de petite taille
qui avait l'air d'avoir passé les deux tiers de son
existence dans une boîte, tant sa tête était immobile, tant ses bras étaient collés au corps, tant il
était carré de haut en bas.

Le bon monsieur s'était recueilli.

— Demain, dit-il, j'irai voir Ducrot.

— Tu es bien sensible, mon ami, dit madame Jouvencel ; ce spectacle te fera mal.

— N'importe, j'irai ! répondit-il.

J'irai ! Tous les regards lui dirent : Vous êtes sublime. Le silence régna dans l'assemblée.

— Ce pauvre Ducrot ! reprit le bonhomme. Nous ne sommes que trois pour le boston ! Adieu notre partie !

— Tiens ! c'est vrai, fit madame Boussin. Aussi, mon mari n'est bon à rien. Quand je dis à rien, c'est une façon de parler. Il n'y a pas dans tout le pays un médecin comme lui. Levé dès six heures, le matin, à peine s'il a le temps de prendre ses repas. Pendant la nuit même, on le dérange sans cesse. Dig, din, don ! Et allez donc ! A ta place je n'irais pas ! lui dis-je. Mais je t'en souhaite ! Il est de fer. Quand je dis : de fer, ce n'est pas pour moi. Moi, j'en fais ce que je veux, n'est-ce pas ? C'est à toi que je parle, m'entends-tu ?

— Oui, chère amie.

Oui, chère amie, en ce moment, scrutait des yeux le parquet ; on l'eût dit en quête d'une épingle.

— Léopold !

— Ma sœur ?

— Sais-tu jouer le boston ?

— Non !

— J'en étais sûre. Les jeunes gens ne savent plus

rien faire, aujourd'hui. Quand je dis rien, je me trompe : ils savent faire des dettes ; ils savent aussi faire la cour aux demoiselles. Quand je dis faire la cour, ce n'est pas pour vous que je parle (elle se tourna vers Jean-Marie). Vous êtes bien trop bête du bon Dieu pour cela. Mais mon frère va vous dégourdir. Il vous apprendra... Ne craignez rien, ma chère amie ; je sais ce que c'est que des jeunes filles, et il n'y a pas de danger que devant elles !... Mais que faire pour tuer le temps? Il faut bien causer un peu, quand on ne joue pas.

— Je suis contrarié, dit le patriarche; j'ai l'habitude de faire ma partie.

Tous les visages prirent l'expression de la douleur excepté celui de Léopold, qui, tourné vers mademoiselle Marguerite, exprimait un autre sentiment, et celui de Jean-Marie, sur lequel se lisait une secrète joie.

Tout à coup, il s'avança vers sa tante, et, à son oreille, bien bas :

— Je crois, lui dit-il, que je sais le boston.

— Toi! mon ami. Nous sommes sauvés. Il sait le boston ! cria la bonne dame.

— Lui! fit M. Jouvencel.

— Oui, mon oncle, j'ai regardé jouer bien souvent, et... je crois... que...

La figure du vieillard s'illumina ; toutes les figures s'illuminèrent.

— Tiens! tiens! tiens! dit cette madame Boussin.
Vous cachiez donc votre jeu? Je ne vous croyais pas
si roué. Agneau pascal, va! Remontez la lampe!
Vous savez sans doute remonter les lampes, monsieur qui savez tout. Moi, je vais battre les cartes;
ça vaut mieux que de battre son mari. Quand je
dis: ça vaut mieux, ce n'est pas qu'on ne serait
quelquefois tenté de secouer ce terme. Voyez, s'il
bouge. On dirait qu'il cherche quelque chose. Ah
bien! oui. Il ne cherche rien du tout. Quel original!
Vous êtes avec moi, jeune homme. Allons! décidément vous n'êtes pas si bête que vous en avez
l'air.

Le bon monsieur souriait. Jean-Marie était radieux. Le boston commença.

Léopold s'approcha des deux jeunes filles, plus
près de l'aînée que de la cadette.

Le docteur, désespérant sans doute de trouver
l'épingle qu'il cherchait depuis qu'il était arrivé,
alla près de la fenêtre, où il s'amusa à aplatir son
nez contre la vitre, variant cet amusement par un
autre qui consistait à écrire, dans l'air avec son
doigt.

IV

Villevallier est un village situé à quelques lieues
de Joigny, au nord. Ses maisons escaladent une
petite colline, l'Yonne coule au bas, la forêt d'Othe
commence au-dessus. De l'eau et des arbres, la vraie
campagne. Sur la rivière, un pont de bois peint en
vert ; au bout du pont, une prairie avec une multi-
tude de saules et de peupliers, de loin on dirait un
petit bois. La prairie est humide, verte, pleine de
marguerites roses et d'hyacinthes d'un bleu pâle.
Près de l'eau les scieurs de long ont empilé des
pièces de bois ; l'herbe, comprimée sous les piles,
se relève et a l'air de pousser plus dru à l'entour ;
des canards par bandes, quelques pigeons qui vont
du pont aux toits et reviennent des toits aux planches
amoncelées. Le regard fatigué de les suivre se fixe

3

sur l'Yonne; d'un côté, un immense horizon l'é-
blouit, le soleil rayonne dans l'étendue; d'un autre,
la lisière noire d'un bois l'arrête, l'ombre y fait la
nuit. Cependant le promeneur, entre cette ombre et
ce soleil, goûte sous les saules la fraîcheur tempé-
rée, chère aux bergers de Virgile.

C'est là un de ces coins faits à souhait pour le
plaisir des gens qui rêvent et des amoureux.

Appartient-il donc à l'une de ces deux catégories
le jeune médecin qui, quinze jours après la partie
de boston dont le salon de M. Jouvencel a été le
théâtre, entre d'un pas rapide sous la saulée? Vient-
il là pour murmurer un nom de femme, ou pour
chercher le mot d'un problème, ou simplement pour
se mettre à l'ombre? Pour un homme qui craint la
chaleur, son pas est bien rapide et ses gestes sont
bien précipités. Le voilà qui s'arrête, enfin! Non, il
reprend sa course. Holà! il parle tout seul. Marguerites qu'il foule, entendez-vous?

Nous entendons.

« On calomnie la province. Quoi de plus char-
mant que la vie qu'on y mène! quoi de plus confortable! quoi de plus poétique!

« Ses yeux noirs (les yeux de la province?) sont
doux et brillants comme du velours!

« Quel plaisir de partir dès l'aube au trot de ma
jument, et d'aller, de maison en maison, retrouvant à chaque pli de terrain l'Yonne, pareille à un

ruban doré! Quel plaisir encore de revenir le soir,
quand la lune répète jusqu'au plus profond de l'eau
son arc d'argent qui tremble. Combien ses lueurs
sont plus propices à l'esprit que celles qui tombent
des réverbères des quais! Comparez donc le roule-
ment des omnibus aux harmonies des champs et
des bois! Oh! la belle, l'éternelle nature!

« Elle a l'air (la nature?) d'une ce ces jolies mé-
nagères flamandes des tableaux de Micris qui, du
seuil de leur porte, envoient au voyageur un sourire de bienvenue. Quelque pressé qu'il soit, le
voyageur a toujours envie de s'arrêter : quel but,
en effet, vaudrait ce sourire? »

Marguerite de Villevallier, est-ce tout?

C'est tout. Non, cependant, il ajoute un mot, un
seul; mais il parle si bas que nous n'entendons
plus.

Un seul mot, dites-vous? Sans doute un nom?

Un nom peut-être, nous n'entendons pas. Attendez! Il le redit ce nom, il le redit encore. Ah! c'est
notre nom.

Marguerite?...

— Maladroit!

Léopold venait de se heurter contre un promeneur qui arrivait en sens inverse.

— Pardon, monsieur, je ne... Ah!

— Tiens! c'est vous!

« C'est vous » n'était autre que notre Jean-Marie

qui s'en allait aussi par là, ahuri, la tête baissée, comptant les brins d'herbe, comme Léopold scrutait l horizon, c'est-à-dire demandant à la prairie, comme l'autre aux collines opposées, le mot de son rêve. Il ne parlait pas, lui, même aux arbres, même au vent, même à voix basse, il était bien trop timide pour oser murmurer un nom ; mais au dedans de lui quel magnifique cantique ! Quelles harmonieuses poésies ! quelles magiques syllabes épelées èt formant des mots, puis une phrase. Oui, une phrase tout entière : « Je l'aime ! » la plus belle des phrases, une phrase pour laquelle l'alphabet fournit ses voyelles les plus douces, celles dont la combinaison merveilleuse fait sauter le cœur, serre la gorge, remplit les yeux de larmes. Comme il disait bien : « Je l'aime ! » sans que ses lèvres remuassent notre honnête ami.

Léopold eut vite pris son parti. Il passa son bras sous celui de son compagnon, et, la tête tournée vers lui, bien en face :

— Je sais ce qui vous amène ici, lui dit-il.

Jean-Marie devint très-rouge, essaya de répondre, et balbutia je ne sais quelle intraduisible onomatopée.

— Ce qui vous amène ici, continua le médecin, est juste ce qui m'y amène aussi, voilà pourquoi je suis si bien informé. Est-ce que tous les sentiments, est-ce que la joie, la douleur, l'espérance, le regret,

n'ont pas toujours aimé à choisir leurs milieux?
Est-ce qu'il en peut être autrement de l'amour?
Est-ce que ce pré plein d'ombre, au milieu de cette
belle campagne, au bord de ces eaux claires, en
face de ce joli village qu'on dirait transporté de la
Calabre exprès, n'est pas fait pour les amoureux?
Est-ce que des milliers d'amoureux ne sont pas venus ici avant nous? Est-ce que des milliers n'y vien-
dront pas après? Si nous nous rencontrons, mon
cher, ce n'est point par hasard, mais uniquement
parce que nous avons été logiques tous les deux
dans le choix de notre promenade. Osez dire le contraire! osez-le donc! Vous n'osez pas? Hein! vous
vous avouez coupable. Moi aussi. Parlons d'elles.

Jean-Marie suait à grosses gouttes. Il essaya de
se dégager. Vain effort. Mais comme ils étaient
près des planches, l'autre le fit asseoir sur la
pile la plus basse, et, debout devant lui, il poursui-
vit :

— Quand je suis venu à Joigny, j'avais le cœur
gros : je regrettais ma chambre d'étudiant, mes
amis, mes habitudes, la vie parisienne. — Jamais,
me disais-je, je ne pourrai me passer de tout cela!
J'étais pauvre, mon beau-frère m'offrait sa clientèle
et une place sous son toit. Pourtant j'hésitais. —
Que je vais être malheureux, bon Dieu! que je vais
être malheureux! ne cessais-je de me répéter. Ce
Joigny, c'est l'antipode du bruit, du mouvement, de la

vie, c'est l'ennui fait petite ville ! Joigny maintenant, c'est l'antichambre du paradis pour moi. Il
me semble que j'y suis né, que j'y ai connu toutes
mes joies, que je n'ai vécu ailleurs que pour me dé-
soler. Ses maisons muettes ont pour ma venue des
sourires, sa rivière me chante ses plus joyeuses
chansons. Il me semble qu'on ne peut être bien que
là. La métamorphose est complète, et vous savez
pourquoi, et tu sais pourquoi, mon vieux : c'est que
j'aime Marguerite, c'est que je l'aime comme un
enfant, c'est que je l'aime comme un fou !...

Jean-Marie ne répondit rien encore, mais s'il eût
pu parler, voici ce qu'il aurait dit :

— J'ai toujours aimé Joigny comme vous l'aimez
depuis quelques semaines, et si ma cousine Marguerite vous est chère depuis quinze jours, ma cousine
Victoria m'est chère depuis des années. Quand je
suis venu demeurer auprès d'elle, elle était toute
petite. Nous passions des journées à jouer ensemble.
Elle me tirait les oreilles. On m'appelait, dans la
famille, son petit mari. Son petit mari, comprenez-
vous ma joie ! Mais, depuis six mois, tout a changé.
Elle est devenue grande tout d'un coup. Elle ne joue
plus. Moi, voyant qu'elle rit quand je lui parle, je
n'ose plus lui parler. Je suis gêné quand elle me
regarde. Je la cherche, et quand je l'ai trouvée, je
m'en vais. Comprenez-vous ma douleur ? Je vous
envie, vous. Quand vous éprouvez quelque chose,

vous pouvez le dire ; les mots vous viennent ; vous
ne rougissez pas. Moi je rougis, et j'ai l'air bête. Je
le sens. Cela me fait rougir davantage et me rend
plus bête encore. Oh ! je vous envie ! Marguerite
vous aimera, vous. Victoria en aimera un autre,
elle. Hélas ! le pauvre garçon que je fais ! En ce moment même, j'ai des choses superbes plein le cerveau. Impossible qu'il en sorte une seule. Si vous
êtes bon, plaignez-moi !

Voilà ce que Jean Marie eût dit s'il avait parlé,
mais il ne parla pas. Bah ! Léopold était de force à
causer tout seul. C'est pourquoi :

— Je compte sur vous, dit-il. Vous êtes à coup
sûr un brave garçon, qui désirez le bonheur de vos
amis. Je vous jure que je rendrais votre cousine
bien heureuse, si elle voulait de moi pour mari. Je
ne suis pas riche, mais, puisque mon beau-frère me
cède sa clientèle, j'ai du travail et un gain assurés.
Quelle bonne petite vie nous mènerions ! Nous pas-
serions les dimanches en famille. Ces jours-là, Victoria nous verrait si aises, si contents, si épanouis,
que machinalement elle se retournerait vers vous
et vous dirait : — Si nous faisions comme eux ?

— Elle ne dira jamais cela, hélas ! dit Jean-Marie, toujours en lui-même.

—Pour atteindre ce beau résultat, que dis-je ! ce
beau, ces beaux résultats, continua Léopold, que
faut-il ! Rien que de très-simple : un oui de votre

oncle, ma sœur prétend qu'elle l'obtiendra ; un oui
de votre cousine ; cher ami, c'est sur vous que je
compte pour l'obtenir.

Jean-Marie, cette fois, rompit le silence :

— Sur moi ! s'écria-t-il, épouvanté.

— Sur vous. Vous la voyez tous les jours, à chaque instant de la journée. Parlez-lui, prenez sur
vous-même de lui parler. Dites-lui... Mais qu'ai-je
besoin de vous faire la leçon ? Dites-lui ce que vous
diriez à sa sœur pour votre compte. C'est tout ce
que je demande. Vous serez éloquent. C'est entendu,
n'est-ce pas ?

— Oui, murmura l'autre, tout étourdi.

— Ah ! je vous aime comme un frère. Bien entendu, je vous rendrai le même service.

— A moi, oh ! non, non ! je vous en prie.

Déclaration de Jean, que tu seras lente à te faire !
Pauvre amoureux qui n'oses pas même oser par autrui !

Ils s'embrassèrent.

— Il nous faut boire à nos santés ! dit Léopold.

Bras dessus, bras dessous, ils passèrent le pont
vert ; un petit cabaret était au bout, et devant ce
cabaret une tonnelle qui dominait le chemin de
halage. Là, on boit d'un petit vin blanc qu'on ne
trouve pas ailleurs. Léopold et Jean-Marie en burent.
La liqueur dorée brillait à travers les verres ; des

mariniers chantaient sur un radeau. Les jeunes gens
firent, tout éveillés, un de ces beaux rêves qu'on
retrouve à la même place, ne la visitât-on que vingt
ans plus tard, n'y revint-on qu'avec des cheveux
blancs.

— Nous amènerons nos femmes ici ! s'écria joyeusement Léopold.

Nos femmes !

Jean-Marie n'en revenait pas.

Ce soir-là, après-dîner, comme le bon monsieur
Jouvencel était sorti pour visiter son ami Ducrot,
comme madame Jouvencel était dans la cuisine à
conférer avec la Peloce pour savoir quelle bonne
chose elle ferait manger à son mari le lendemain,
comme mademoiselle Victoria jouait avec le chat
dans une allée. Jean-Marie, se promenant avec mademoiselle Marguerite dans une autre, se souvint de
ce que son ami avait exigé de lui, et, pâle, héroïque,
les deux mains suspendues aux revers de sa redingote, il dit :

— Je suis allé à Villevallier ce matin.

« Je suis allé à Villevallier ce matin. » César
franchissant le Rubicon, Bonaparte à la veille du 18
brumaire, nul ne triompha d'une hésitation plus
terrible que celle qui précéda ces simples mots :
« Je suis allé à Villevallier. » Soyez rempli de reconnaissance, ô Léopold ! Pour vous, Jean-Marie,
la douce créature, a fait un coup d'État : il a parlé.

— Ah ! Et qu'êtes-vous allé faire à Villevallier ?

Une question. Pour le coup, il est perdu. Le voilà, en effet, qui lâche sa redingote, prend son chapeau et en défait le cordon. Il rougit, il pâlit, il rougit encore. Ma parole, il y a des gens comme cela.

— Je suis allé me promener avec... avec...

— Avec qui ?

— Elle lui vient en aide, la charitable petite fille.

— Avec Léopold.

— M. Léopold ?...

C'est à son tour de rougir, aussi elle n'y manque pas. Jean-Marie renoue le cordon de son chapeau! Ah ! ah ! il l'a renoué. Il attend.

— Et..., dit Marguerite, vous avez causé sans doute, en vous promenant ?

— Nous avons causé, en effet.

— Qu'avez-vous dit ? Serai-je indiscrète en vous demandant ce que vous avez dit ? Vous ne répondez pas ? mon Dieu, que vous êtes insupportable ! Voulez-vous que je devine ? Tenez ! D'abord, vous, vous n'avez pas soufflé mot. Quant à... M. Léopold, il a dû vous parler de ses projets, de ses projets d'avenir.

— En effet !

— Je vais m'établir à Joigny, vous a-t-il dit, soi-

gner les malades que soignait mon beau-frère, et...
et peut-être me marier.

— Vous avez donc écouté ?

— Non, mais je devine. C'est si naturel, un
pareil sujet de conversation. M. Léopold vous a
peut-être encore confié qu'il... avait en vue certaine personne pour... pour ce qu'il disait tout à
l'heure ?...

— Vous avez écouté.

— Mais non ! Il a même été capable, connaissant
votre discrétion, de vous... de vous nommer cette
personne !

— Il me l'a nommée en effet.

— La ! Je le disais. Après quoi, il vous a fait ju-
rer le secret vis-à-vis de tout le monde, excepté vis-
à-vis... vis-à-vis de cette personne.

— C'est vrai.

— Et vous, vous êtes un faux ami qui ne faites les
commissions qu'à demi, et qui laissez tout à deviner
aux gens...

— Moi, ma cousine !

— Vous ! Mais comme vous êtes si discret, si
discret, que vous ne répétez jamais rien, même à
vos meilleurs amis, cette personne ne voit pas de
mal à vous dire qu'elle considère M. Léopold comme
un mauvais sujet, comme un étourdi, qu'elle a le
plus grand déplaisir à le voir, qu'elle le déteste,
et...

— Ma sœur, voici madame Boussin et M. Léopold.

— Lui !... Monsieur, je ne vous ai rien dit. Mon ange, aide-moi donc à placer cette rose, là, dans mes cheveux.

V

Vingt ans avant la date de cette histoire, le docteur Boussin n'était muet qu'en présence de sa femme, et même, dans les premiers mois qui suivirent le mariage, il parlait devant elle ; seulement, il arrivait toujours qu'elle parlait en même temps que lui : aussi ne s'entendaient ils jamais. Le docteur, en homme de sens, jugea qu'il était impossible de vivre sans s'entendre, et, pensant avec raison qu'il était plus facile de se taire soi-même que de faire taire une femme, il adopta cette double formule : « Oui, chère amie ; » « Non, chère amie ; » qui, en y ajoutant cette autre dans les grands cas : « Peut-être bien, chère amie, » lui constitua un vocabulaire qu'on ne saurait trop recommander aux hommes dans la même situation, c'est-à-dire à la

majorité des hommes mariés. Le docteur eut la paix
dans son ménage, premier avantage de sa méthode ;
deuxième avantage : c'est qu'allant dans le monde
avec sa femme, il y porta l'habitude contractée chez
lui. Quand on ne doit pas répondre, à quoi bon
écouter ? Le docteur n'écouta la conversation de
personne ; il y gagna de n'entendre aucun des neuf
dixièmes des sottises qui la composent ; quant au
dixième qu'il est bon de prendre, il le trouvait dans
les livres où les hommes mettent ce qu'ils ont de
mieux à dire. Lisant beaucoup, le docteur devint
très-savant. Les malades y gagnèrent de leur côté ;
les gens bien portants, le sachant savant et le voyant
silencieux, se dirent : « C'est un original. » Être
original, en province, constitue une position sociale. A Paris, où les excentriques abondent, un
original fait nombre tout au plus ; en province, où
toutes les physionomies se ressemblent et sont cou-
lées dans le même moule, celui qui se distingue, ne
fût-ce que par la forme de son chapeau, ou un céli-
bat qui dépasse la trentaine, est aussitôt toisé, classé ;
ou bien on lui fera la vie douce et on lui passera
tout, ou bien on le montrera au doigt, on lui écrira
des lettres anonymes, et on l'accusera de crimes
monstrueux. Le docteur était de ceux à qui l'on passe
tout. D'abord, on craignait sa femme, la langue la
mieux pendue du département ; ensuite, il était le
meilleur médecin à dix lieues à la ronde, et, s'il ne

parlait pas, il écrivait des ordonnances qui ne faisaient pas jeter des cris de joie aux héritiers des malades. Madame Boussin, forte de sa réputation et de celle de son mari, tenait le haut du pavé à Joigny. Quant à M. Boussin, s'il avait par hasard prononcé un arrêt sur une matière quelconque, c'était comme si les trois juges et le juge suppléant y eussent passé. Et voilà pourquoi le docteur avait raison d'être muet.

Ce jour-là, il était dans son cabinet, occupé à lire *les Débats*, quand sa femme entra à grand bruit et lui annonça la visite de M. Paul Jouvencel.

— Ce qu'il y a de curieux, ajouta la bonne dame, c'est qu'il m'a priée de ne rien dire à personne de son arrivée. Il a l'air tout effaré ! Il est au salon : faut-il l'introduire ?

— Oui, chère amie.

— Resterai-je pendant votre conversation ?

— Non, chère amie.

— Mais tu me promets de me répéter ce qu'il t'aura dit, au moins ?

— Oui, chère amie.

— A moins qu'il ne te demande le secret. Un médecin est un confesseur, je sais cela. Alors, tu ne me dirais rien.

— Non, chère amie.

— Qu'est-ce qu'il peut avoir à te dire ? J'en ai des

cloches plein les oreilles. Pense donc ! arriver à Joigny la nuit, sans prévenir âme qui vive ! se cacher !
ne pas aller chez son père ! C'est quelque catastro
phe, pour sûr ! Tu t'impatientes ?

— Peut-être bien, chère amie.

— Allons, c'est bon ! Embrasse-moi. Je vais le
chercher.

Le docteur poussa un soupir qui signifiait :

— Enfin, il est bien temps !

Cinq mots dans un soupir : les muets sont les plus
éloquents des hommes.

Cette madame Boussin sortit et reparut une minute après, introduisant M. Paul Jouvencel. Elle se
retira aussitôt ; mais si l'on eût demandé au docteur : « Votre femme est-elle loin ? » il aurait, sans
nul doute répondu non. Et si on eût ajouté : « Est-
elle derrière la porte ? » il n'eût mis aucune hésitation
à répondre oui.

Elle était curieuse, la bonne dame. Quelle femme
ne l'est pas ! Et puis un mari ne doit pas avoir de
secret pour sa femme, fût-il ministre, notaire ou médecin.

Quand les deux hommes furent seuls, le docteur
prit brusquement les mains du fils de son vieil ami,
et l'attirant à lui :

— Que vous est-il arrivé, Paul ? Que puis-je pour
toi, mon enfant ?

Le jeune homme se soutenait à peine, il était

d'une pâleur mortelle ; ses cheveux en désordre, ses vêtements défaits attestaient non-seulement l'insomnie, mais encore un de ces grands troubles d'esprit qui rendent l'individu indifférent aux choses de l'extérieur. Paul, élégant d'ordinaire, avait une barbe de trois jours, une chemise froissée et les mains sales.

— Monsieur, dit-il d'une voix basse, enrouée, riste à entendre, c'est une confession que je viens ous faire.

— Attendez, dit le docteur.

Il alla, en faisant sonner ses bottes, jusqu'à la porte, et l'entr'ouvrit doucement, doucement, de façon à ne pouvoir surprendre une personne qui aurait été cachée derrière, mais de façon aussi à ce que cette personne, voyant qu'on la savait là, prît le parti de se retirer.

— Parlez à présent, dit-il.

Alors Paul, toujours d'une voix sourde, sans mettre d'intervalle dans ses phrases, lui fit le récit suivant :

— Lorsque je suis allé demeurer à Paris, je n'avais pour vivre que les trois mille francs que me donnait chaque année mon père. C'était trop ou pas assez ; trop pour vivre comme un étudiant, pas assez pour vivre dans la société des gens de bourse, avec lesquels ma position me mettait en rapport. Pendant deux ans, j'ai travaillé sans recevoir d'ap-

4

pointements ; j'ai fait dix mille francs de dettes.
Je n'ai pas osé les avouer à mon père. Du reste, je
pensais les rembourser plus tard avec mes gains. Je
me voyais à la tête d'un revenu de six mille francs ;
je pouvais donner des à compte à mes créanciers ;
ils ne se montraient pas pressants ; bref, j'attendis.
J'ai attendu deux nouvelles, deux mortelles années.
Au bout de ce temps, ma situation devint intoléra-
ble. J'avais vingt fois renouvelé à mes créanciers
des billets que je n'avais jamais payés à leur
échéance. J'ai cru pouvoir sortir d'embarras par un
coup de fortune. Rien n'est plus facile pour nous
autres que de jouer à la Bourse. Tous les jours
nous présentons à notre agent de change des
clients pour lesquels il opère, sur notre simple parole qu'ils sont solvables. Que vous dirai-je ? j'ai inventé un client ; j'ai joué sous son nom, j'ai joué
plusieurs fois. D'abord j'ai perdu ; j'ai voulu regagner ce que j'avais perdu et j'ai réussi ; j'ai continué
pour gagner les dix mille francs cause de ma faute,
j'en ai gagné une partie, puis je l'ai perdue, puis
regagnée. A quoi bon entrer dans des détails ? A
l'heure qu'il est, j'ai toujours mes dix mille francs
de dettes ; de plus, je dois cent mille francs à la
caisse de la maison. Nous sommes le Ier ; si le 5,
je n'ai pas ces cent mille francs, mon client fictif
sera exécuté, ma fraude sera découverte ; non-
seulement je perdrai ma position, mais on saura que

j'ai commis un abus de confiance et un faux : je serai déshonoré !...

— Qu'avez-vous résolu ? demanda le médecin.

— Je n'avais que deux partis à prendre, monsieur : mourir en laissant à mon patron une lettre,
dans laquelle je prierai mon père de lui laisser ma
part d'héritage, afin de l'indemniser ; ou bien venir
vous trouver et vous prier de voir mon père. Qu'il
me prête ces cent mille francs, je jure que je ne
jouerai plus, que je consacrerai ma vie à les lui
rendre. S'il redoute pour moi le séjour de Paris, je
partirai dans huit jours pour l'Amérique et je n'en
reviendrai que réhabilité !

Le docteur ne répondit rien. Il se leva et alla à son
secrétaire. Le jeune homme, affaissé, en proie à l'at-
tente, eut une de ces minutes d'angoisse qui expient
un crime.

— Paul, mon enfant, dit-il, je ne suis pas riche ;
je voudrais l'être, afin d'éviter à votre père le chagrin que je vais lui causer.

— Vous lui parlerez donc ! s'écria le malheureux ;
vous irez donc chez lui !

— J'y vais, repartit simplement le bonhomme.
Vous me donnez votre parole d'honneur que vous ne
jouerez plus?

— Oh ! oui, je vous la donne !

— Bien. Je vais demander à votre père ces cent

mille francs. Mais, comme il ne faut pas que vous ayez de dettes, comme c'est votre première dette qui a amené toutes les autres, comme encore je regrette depuis une demi-heure de ne pas avoir cent mille francs...

Ici, le médecin s'arrêta et toussa un peu, sans doute parce qu'il n'était pas habitué à parler aussi longtemps de suite.

— Vous allez me faire le plaisir de prendre ces dix mille francs... Là, voilà qui est fait. C'est ma part ; ne refusez pas. Vous avez la fièvre ; couchez-vous sur ce canapé et attendez-moi. Ce ne sera pas long.

— O monsieur ! monsieur ! s'écria Paul, oui, j'accepte, et ce sera le meilleur gage de ma conduite à venir. Pour vous rendre cet argent, je passerai les jours et les nuits, je me priverai de tout, je ne mangerai que du pain...

— Chut ! chut ! fit le docteur ; en attendant, vous allez boire un verre d'eau sucrée.

Là-dessus, il prit son chapeau et sortit brusquement. Arrivé dans le corridor, il s'arrêta, fit trois ou quatre pas, s'arrêta de nouveau, puis rentra dans le cabinet :

— C'est ma femme qui va vous apporter votre verre d'eau, dit-il ; entre nous, contez-lui votre affaire. Ne lui demandez pas conseil, mais dites-lui tout. Ne soyez pas inquiet ; elle est bavarde, ma

femme, mais elle ne dit que ce qu'elle veut dire.
Elle saura garder votre secret... Pas de mais ; fiez-
vous à moi. Ce que je vous demande est peut-être
pénible, mais il le faut. Au revoir.

Le docteur alla trouver sa femme.

— Mignonne ! lui dit-il.

— Mignonne ! ! Il parle, bon Dieu ! ! s'écria-
t-elle.

L'ânesse qui parle dans la Bible ne fit pas plus
d'effet sur Balaam, que le docteur disant à sa femme
autre chose que « oui, chère amie » n'en produisit
sur elle.

— Mignonne ! reprit-il doucement, tu désirais savoir l'histoire de ce jeune homme ; eh bien ! il va te
la conter lui-même. Porte-lui un verre d'eau sucrée.
Bonjour.

— Mon Dieu, mon Dieu ! disait cette madame
Boussin, en préparant son verre d'eau sucrée, est-ce
bien possible ?

Et, frappant le sucre avec la cuiller pour le faire
fondre plus vite :

— Comme il faut que mon mari ait été pressé,
pour ne pas m'avoir laissée deviner ce qu'il m'a
dit !

VI

Il était onze heures du matin. Le bon monsieur Jouvencel achevait de déjeuner, au sein de sa famille. Le saint homme avait mangé deux œufs à la coque, une fine tranche de jambon, un blanc de volaille et une crème, chef-d'œuvre de la Peloce. En ce moment, il trempait de minces rôties de pain légèrement grillées dans un vaste bol de café au lait : il n'y a que les consciences pures pour avoir de ces appétits-là. Aussi madame Jouvencel, ses filles, le doux Jean-Marie, l'honnête Jacquot et la vigilante Peloce regardaient le patriarche avec admiration. Comme il trempait bien ses rôties ! Avec quel sourire divin il les avalait ! Il n'y avait vraiment que lui au monde pour tremper et pour avaler ainsi !

Un coup de sonnette retentit, violent, prolongé, impérieux.

— C'est le docteur! dit Marguerite en rougissant. Je crois que c'est le docteur.

Depuis trois semaines, elle connaissait la façon de sonner du docteur. Jean-Marie la regarda et rougit aussi.

C'était en effet maître Boussin, plus froid encore que d'habitude s'il était possible, plus carré, plus boutonné. Il donna son petit coup de tête, en façon de salut. Puis, promenant son regard sur l'assemblée, il l'arrêta sur monsieur et madame Jouvencel.

Vous avez quelque chose à nous dire, docteur? demanda la mère de famille!

— Oui, madame.

— A mon mari et à moi?

— Oui, madame.

— Est-ce pour une affaire sérieuse dit M. Jouvencel.

— Oui.

— En ce cas, asseyez-vous et prenez un verre de cassis. C'est souverain. Nous causerons dans une heure. Je n'aime pas à parler sérieusement tout de suite après avoir mangé : cela m'agite.

— Non.

— Laissez-nous! dit le bon M. Jouvencel aux jeunes gens.

Le docteur lui tourna le dos et se dirigea vers le salon, dans lequel il entra sans s'inquiéter s'il était suivi ou s'il ne l'était pas. C'est pourquoi il le fut.

— Affaires sérieuses, affaires ennuyeuses! s'écria Victoria. Pauvre papa! Je vais dans le jardin.

Quand Marguerite et Jean-Marie furent seuls.

— Si c'était... dit Marguerite.

Elle n'acheva pas, mais il échangèrent un regard.

— Restons ici! dit-elle. Nous verrons l'air qu'aura le docteur en s'en allant.

Dans le salon, madame Jouvencel avait conduit son mari vers le grand fauteuil, lui avait disposé ses coussins, l'avait fait asseoir, sans oublier d'avancer le tabouret sur lequel il plaçait ses pieds, s'était tournée vers le docteur debout devant la cheminée, les mains dans les poches de son pantalon, et lui avait dit : — Je crois que vous pouvez parler, cher monsieur !

Celui-ci n'était pas l'homme des préambules.

— Voilà ce dont il s'agit, dit-t-il brusquement. Votre fils a quitté Paris hier.

— Paul! s'écria la mère.

M. Jouvencel, les yeux fermés, faisant tourner ses pouces l'un autour de l'autre, digérait paisiblement.

— Paul, mon Dieu ! Et où est-il allé?

— Il est ici, à Joigny, chez moi.

— Chez vous! Il n'est pas venu embrasser son père en arrivant! Mon Dieu, mon Dieu, qu'allez-vous nous annoncer? Aurait-il perdu sa place? Son père est si bon... Qu'il vienne vite! on lui pardonne d'avance! Tu lui pardonnes, n'est-ce pas, mon ami? tu es si bon! Peut-être a-t-il fait quelque folie de jeune homme, quelque... quelque petite dette?... Mais parlez, parlez, docteur!

— Il s'agit d'une dette, en effet.

M. Jouvencel ouvrit les yeux.

— Mais elle n'est pas petite.

M. Jouvencel cessa de faire tourner ses pouces.

— Écoutez, dit le médecin, et tâchez de ne pas m'interrompre, autrement nous n'en finirons pas, et j'ai une dizaine de malades à voir aujourd'hui, qui ne me pardonneraient pas s'ils mouraient sans moi.

Madame Jouvencel appuya ses mains sur la table, M. Jouvencel se redressa dans le fauteuil, elle émue, lui inquiet.

Le médecin alors leur dit tout : l'arrivée de leur fils, l'aveu qu'il lui avait fait, la mission dont il l'avait chargé, ses remords, ses résolutions ; il leur dit tout, excepté le chiffre de la dette. Il voulait attendrir les juges, avant de leur révéler ce chiffre terrible.

Quand il eut fini, il regarda ses auditeurs. La

mère pleurait, et ses yeux tournés vers le père avaient une expression suppliante.

— Combien, dit celui-ci, combien doit mon fils?

— Tu veux donc payer! s'écria la mère. J'en étais sûre. Oh! merci, merci, mon ami! Tu me rends bien heureuse.

Elle courut à lui, elle se mit à genoux, elle voulut lui prendre les mains. Mais lui, les retirant, d'un regard la renvoya à la table : — Tais-toi! dit il.

La pauvre femme, changée en statue, s'assit roide sur une chaise, et le visage dans ses mains qu'agitait un tremblement, elle attendit. De temps en temps un sanglot soulevait sa poitrine, une larme glissait entre ses doigts.

— Combien? répéta le père.

— Cent mille francs! dit le docteur.

— Cent... mille... francs... Cent mille... Comment avez-vous dit? cent mille francs!

— Oui. S'il vous manque une vingtaine de mille francs, je puis vous les trouver pour quelques jours. A votre service!

— Merci.

Le bon monsieur Jouvencel avait jeté de ci de là ses coussins. Il avait renversé d'un coup de pied son petit banc ; debout, il allait par la chambre, répétant ; Cent mille francs! Tout à coup il marcha sur le docteur, et, le prenant au collet :

— Ah çà! est-ce que vous croyez que je vais payer ces cent mille francs? cria-t-il.

— J'en suis sûr! répliqua l'autre.

— Ah! vous en êtes sûr! Eh bien, vous vous trompez, mon bel ami, et vous pouvez aller dire à... à ce monsieur, qu'il se fasse sauter la cervelle tant qu'il voudra : il ne se fera pas sauter quelque chose de lourd!

La femme étendit les mains et murmura : Mon fils!

— Je vous ai dit de vous taire, à vous! Tiens! parbleu, c'est cela! J'aurai travaillé toute ma vie (il paraît qu'il avait travaillé), je me serai privé de tout (il paraît qu'il s'était privé de quelque chose), j'aurai année par année, jour par jour, sou par sou, économisé pour amasser un peu de bien, et j'irai jeter ce que j'ai à la tête de... de ce monsieur! Et pourquoi, s'il vous plaît? Parce qu'il a joué à la Bourse! Jouer à la Bourse est immoral d'abord, je ne peux pas encourager l'immoralité. On connaît mes principes. Ce serait donner un démenti à toute ma vie!...

— C'est votre fils! dit le médecin.

— Mon fils, non pas! il ne l'est plus! Il a trahi ma confiance, abusé de mes bienfaits, il a fait des dettes... ce n'est pas mon fils.

— Il se tuera!

— C'est possible. Mais je ne crois pas plus à sa

mort qu'à ses remords. Ces gens qui parlent de se tuer comme ça ne se tuent jamais. C'est un moyen commode pour effrayer les femmes. Je ne suis pas une femme, Dieu merci! Il ne se tuera pas. Tout au plus il passera en Belgique, je m'en félicite : j'aime mieux qu'il fasse des dupes là-bas qu'ici.

— Il sera déshonoré.

— On n'est pas déshonoré parce qu'il a plu à un agent de change de vous faire crédit. D'abord, la loi ne connaît pas les dettes de jeu.

— Votre femme mourra de chagrin, si votre fils meurt.

— Et si je suis malheureux croyez-vous qu'elle en mourra moins? Il me semble que je dois passer pour elle avant son fils. Or, si je payais cent mille francs, je serais malheureux, très-malheureux. Vous allez dire que je suis riche. Ce n'est pas vrai. Tout est hors de prix aujourd'hui, et l'on a bien du mal à joindre les deux bouts, comme on dit. Les vins ne se vendent pas. Tenez, je dois deux cents francs à mon maçon, je ne sais comment faire pour les payer. Je ne joue pas à la Bourse, moi!

— Le scandale de cette catastrophe nuira à l'établissement de vos filles. Elle sont innocentes. Elles seront traitées comme des coupables.

— Je n'en crois pas un mot. Depuis quand une sœur est-elle responsable des actions de son frère? C'est antichrétien, cela, c'est immoral! C'était bon

avant 89. Aujourd'hui on vaut par soi-même, ah!
ah! par soi-même et non par autrui, ah mais! Je
connais les amoureux, rien ne les arrête. Si quelqu'un aime véritablement une de mes filles, il l'é-
pousera. Sinon, tant pis! elles resteront filles, elles
n'en seront pas plus à plaindre. On ne connaît jamais bien qui l'on épouse. Elles pourraient tomber
sur quelque joueur de Bourse! Mieux vaut coiffer
sainte Catherine et garder son magot, voisin!

— Ainsi, dit le docteur, ni la mort de votre fils,
ni le déshonneur qui flétrira sa mémoire, ni la douleur de votre femme, ni l'avenir de vos filles, rien
ne peut vous toucher.

— Si mon fils ne se tue pas cette fois, il recom-
mencera. Moi, je ne pourrai pas recommencer à
payer. Autant ne pas payer du tout et en finir tout
de suite. Si ma femme souffre, mieux vaut que ce
soit du malheur de son fils que du mien. Du reste,
le temps adoucit tout ; elle finira par se consoler.
L'avenir de mes filles ne m'inspire nulle inquié-
tude ; ainsi donc, bonsoir. Ne vous chargez plus
désormais de ces sortes de commissions.

— Bonsoir! dit tranquillement le docteur en prenant son chapeau.

La mère vint se jeter aux pieds de son mari, et,
éperdue, elle se mit à crier :

— Grâce, grâce! pardonnez-lui! C'est votre fils,
votre fils unique! Cela ne lui arrivera plus! Je

donne ma dot, mes filles donneront la leur!...
Pitié! vous êtes bon... pitié!

M. Jouvencel semblait très-agité ; il releva sa
femme, la tira vers lui et l'embrassa tendrement.

— Tu veux! tu veux ! hein? dit-elle.

— C'est impossible! dit doucement, mais ferme-
ment le bonhomme.

— Bonsoir, redit le docteur à la porte ; je vois
bien que décidément votre fils n'a rien à attendre
de vous, car puisque vous, si bon mari, si bon père,
si bon ami, vous ne vous êtes laissé fléchir ni par
votre ami, ni par votre femme, ni par la pensée de
vos filles, il est bien évident que ce ne sont pas des
considérations toutes mondaines qui pourraient
vous toucher.

— Qu'entendez-vous par ce mot : considérations
mondaines, s'il vous plaît?

— J'entends les désagréments que la mort de
votre fils pourrait vous causer hors de chez vous.

— Et quels sont ces désagréments? Est-ce que je
suis responsable de mon fils, moi? Il est majeur, ce
me semble ; ses actions ne me regardent pas, son
déshonneur n'est pas le mien !

— Il est vrai, cela était bon avant 89. Malheu-
reusement nous vivons en province, et là les im-
mortels principes n'ont pas encore pénétré dans
certains esprits arriérés, Des gens de rien, sans instruction, pourraient trouver à redire à votre conduite.

— Je ne me soucie que de l'opinion des gens éclairés.

— Vous avez bien raison. Aussi, ce n'est pas parmi eux que je rangerai le tonnelier, votre voisin, qui a vendu son clos pour acheter un remplaçant à son fils. Lui ne manquera pas de dire : Comment se fait-il que, lorsque moi j'ai donné tout mon bien pour éviter à mon garçon l'ennui de porter arme, M. Jouvencel, qui a quatre cent mille francs au moins, ne donne pas le quart de sa fortune pour empêcher le sien de se tuer ? — La fruitière aussi, qui est une mauvaise langue, et qui a passé une vingtaine de nuits auprès de son petit, malade de la rougeole, me disant chaque matin : Prenez tout ce que j'ai, monsieur, et sauvez l'enfant ! — un abominable petit vagabond, entre nous, — pourrait bien l'envoyer jeter des pierres dans vos vitres, maintenant qu'il est rétabli.

— Je le ferai arrêter.

— Vous aurez bien raison. Il y a encore le boucher, un gredin mal élevé, qui ne manquerait pas de déclamer contre les riches avec le quincaillier qui a fait mal ses affaires. Bref tout Joigny, c'est-à-dire le Joigny des petites gens, le Joigny sans éducation, pourra bien, quand vous passerez, au lieu de murmurer, comme par le passé ; « Voilà le bon M. Jouvencel, que Dieu bénisse ! « dire tout haut : « Que le diable emporte le mauvais père ! » et même (avec la populace on n'est sûr de rien), et même vous faire un mauvais parti.

— Monsieur le docteur !...

— Eh ! doucement ! ce n'est pas moi qui parle ; je fais des suppositions qui, à tout prendre, ne se réaliseront pas, car les gens dont il est question n'apprendront pas les détails de la mort de votre fils par les journaux, puisqu'ils ne les lisent pas.

— Les journaux ! Croyez-vous donc que les journaux... Ah ! bien oui, les journaux ! Ils ont bien autre chose à faire que de s'occuper de mon fils. D'ailleurs, quand une famille honorable est en cause, les journaux ne mettent que les initiales. Et puis, Paul est bien élevé ; il aura, je pense, la délicatesse d'aller se tuer à l'étranger. Il me doit bien cela en échange des sacrifices que j'ai faits pour son éducation. Vous pourriez lui en dire un mot.

— C'est entendu. En rentrant, je le prierai de vous accorder cette petite faveur. Je prierai aussi ma femme de bien garder le secret.

— Votre femme !... Elle sait... Vous lui avez dit...

— Je ne lui ai rien dit du tout. Mais votre fils est malade ; elle est auprès de lui ; elle le soigne. Il a la fièvre, et, dans le délire, vous le savez, on laisse échapper bien des choses.

— Ainsi, vous croyez, docteur...

— Je ne crois rien ; bonjour. Adieu, madame ;

comme vous et vos filles voudrez peut-être embrasser Paul, je vous préviens qu'il ne partira pas avant ce soir, huit heures.

— Attendez, attendez! disait le patriarche ; il vaut peut-être mieux que Paul vienne ici. Je... je serais bien aise de l'embrasser aussi, moi.

— Tu veux l'embrasser! il est sauvé! s'écria la mère. Je le disais bien, moi, que tu le sauverais!

— Je vais vous l'envoyer, dit le médecin.

— Attendez donc! Dites-moi, vous qui connaissez la loi, est-ce que l'on pourrait pas transiger, en allant à Paris? Il en est du jeu de Bourse comme des autres : c'est la *cagnotte* qui absorbe tout le profit. Quand l'agent de change gagnerait un peu moins où serait le mal? Si par exemple, on lui offrait dix mille francs ; voyons, vingt mille ; je ne les ai pas, mais vous m'avez dit que vous me les prêteriez. Que diable! la loi ne reconnaît pas les dettes de jeu. Il pourrait ne pas payer du tout, en somme ; même cela vaudrait mieux. Quand il aurait fait fortune, il rembourserait lui-même. Il serait bien plus fier de s'être réhabilité tout seul, sans que personne s'en fût mêlé.

— Vous ne comprenez pas, répondit le médecin, que c'est précisément parce que votre fils n'est pas forcé par la loi de payer, qu'il se tuera s'il ne peut le faire.

— Ça, ce sont des subtilités!

— Et le faux !

— Quel faux ?

— Il a joué sous un nom d'emprunt.

— Je l'avais oublié. C'est juste ! Jouer sous un nom d'emprunt ! Le misérable ! Mais il vivrait cent ans qu'il n'aurait pas encore assez de temps pour se repentir. Il faut qu'il vive exprès, pour se repentir, pour pleurer, pour faire des pèlerinages. Mais sa mère ne voudrait pas qu'il mourut ainsi. Elle est pieuse. Dis donc, toi, que tu es pieuse et que c'est un crime de se suicider ! Un faux ! Il est indigne de pardon ! Je ne payerai pas.

— Comme vous voudrez. Cette fois je m'en vais.

— Quand reviendrez-vous ?

— Je ne reviendrai pas, à quoi bon ?

— Ecoutez donc un peu ! Venez ce soir, à l'heure du dîner. A l'heure du dîner ! Comme si j'allais pouvoir dîner aujourd'hui ! Non certes je ne dînerai pas ! Je serai malade ! Une révolution pareille ! C'est moi qui mourrai ! Il faut que j'embrasse mes filles.... que je réfléchisse. A cinq heures...

— A cinq heures, soit !

— Payera-t-il ? payera-t-il, ô mon Dieu ? se demandait la mère.

— Il payera ! pensait le docteur. C'est égal, j'ai eu du mal. Ma femme m'a servi. Je le savais bien.

Qu'on vienne dire maintenant que les bavardes ne sont bonnes à rien ! Mais ne voilà-t-il pas que je deviens bavard aussi, moi ! Heureusement, c'est en dedans ! Par exemple, si l'on me prend à désserrer les dents d'une année !...

Dans la salle à manger, M. Boussin trouva les trois jeunes gens. Victoria était revenue.

— Docteur, lui dit Marguerite, nous sommes inquiets. Est-il arrivé quelque chose de fâcheux ?

— Non, mon enfant !

— Personne n'est malade chez vous ?

— Non, mon enfant !

— Ni madame Boussin, ni...

Elle s'arrêta. L'homme carré la regarda dans le blanc des yeux.

— Non, mon enfant ! dit-il.

— Puis il se mit à rire tout seul et s'en alla en se frottant les mains.

— Que je suis heureuse ! s'écria Marguerite.

— Tu l'aimes donc ? dit Victoria.

— Qui ? le docteur ?

— Non ! l'autre.

— Veux-tu te taire, petite masque !

En ce moment, un gémissement venant du salon traversa la porte.

— Je vais écouter ! fit Victoria.

La porte s'ouvrit. Madame Jouvencel parut, le

visage bouleversé ! Elle alla à ses filles et les couvrit
de baisers. Elle embrassa aussi Jean-Marie, puis,
d'une voix entrecoupée : — Allez dans le jardin,
votre père le veut ! dit-elle.

— Mère !

— Allez ! allez ! Plus tard, vous saurez tout.

Et elle rentra précipitamment dans la pièce où se
tenait son mari.

— Mon cousin, dit Victoria, voulez-vous me faire
un grand plaisir ?

Jean-Marie ne répondit rien, mais sa figure s'illumina.

— Oui, n'est-ce pas ? Bien, je le savais. Vous allez
rester ici, écouter à la porte, et, quand vous saurez
ce dont il s'agit, vous viendrez nous le dire.

— Notre père l'a défendu ! fit observer Marguerite.

— Moi, je le veux ! dit nettement l'enfant terrible.
Si vous ne faites pas ce que je vous demande, conti-
nua-t-elle, s'adressant à son cousin, je ne vous repar-
lerai jamais. Si vous le faites...

Jean-Marie, qui avait la tête baissée, releva les
yeux.

— Si vous le faites, au contraire, je vous aimerai
bien, et je...

Et je... Jean-Marie haletait.

— Et je vous embrasserai deux fois, acheva la
petite coquette.

C'était plus qu'il n'en fallait pour le pauvre garçon, qui, la tête perdue, se précipita dans la salle à
manger.

Là, il se plaça à son poste, résigné, héroïque,
heureux, troublé, et, l'œil à la serrure, l'oreille à la
fente de la porte, il écouta.

Voici ce qu'il entendit :

C'étaient d'abord des accents plaintifs, des mots
entrecoupés, des *Hélas !* des *O mon Dieu !* des *Misé-
ricorde !* Puis de ce mélange co..fus de sons, une
voix s'éleva qui disait :

— Non, je ne payerai pas. Si je payais, ce serait
à recommencer demain. Le misérable ! A quoi lui
ont servi les leçons dont j'ai nourri sa jeunesse ?
Chaque soir, quand il rentrait du collége, tu te le
rappelles, je lui faisais moi-même faire ses devoirs
sous mes yeux. Il ne jouait pas à la Bourse alors !
Plus tard, quand il est parti pour Paris, que de sages
conseils ne lui ai-je pas donnés ? Il n'a tenu compte
de rien. Il a fait des dettes ; il a joué. Maintenant il
voudrait, pour combler le gouffre, me prendre aussi
mon argent, mon cher argent, l'argent que j'ai eu
tant de peine à amasser. Il n'en sera pas ainsi, monsieur le drôle ! Cherchez des agents de change à voler, mais votre père, non pas ! Vous vous tuerez,
dites-vous ? Je n'en crois pas un mot. On ne se fait
pas justice à soi-même. Lisez les crimes célèbres :
les voleurs se font mettre en prison quelquefois ; ils

ne se tuent jamais. Vous tuer? ce serait tout bénéfice : vous ne feriez plus de dupes. Ce n'est pas moi,
en tout cas, qui serai la vôtre, monsieur ! Vous m'entendez ? ce n'est pas moi !...

Une autre voix, faible et entrecoupée, répliquait :

— Hélas ! hélas ! il était si bon quand il était petit.
Il grandissait si vite. « Celui-là vivra cent ans ! » disait sa nourrice. Cent ans ! Il n'a été malade qu'une
fois, à neuf ans, d'une fièvre cérébrale : le pauvre
garçon a toujours eu le sang à la tête. Tu le vois, il
faut lui pardonner bien des choses. L'ai-je soigné,
mon Dieu ! ai-je, auprès de lui, passé de ces jours
et de ces nuits ! Quand il a été guéri, j'ai été reposée.
On lui avait coupé, le médecin l'avait dit, tous ses
cheveux, ses beaux cheveux blonds dont j'aimais
tant les boucles sur ses épaules. Eh bien ! deux ans
plus tard, quand il a fait sa première communion,
ils avaient repoussé, mais ils étaient revenus bruns.
Cela lui avait donné un air homme. Depuis, il s'est
toujours bien porté. Et, quand il a été reçu bachelier, il n'avait que seize ans, mais on lui en aurait
donné vingt. Les jeunes filles le regardaient déjà,
mais lui ne s'en apercevait pas tant il était innocent.
C'est ce vilain Paris qui l'a perdu, ce Paris qui nous
prend nos fils ! Rends-le-nous, mon ami, rends-le-
nous ! Nous trouverons bien à le placer ici, une fois
près de nous, il n'en bougera plus. Ici il n'y a pas

de danger. Je serai bien économe ! Tes filles seront
si heureuses !...

La première voix reprit :

— Oui je payerai. Ma vie ne sera jusqu'au bout
qu'un long sacrifice. J'ai toujours rempli mes devoirs, moi ! Enfant, j'ai rendu mes parents heureux ;
jeune homme, je n'ai jamais fait l'ombre d'une folie ;
marié, j'ai été bon époux et bon père. Je ne veux
pas qu'on me reproche, même injustement, ma dure-
té envers mon fils. Je ne veux pas que tu pleures,
ma bien-aimée ; je ne veux pas être privé du sourire
de mes anges. C'est pour vous que je me dévoue :
votre bonheur est nécessaire au mien.

— Oh ! merci, merci, mon ami ! Tu as bien raison, va ! Plaie d'argent n'est pas mortelle. Je suis
bien aise que tu comprennes cela comme moi. Du
reste, qui nous empêche de renvoyer nos domestiques ? Nous te servirons, tes filles et moi, avec quel
bonheur ! tu le devines ? Quelques journées de jardinier suffiront à ce que nous ne pourrons faire par
nous-mêmes. Marguerite et Victoria renonceront, si
tu le veux, à une partie de leur dot. Nous pourrons
vendre quelques terres. Tu ne seras privé de rien ;
tu auras toujours toutes tes aises ; tu ne t'apercevras
même pas du sacrifice. Du reste, lorsque nous nous
sommes mariés, nous n'étions pas plus riches que
nous ne le serons après avoir payé cette somme. Est-
ce que nous en étions moins heureux ?...

Le bon monsieur Jouvencel interrompit sa femme par un geste énergique, et, frappant en même temps du pied :

— Non, je ne payerai pas ! s'écria-t-il. Ce que tu viens de dire suffirait à m'en empêcher. Eh quoi ! à soixante-cinq ans je ne serais pas plus avancé qu'à trente ! Le fruit de trente-cinq ans de travail, d'économies, de privations (décidément il avait travaillé, économisé et s'était privé !) serait perdu en un jour ! Et pour qui ? pour un mauvais sujet qui nous déshonore ! Non ! non ! non ! cent fois non ! Tu parles de vendre des terres : trouverons-nous des acquéreurs? Les propriétés ne se vendent pas à l'heure qu'il est. Tout l'argent va à l'industrie, à la Bourse ! Sais-tu ce que nos quatre cent mille francs nous donnent net de revenu? Dix mille francs, sans compter les mauvaises récoltes. Tu ne fais pas attention, toi, aux non-valeurs, aux frais, aux impôts. On n'impose pas l'argent des joueurs de Bourse ! Dix mille francs tout au plus, voilà notre revenu. Nous le dépensons, à deux mille francs près. Il me faudrait cinquante ans pour rattraper ce que je donnerais à ce bandit. Je n'ai pas le temps de vivre cinquante ans !

— Mon ami, je t'en supplie, reviens à ta bonne pensée ! Puisque nous renverrons la Peloce et Jacquot...

— C'est vrai, on pourrait se passer de Jacquot pour le jardin.

— Oui, oui... aisément.

— Mais, pour la voiture? Qui est-ce qui conduirait la voiture et soignerait le cheval?

— Ne pourrions-nous nous passer de voiture? Maintenant, il y a un chemin de fer qui nous met à deux pas de notre maison de Villevallier.

Me passer de voiture! C'est cela, pauvre père! Marche à pied! Va-t'en avec ton bâton! *trime* pour payer les dettes de ton fils! va, pauvre dupe! Me passer de voiture! A mon âge!...

— C'est vrai, mon ami, j'étais folle, je ne pensais pas... Mais tes filles sont jeunes, elles. Si tu les mariais, tu leur donnerais une dot; cette dot n'irait pas à moins de cinquante mille francs pour chacune, n'est-ce pas? Eh bien! elles y renonceront, je t'assure, et de grand cœur. Ne sont-elles pas, du reste, assez jolies, assez bien élevées pour, grâce aussi à la considération dont jouit leur père, se marier sans dot?

— Sans dot! compte là-dessus... Sans doute! va-t'en voir s'ils viennent, Jean! D'abord, cela serait humiliant pour moi, je ne le souffrirai pas!

— Eh bien! elles resteront filles! Elles seront heureuses d'avoir sauvé leur frère, heureuses de se consacrer tout entières à toi. Cela leur suffira, sois-en certain!

— Et mes filles deviendraient des vieilles filles! grand merci. Des vieilles filles! la jolie graine! J'en

ai connu. Une fille à vingt ans, quoi de plus char-
mant? Ça va, ça vient, ça chante, ça égaye une
maison comme un rayon de soleil. A trente, c'est
un enfer : toujours de mauvaise humeur ; ça a l'air
de dire à son père : Pourquoi ne m'as-tu pas donné
une dot? à sa mère : Pourquoi ne m'as-tu pas donné
un mari? aux vieilles femmes : Qu'avez-vous fait de
vos garçons? aux passants : Qu'avez-vous fait de
vos mains? Bref, ça déteste tout le monde, parce
que c'est mécontent de son propre sort. Vieilles
filles, mes filles! jamais! je veux les marier! Pour
cela, il faut des dots : mes économies y passeront.
Ce sont elles, les pauvrettes, qui méritent de l'intérêt, et non ce *Galapia*! C'est pour elles que tu devrais m'implorer ; c'est pour elles que je m'imploré
et que je résiste à mon cœur. C'est, si je ne les do-
tais pas, qu'on juserait à Joigny. J'aime mieux qu'on
jase pour l'autre. Si on crie trop, tant pis, j'irai à
Villevallier ; si on m'ennuie à Villevallier, j'irai
plus loin... tout... plutôt que de payer, tout!

— Monsieur, pensez à madame Boussin, à nos
amis...

— Nos amis resteront nos amis après comme
avant ; sinon, tant pis pour eux, j'en prendrai d'autres. Les amis ne me manqueront pas. C'est quand
on s'est ruiné qu'on n'en a plus.

— Ainsi, monsieur, vous êtes décidé à... à ne pas
payer?

— Très-décidé.

La voix de madame Jouvencel se prit à trembler en disant :

— J'ai ma dot.

Lui fit un bond.

— Votre dot, madame ! Votre dot !

— Oui... oui, monsieur... s'il le faut.

— Il ne le faut pas. Ah ! vous parlez de votre dot ! C'est cela : une séparation ! J'ai toujours été bon mari, madame ; je suis un homme d'ordre, un homme économe. Le président du tribunal me connaît. Votre demande sera repoussée. J'en dirai le motif, on verra !...

— Mon Dieu, rien ne peut donc vous toucher, vous, si bon jusque-là...

— Si bon ! Je le suis toujours, bon ! Mais ma bonté est inébranlable. Ce n'est pas de la faiblesse, comme chez vous !...

— Oh ! j'en mourrai !

La porte s'ouvrit doucement et Jean-Marie parut.

— Oh ! tenez, cria la mère, il vous dirait comme moi, celui-là, s'il laissait parler son cœur !...

— Que venez-vous faire ici, monsieur ? dit sévèrement M. Jouvencel.

Jean-Marie le regarda droit dans les yeux et répondit...

« Vous avez vu passer nos régiments pendant la campagne d'Italie, me disait un général. Les uns,

les irréguliers, les turcos, les zouaves, faisaient
chaque jour leurs douze lieues, sac au dos, une
oie ou un baril en bandoulière, jouant avec leurs
fusils comme avec une badine, gais, fanfarons, in-
sensibles à la fatigue, frais sous le soleil, chauds
sous la pluie. Certes, tous ces gens-là, l'ennemi
venu, se battaient bien ; mais ils ne se battaient pas
mieux que les autres, les petits fantassins, les
pousse cailloux, qu'on avait vus la veille sur .a
route, harassés, portant péniblement leurs fusils,
traînant la jambe, tirant la langue, suant, grelot-
tant, pareils à des moribonds. Bah ! la vue de l'ennemi les ranimait soudain. Ils se redressaient fièrement ; les fusils de lourds devenaient légers ; les
yeux naguère éteints lançaient des flammes ; les
bouches frémissantes avaient l'air de dire aux Autrichiens : C'est vous qui allez payer pour ce que
nous avons souffert ! Plus de fatigue : mes gaillards
tapaient comme des enragés ! »

C'est qu'il suffit d'une grande émotion pour vous
changer un homme du tout au tout. Tel qui braillait
comme un âne devient muet comme un poisson ;
tel qui tremblait comme une feuille au bivouac se
tient roide comme un piquet devant l'ennemi ; les
traînards se métamorphosent en héros. Le docteur
avait parlé, lui qui ne disait pas grand'chose d'ordinaire ; Jean-Marie allait parler, lui qui d'habitude
ne disait rien.

C'était un petit fantassin, ce Jean-Marie. Dans la vie de tous les jours, avec sa grande redingote battant les talons, ses souliers à cordons, sa cravate en corde, ses cheveux plats et ses yeux qui n'osaient pas regarder, il avait l'air d'un pauvre sire, d'une ombre d'homme, d'une bête du bon Dieu ; mais voilà qu'une grande occasion se présente, et de marcher droit, de se tenir fier, de parler ferme.

— Mon oncle, dit-il nettement, le hasard m'a fait entendre quelques mots de votre conversation. Je suis majeur ; j'ai cent mille francs dont je puis librement disposer. Que votre fils les accepte ! S'il me les rend, tant mieux ! Sinon, je suis à l'âge où l'on travaille, où l'on s'enrichit ; et mieux vaut que ce soit un jeune homme comme moi qu'un vieillard comme vous, qui s'expose aux privations. D'ailleurs Paul me remboursera.

Il avait débité cela tout d'une haleine, bravement. Sa timidité le reprit. Il baissa la tête.

— C'est à toi que je devrai la vie de mon fils ! s'écria madame Jouvencel.

— Mon amie ! murmura doucement le patriarche.

Jean-Marie se hasarda à les regarder.

Sa tante pleurait, les mains jointes ; son oncle lui tendait les bras.

Après avoir embrassé Jean-Marie, le bon monsieur Jouvencel embrassa sa femme.

— J'étais décidé à payer! lui dit-il tout bas. Au fait, fit-il tout haut, c'est toujours moi qui paye car, Jean-Marie, mon ami, tu ne perdras rien. A mon âge, on n'a pas de longues années à vivre, et si mon fils ne te rembourse pas, tu trouveras toujours sa part dans ma succession.

— Qu'avez-vous entendu, mon cousin? dit Victoria, quand Jean-Marie sortit du salon.

— Rien, ma cousine. La porte est épaisse, et ils parlaient bas.

— Nigaud !

Le soir, le salon vert d'eau avait un air de fête. Paul, assis auprès de sa mère, lui tenait les mains dans les siennes et répondait par des baisers aux regards que ne pouvait se lasser de lui jeter la bonne dame. Les deux jeunes filles, ignorant ce qui s'était passé, allaient et venaient, simplement joyeuses de la visite de leur frère. Le bon monsieur Jouvencel, doucement étendu dans son fauteuil, se reposait des fatigues de la journée. Son regard allait de l'un à l'autre, disant à tous : Je vous aime. Près de lui, madame Boussin l'égayait par sa vive causerie. De temps en temps, Léopold venait pousser le coude de sa sœur et lui parler tout bas. A la fin, elle aussi poussa le coude de M. Jouvencel et une longue conversation à voix basse commença entre eux. Cette conversation se termina par un « je ne dis pas non » du bon monsieur, qui, rapporté le

soir à Léopold, lui fit faire mille folies. Il n'était
pas jusqu'à l'ami Ducrot dont la femme ne se fût
rétabli, exprès pour que la fête fût complète. Le
docteur allait et venait, affairé, tantôt levant les
épaules, tantôt plissant les lèvres, tantôt tambouri-
nant sur les vitres avec ses doigts. Mais on était habitué à ses allures. Quant à Jean-Marie, debout dans
l'embrasure d'une fenêtre, à demi caché derrière les
rideaux, oublié de tous, si ce n'est de la mère, dont
le regard venait le chercher de loin en loin, il avait
le visage tout illuminé de bonheur. Dans un de ses
tours, maître Boussin s'arrêta devant lui, et, d'un
mouvement de tête, il lui demanda ce qu'il pensait.
L'enfant, pour toute réponse, releva sa face épa-
nouie :

— Oui, mon ami, dit le médecin.

Il y avait dans ce oui de la tendresse, de la pitié.
de l'admiration, de l'ironie, mille sentiments. Ce
« oui » en disait plus qu'il n'était gros.

Après l'avoir jeté à Jean-Marie, le docteur lui
tourna le dos.

VII

Dodo, l'enfant, dodo !

Dodo, le berceau allait à gauche ; l'enfant, il se retrouvait d'aplomb ; dodo, il allait à droite. Et le chérubin s'était endormi. Qu'il était joli avec ses bonnes joues que le sommeil colorait en rose, la ligne d'ombre que la ruche de son petit bonnet projetait sur son front, et son menton que bordait le drap de neige ! Il riait. Je crois bien ! Est-ce qu'à cet âge (trois mois), on connaît les cauchemars ? Est-ce que l'estomac délabré ne digère plus ? Est-ce que le cerveau encombré travaille encore pendant le sommeil ? Heureux a été le jour, heureuse sera la nuit. Jamais les regards de l'enfant n'ont rencontré dans leurs recherches instinctives que des objets riants : le visage de sa mère, celui de son père, les

rideaux blancs de sa couchette, ou la perse à grands
ramages de sa chambre à coucher. Sans doute, son
rêve est peuplé de fleurs et de tendresses, les tendresses dont il est l'objet et les fleurs de la perse
qu'il voit, quand il est éveillé ; c'est pourquoi un
sourire épanouit ses lèvres. Délivrez ses petites
mains captives, elles battront joyeusement l'une
contre l'autre. Il les agite sous la couverture, et
voilà que chacun se penche vers lui. J'ai dit chacun. Ils sont là, en effet, plusieurs, parents et
grands parents : Marguerite, Léopold, le docteur,
et cette madame Boussin qui fait l'empressée. En
présence de son neveu, elle se tait, la bonne dame.
Ce que n'a pu faire ni son mari, ni personne au
monde, ce baby inconscient l'a obtenu. Pour lui,
madame Paroles a mis une sourdine à son instru-
ment quand elle parle ; et même, quand il dort,
elle se tait. Pas d'autres changements, du reste,
chez nos amis. Marguerite a toujours sa douce
figure, calme et reposée, un peu plus pâle peut-être
et empreinte de ce rayonnement que répand sur
les traits des femmes un double amour. Léopold a
gardé sa bonne mine, et sa gaieté n'a rien perdu à
se transformer en bonheur. Voilà qu'un nouveau
personnage vient grossir le groupe, mais triste
celui-là de la tête aux pieds, plus triste et plus négligé sur soi que jamais. C'est notre ami Jean-Ma
rie. Il a les doigts tachés d'encre, le bon garçon :

6

c'est qu'il revient des bureaux de la sous-préfecture, où il travaille, comme expéditionnaire, depuis
tantôt six mois. Il retourne chez le bon monsieur
Jouvencel, et, en passant, il est entré, comme cela,
pour voir l'enfant, un être de plus à aimer, qu'il
aime. Léopold le sait bien : aussi, vite il le prend
par la main et lui montre le berceau. Comme il est
fier, le médecin ! Comme il a l'air de dire, à la vue
de l'enfant : — Trouvez-m'en donc un qui vaille
celui-là, en beauté, en santé, en raison et en
science ! Comme il est heureux ! Et d'où vient qu'en
face de ce bonheur, ce soit un soupir que laisse
échapper Jean-Marie ; d'où vient que de grosses
larmes gonflent ses paupières et s'apprêtent à cou-
ler ? Ce n'est pas Marguerite qui nous le dira : le
baby l'absorbe ; ni Léopold : il est absorbé par le
baby. Nous nous adresserions bien à Jean-Marie lui-
même ; mais il est trop timide pour dire tout haut
sa pensée. Quant au docteur... Tiens ! le docteur
parle ; c'est du regard, il est vrai. Qu'importe ! Au
lieu d'écouter, regardons. C'est sa femme qu'il regarde, lui.

— Il faut laisser reposer l'enfant ! dit-elle aussitôt.

— Oui, chère amie.

— Nous sortons ?

— Oui, chère amie.

— Avec ces messieurs, peut être ?

— Oui, chère amie.

— Et Marguerite?

— Non, chère amie.

Tous quatre passèrent dans le salon. Là, le docteur prit les deux mains de Jean-Marie et les serra avec force. Il avait des poignées de mains à lui, le docteur, des poignées de mains comme en donnent les gens qui ne parlent pas, des poignées de mains où l'on sent le cœur. C'est si vrai, que ce pauvre Jean-Marie, au lieu d'avoir des larmes dans les yeux comme tout à l'heure, se mit à pleurer pour tout de bon.

— Je suis malheureux! bien malheureux! dit-il.

— Vous? s'écria Léopold. Que se passe-t-il donc? Est-ce que Victoria ne vous aimerait plus? Est-ce qu'elle en aimerait un autre? Est-ce que notre mère irait plus mal? Est-ce que...

Ce fut madame Boussin qui répondit pour Jean-Marie.

— Ta, ta, ta! dit-elle, interrompant son frère, il n'est pas difficile de deviner ce qui se passe là-bas. La petite est une enfant, elle ne pense pas encore toute seule. Si ma pauvre amie n'était pas au lit depuis plus d'un an, elle conseillerait sa fille, et tout irait bien. Mais non, c'est monsieur qui fait le chaud et le froid à la maison. Or, je ne sais pas ce qu'il a contre ce garçon. Tu le sais, toi?...

— Oui, chère amie.

— Alors, dis-le !

— Non, chère amie.

— Tu ne veux pas le dire ? Tu le diras à moi toute seule ? Tu le diras plus tard ? Plus tard, quand il en sera temps. Je comprends. Bon. J'attendrai. Quoi qu'il en soit, il semble qu'il ait pris à tâche de tourmenter notre Jean-Jean, cet homme-là. De la besogne, des reproches. C'est un bon homme, je le sais, mais qui n'est pas pour son neveu ce qu'il devrait être. Il vous l'envoie trimer à la sous-préfecture, du matin au soir, comme si quand on a cent mille francs ?... Tu m'interromps ? Non... Je continue : comme si, quand on a cent mille francs, on avait besoin de faire le dos d'âne sur du papier timbré. Il vous accapare sa fille, et, depuis qu'il n'en a plus qu'une, il a toujours l'air de dire : Celle-là du moins ne sera pas pour autrui. Que faire à cela ! Il faut espérer que ma pauvre amie guérira. Alors, son mari se décidera peut-être à se dessaisir de la fille qui lui reste. Attendons, mes enfants.

— Attendre ! repartit Léopold. Et mon pauvre Jean-Marie qui pleure en dedans toute la journée, croyez-vous qu'il puisse attendre, lui ? Mais il finirait par m'envier ma joie, si je ne venais en aide à son chagrin. Sois tranquille, je suis là, mon camarade. Jusqu'ici, Victoria n'était qu'une petite fille à poupées ; aujourd'hui, elle est raisonnable ; la ma-

ladie de sa mère, le départ de sa sœur, tout cela a
mûri son esprit. Je lui parlerai...

— Vous ! s'écria Jean-Marie. Oh ! non, non !

Le docteur fit un geste.

— Il faut que je lui parle, n'est-ce pas, mon
frère ?

— Oui, cher ami.

— Y pensez-vous ? redit Jean-Marie.

— Je voudrais bien voir qu'il n'y pensât point !
s'écria cette madame Boussin. Comme si vous ne
méritiez pas qu'on s'intéresse à vous, pauvre ange
du bon Dieu ! Qu'il parle donc à la fille, moi je parlerai au père. Que diable ! il ne trouvera pas mieux
que vous pour gendre. Vous avez vingt-six ans, une
bonne santé, cent mille francs...

— Non, chère amie ! interrrompit nettement le
docteur.

— Docteur ! fit Jean-Marie suppliant.

— Non, cher ami.

— Non ! Qu'est-ce que tu chantes ! Il n'a pas
vingt-six ans ?

— Si, chère amie.

— Quoi, alors ? Est-ce qu'il serait malade ?

— Non, chère amie.

— Eh bien ! Tu ne me feras pas croire qu'il a
perdu ses cent mille francs ! Il les a perdus ?

— Oui, chère amie.

— Vous avez perdu vos cent mille francs, mon-

sieur! Est-ce que vous auriez joué à la Bourse?
Que je suis bête, moi! il n'y a pas de Bourse à
Joigny! Est-ce que vous auriez fait un placement
chez quelque failli? Est-ce que... Depuis combien
de temps n'avez-vous plus votre argent? Est-ce
que...

— Oui, oui!... fit le docteur.

— Vous avez payé les dettes de votre cousin?
C'est lui qui a payé?

— Oui, oui!...

— Alors, pourquoi ne m'en avoir rien dit? Tu te
méfiais de moi?

— Non, chère amie.

— C'était un secret?

— Oui, chère amie.

— Mon compliment : il est joli, ton secret! Ah!
c'est le chérubin qui a payé, et l'autre s'en donne
les gants. Grand *gnan gnan*, va! Laisse moi faire!

— Je vais trouver Victoria, dit Léopold.

— Et moi le vieux, dit cette madame Boussin.

— Madame... commença Jean-Marie.

— Veux-tu bien te taire, agneau pascal! Ah!
c'est lui qui a payé, et c'est pour cela qu'il trime
maintenant, pour cela que l'autre a l'air de le regarder par-dessus l'épaule, pour cela que son mariage est en suspens; attends! attends un peu!
madame Boussin est là qui va mettre son chapeau!

— Oui, chère amie.

Jean-Marie parla :

— Madame, mon oncle est si bon ! Il m'a élevé. C'est mon second père, n'y allez pas ! Plus tard, quand ma tante sera guérie, je ne dis pas. Mais pas aujourd'hui !

— Pas aujourd'hui ! Tout cela, mon bel ami, c'est comme si vous chantiez *femme sensible !* Bien obligée, bonjour !

Jean-Marie voulut la suivre ; le docteur se mit devant la porte :

— Non, mon ami ! dit-il.

Le vieillard prit la tête du jeune homme dans ses mains et l'embrassa. Après quoi il se mit à courir par le salon, battant la mesure sur le parquet avec ses pieds, la charge contre les vitres avec ses doigts, cherchant de l'œil au plafond quelque introuvable araignée.

L'aspect de la maison Jouvencel n'était plus le même que celui sous lequel elle nous est apparue au commencement de ce récit. La Peloce, toujours agile, ne marchait plus que sur la pointe des pieds, de crainte de faire du bruit. Pour la même raison, Jacquot ne cassait plus d'assiettes dans la salle à manger, et mademoiselle Victoria ne chantait plus dans le jardin. Le bon monsieur Jouvencel, lui-même, sortait parfois du sentier battu de son inaltérable douceur, pour faire quelque excursion déso-

bligeante sur les terres du pauvre Jean-Marie : « Ce
dernier se couchait trop tard et se levait trop matin, il jouait mal le boston, il ne ferait jamais qu'un
médiocre employé, etc. » Madame Jouvencel était
au lit ; sa fille se tenait d'ordinaire auprès d'elle,
suppléée de temps en temps par la Peloce. Quant
au bon monsieur, son âme sensible souffrait de voir
souffrir sa femme qu'il aimait tant ; aussi, il passait ses journées dehors, au bras de son ami Ducrot, salué avec vénération par tous ceux qui le
connaissaient, cherchant loin du logis une gaieté
que le logis ne lui offrait plus. Les repas étaient
silencieux. Victoria se levait, de temps en temps,
pour aller près de sa mère. Jean-Marie, qui vivait
en elle, oubliait de manger. Comment le bonhomme
aurait-il trouvé goût aux chefs-d'œuvre de la Peloce, maintenant qu'il n'avait plus toujours en face
de lui le doux visage de madone de Marguerite et
la rieuse mine de démon de Victoria, maintenant
que même le rire niais de son neveu ne faisait plus
écho au sien ?

Léopold trouva sa jolie belle-sœur dans le jardin, toute pensive et assombrie par la tristesse du
logis.

— Comment va votre mère ? dit-il en lui tendant
la main.

— Mieux. Elle s'est levée pendant une heure aujourd'hui.

— J'en suis bien aise, car vous aurez l'esprit plus libre pour écouter ce que j'ai à vous dire.

— Vous avez quelque chose à me dire?

— Oui. Votre cousin vous aime.

— Après?

— Il voudrait vous épouser.

La jeune fille eut un sourire.

— Vraiment?

— Et votre indifférence le navre.

— Voyez-vous ça!

Elle eut un de ces beaux éclats de rire dont la maison était depuis si longtemps privée.

— C'est mal, dit Léopold, d'accueillir ainsi mes ouvertures.

— Vos... comment dites-vous? vos ouvertures?...

— Vous avez très-bien entendu.

— Ah! ah! Eh bien! voyons, monsieur, je vous écoute, parlez!

— Vous ne connaissez pas votre cousin.

— Lui? comme ma poche. C'est un bon et brave garçon, qui n'a pas inventé la poudre et qui, l'eût-il inventée, ne le dirait pas ; aussi maussade que timide, gêné dans ses habits, bref une pâte à faire un parrain et non un mari. Voilà.

— Lui! Je vous disais bien que vous ne le connaissiez pas : il est aussi grand qu'il est bon.

— Parlez! dit l'enfant redevenue sérieuse.

— C'est lui qui a payé les dettes de votre frère, qui l'a sauvé !...

— Les dettes de mon frère !...

— Ah! c'est juste, vous ne savez rien. Écoutez!

Il lui prit le bras, mais il n'avait pas besoin de ce geste pour forcer l'attention de la jeune fille, qui, tant qu'il parla, resta comme suspendue à ses lèvres.

— Eh bien! que lui dirai-je? demanda Léopold après avoir parlé.

La jeune fille leva vers lui son front rayonnant et ses yeux humides.

— Vous lui direz... Vous ne lui direz rien...

— Bon! bon!

— Vous lui direz qu'il vienne!

Elle se détourna et se prit à marcher, pour être seule.

Elle s'en allait, le bras gauche immobile, le bras droit relevé de telle façon que la main reposait sur le cou, la tête penchée, heureuse et tout en pleurs.

— Victoire! cria Léopold à sa sœur qu'il trouva, en sortant, sur son chemin ; victoire de mon côté!

— Alors, va te coucher, le reste me regarde! dit cette madame Boussin, qui marchait, bien campée, la tête renversée, avec une expression de défi.

En ce moment, le bon monsieur Jouvencel revenait de la promenade, saluant et souriant.

— Eh quoi ! dit-il, c'est cette madame Boussin !
Comment allez-vous, madame ? Viendriez-vous par
hasard dîner avec moi ? Ce serait une bonne pensée, car je suis bien abandonné depuis quelque
temps ; la tristesse est entrée dans ma maison.

— Je vous apporte la gaieté, dit-elle.

— Elle sera la bienvenue. Entrez donc, belle
dame, je vous en prie.

— Au fait, écoutez ! Vous ne dînez que dans une
demi-heure ; il fait beau temps, promenons-nous
un peu. Je vous préviens d'avance que vous rentre-
rez chez vous avec le cœur content et un excellent
appétit.

— Veuillez prendre mon bras, madame. La ! Les
soldats ont quitté le quai pour aller à la gamelle,
les promeneurs attendent que le soleil soit plus bas
pour y venir. Allons sur le quai. Nous pourrons y
bavarder tranquillement. Nous allons rire, n'est-ce
pas ?

— Nous allons rire, certainement.

Il y eut un instant de silence.

— Votre femme est malade, reprit cette madame
Boussin, très-malade, et m'est avis que vous devriez
lui donner un peu de contentement qui lui rendît la
santé.

— Je ne demande pas mieux, répondit le bon

monsieur Jouvencel. J'ai toujours rendu ma femme heureuse. Je ne crois pas qu'elle ait eu, depuis notre mariage, le plus petit reproche à me faire. Jamais un mot vif n'a été échangé entre nous. Quant à la toilette, je lui ai donné plus de robes qu'elle n'en pouvait porter. Elle en a quatre en pièces encore dans ses tiroirs. Je ne parle pas des dentelles et des bijoux. Elle garde cela pour ses filles. Elle fait pour ses filles tout ce qu'elle veut. Quand il s'est agi de marier l'aînée, elle a été de votre avis, et je me suis fait une loi d'en être pareillement... Ainsi.....

— C'est justement de mariage qu'il s'agit, interrompit madame Boussin.

— Ah ! ah ! fit le bonhomme, vous m'intriguez.

— Je ne vous intriguerai pas longtemps. Votre grand dadais de Jean-Marie aime sa cousine Victoria. Il voudrait l'épouser.

— Bah ! Et Victoria aime t-elle son cousin ? C'est elle, il me semble, qu'il faudrait interroger d'abord. Je ne suis pas un tyran, moi, pour vouloir marier mes enfants contre leur gré.

— D'accord. Victoria aime son cousin. La maladie de sa mère a mis du plomb dans sa petite tête, le bonheur de sa sœur lui a paru d'un bon exemple. Bref, ces enfants n'attendent que votre consentement pour être heureux comme les autres.

— Mon consentement ! comme vous y allez, voisine ! vous allez vite en besogne.

— Je vais vite en besogne, voisin, parce qu'il s'agit d'une chose toute naturelle et pour laquelle les phrases sont superflues. Puisqu'on est d'accord...

— On est d'accord, on est d'accord !... Il me semble que l'on aurait dû me consulter avant tout.

— Tout à l'heure, vous disiez qu'il fallait consulter avant tout votre fille. Eh bien ! c'est fait. A vous maintenant, je vous consulte.

— Vous me consultez ! Il me semble que mes enfants n'avaient pas besoin d'intermédiaire entre eux et moi.

— Mon Dieu ! vous connaissez bien la timidité de votre pupille. Depuis quelque temps, vous êtes si dur pour lui...

— Moi, dur pour lui ! moi ! Je le regarde comme mon fils.

— Au fond, c'est possible ; mais en apparence, on ne le dirait pas. Vous le faites trimer comme un mercenaire ! Vous l'envoyez tous les jours user ses culottes sur les chaises de la sous-préfecture ; je sais bien qu'il faut que les jeunes gens s'occupent ; mais votre neveu n'était pas fait pour ce métier-là. En attendant qu'il en trouve un à son gré, pourquoi ne pas le laisser vivre tranquillement et manger ses rentes ?

— Pourquoi ! mais parce qu'il n'a pas de rentes, ma chère dame.

— Et pourquoi n'a-t-il pas de rentes, mon cher monsieur ? Entre nous, voyons, soyons francs. Parce qu'il vous a tiré d'embarras, en prêtant son avoir à votre fils ; parce qu'il s'est dévoué à votre famille et qu'il l'a servie. Qu'il ait sa récompense, ce garçon ! qu'il épouse sa cousine.

— Est-ce qu'il regretterait ce qu'il a fait ?

— Dame ! à sa place, moi je ne m'en priverais pas de le regretter. Mais lui, vous savez bien qu'il en est incapable, et que si c'était à refaire il le referait. Vous aurez là un fier gendre, voisin !

— Vous croyez ?

— J'en suis sûre.

— Eh bien ! je verrai, je réfléchirai. Ce n'est pas au moment où ma femme est au lit qu'on peut parler fiançailles, Mettez-vous à ma place. Il faut attendre un peu.

— Votre femme ? Ce mariage-là la guérirait du coup, c'est moi qui vous le dis. Que demande-t-elle, la douce créature ? Que ses filles soient heureuses : elles le seront. Que ce brave jeune homme soit récompensé de son dévouement : il le sera. Un bon « oui » de votre part la remettra sur pied mieux que toutes les tisanes.

— Chère madame, dit le patriarche avec onction, un père de famille est forcé de consulter la raison avant son cœur. Je donnerai volontiers ma fille à son cousin, car ce jeune homme fera, je crois, un bon mari. D'autres vous diraient peut-être qu'il est un peu lent, un peu paresseux, que sa vue n'est pas très-bonne, et que son père est mort d'une maladie de poitrine. Moi, je passe sur tout cela. Je sais qu'on ne peut pas trouver des gendres parfaits. Le bonheur de ma fille avant tout. Mais, au point de vue de ce bonheur, puis-je lui donner un mari sans le sou ? Comprenez-moi.

— Mais Jean-Marie a cent mille francs...

— Lui !

— Ou votre fils les lui doit, c'est tout un.

— C'est tout un ! c'est tout un !... Que mon fils les rende, et nous verrons...

— Nous verrons ! Et en attendant, votre femme agonise, votre fille pleure, votre neveu se désole. Ce mariage-là ferait tout le monde heureux et bien portant. Il faut qu'il se fasse. Je vous le dis tout net : vous êtes vieux, vous n'emporterez pas votre argent avec vous. Payez les dettes de votre fils et bénissez nos amoureux...

— J'aime à faire mes affaires tout seul, belle dame ! fit M. Jouvencel impatienté.

— Plaît-il ?

— Je vous dis que j'aime à faire mes affaires tout seul. Mes filles sont à moi, ma femme est ma femme, et mon argent est mon argent. Je suis raisonnable, et je cède quand il faut. Vous avez vu que j'ai con-

senti au mariage de mon aînée. Laissez-moi le temps
de réfléchir à celui-ci.

Ils étaient revenus à la porte.

— Bonsoir ! dit-il.

— Ah ! c'est ainsi ! s'écria cette madame Boussin,
incapable de s'en aller comme elle était venue. Eh
bien ! écoutez !...

— Une autre fois.

Elle le prit par les deux revers de sa redingote.

— Moi, je vous dis que vous m'écouterez.

— Lâchez-moi !

— Non.

— Voulez-vous me lâcher ?

— Pas avant que vous ne m'ayez entendue.

— Madame !

— Il n'y a pas de madame qui tienne ! vous m'en-
tendrez ! cela vous étonne qu'on ose vous résister,
hein ! vous qui avez habitué tout le monde à vous
obéir en esclave. Cela vous surprend que je m'intéresse si fort à autrui, vous qui n'avez jamais aimé
que vous-même. Je ne suis pas dupe de vos sima-
grées, mon bel ami. Vous vous attendrissez par-ci,
vous vous attendrissez par-là, vous n'avez jamais
que le bonheur des autres à la bouche, l'intérêt des
autres est le seul intérêt qui vous touche, et tonton,
tontaine, tonton ! Au fond, c'est de votre bonheur
et de votre intérêt seulement que vous prenez souci.
Si vous avez rendu votre femme heureuse, c'était

par calcul, afin qu'elle vous rendit la pareille. Vous l'avez aimée pour en être aimé, avec une arrière-pensée ; cet amour-là était un calcul et pas un sentiment. Vous avez agi de même envers vos enfants. C'est si bon de voir et d'entendre du matin au soir deux belles jeunes filles qui vont et qui viennent autour de vous en vous câlinant ! Vous en avez perdu une, vous ne voulez pas perdre l'autre. Vous avez fait un sacrifice à l'opinion en mariant l'aînée, qui courait sur ses vingt ans ; vous voulez vous faire un sacrifice à vous-même aujourd'hui. Vogue, Marguerite, Victoria sera sacrifiée ! Vous auriez laissé votre fils se tuer, n'eût été la crainte des on-dit ; et, malgré cette crainte, vous hésitiez, quand l'autre a offert son argent. Si vous rendez un service à vos voisins, c'est pour qu'ils vous en rendent deux. Vous n'avez jamais fait que le bien, mais vous ne l'avez jamais comme il faut le faire, avec le cœur. Voulez-vous que je vous dise?..

Le bon monsieur Jouvencel avait l'air d'un martyr. Il écoutait, les yeux élevés au ciel, avec un regard éloquent qui semblait dire : Va ! va ! les injures et les faux jugements des hommes ne sauraient m'atteindre !

— Voulez-vous que je vous dise ? Vous n'êtes qu'un *égoïste !* voilà un an que j'avais le mot dans le gosier ; ça me fait du bien de le lâcher !

Il redescendit sur la terre, et, joignant les mains :

7.

— Égoïste ! moi ! fit-il d'un ton de reproche. Oh !

— Oui, égoïste, égoïste, égoïste !

Elle lâcha les revers de l'habit du bonhomme, pour mettre les poings sur ses propres hanches, et, rouge comme un homard, elle partit, la tête retournée, lançant, comme le Parthe ses flèches :

— Égoïste ! égoïste ! et je les marierai malgré vous !

VIII

Madame Jouvencel allait mourir. L'une auprès de l'autre, agenouillées, ses deux filles se tenaient à la droite du lit. Le bon M. Jouvencel était debout, à la gauche, côté du cœur. Léopold, le docteur Boussin, l'ami Ducrot, le pacifique Jacquot se tenaient non loin, diversement groupés. Derrière les jeunes filles, le bon Jean-Marie, les yeux rougis, mordait son mouchoir. Cette madame Boussin et la Peloce allaient, venaient, couraient, comme si leurs allées, leurs venues, leurs courses eussent pu servir à quelque chose. Le prêtre venait de sortir. L'heure où l'on désespère allait sonner. — Et mon frère qui ne vient pas ! murmurait Victoria. — Il va venir ! répondait machinalement Marguerite. Comme c'est triste, ces conversations à voix étouffées qu'on entend dans la chambre de ceux qui meurent! Ces sanglots comprimés par des mouchoirs, ces larmes qu'on verse en se détournant, ces sourires qu'essayent les lèvres pâles, ces pas furtifs qui glissent et ne retentissent pas! Le jour est doux pour ne pas fatiguer les paupières qui vont se fermer à jamais. Comme une odeur de monastère remplit l'appartement. L'atmosphère de la douleur est presque toujours celle de la religion. On souffre, on pleure ; on se sent faible, on prie. La pensée chrétienne rassénère le front de celui qui va partir. La face de madame Jouvencel avait des tons de cire, mais ses traits étaient calmes, et ses mains jointes disaient pourquoi. Tout à coup, elle ouvrit tout grands ses yeux à demi fermés, et, d'une voix tremblante, qui mettait un quart d'heure à achever une phrase, car un grand soupir scandait les syllabes de chaque mot : — Mon fils? dit-elle. — Il va venir, dirent ensemble les deux jeunes filles agenouillées. — Mon mari? — Je suis là, ma chérie! répondit le bon M. Jouvencel, qui lui prit une main dans ses mains. Comme un nuage passa sur le front de la mourante. — Victoria! murmura-t-elle, Jean-Marie! Elle ne pouvait plus se retourner vers eux. Ils le comprirent, et, faisant le tour du lit, ils vinrent se placer en face d'elle. Alors la mère sourit, et son regard conduisit celui du père vers les deux enfants. — Respirer? fit-elle avec peine. Jean-Marie vint lui

mettre le bras sous les épaules pour la soulever.
Elle le regarda longuement, avec fixité et douceur,
remuant les lèvres, mais ne pouvant parler. Puis
ses paupières se prirent à battre, puis elle dit : Mon
Dieu ! puis... plus rien. Jean-Marie se retourna et
regarda les autres, tout hébété. — Ma pauvre
femme ! dit M. Jouvencel. Les sanglots comprimés
éclatèrent.

. . . .

Ma mère ! ma mère ! cria Paul.

Le bon M. Jouvencel alla à sa rencontre, les bras
ouverts, puis ce furent ses sœurs qui l'embrassèrent en pleurant.

— Je veux la voir ! dit-il.

Arrivée près d'elle il la baisa pieusement. Ses genoux plièrent.

— O ma mère, dit-il, c'est mon châtiment de ne
pas t'avoir revue en vie. J'aurais été si heureux,
avant de te perdre, de te dire que j'ai expié ma
faute, que je l'ai réparée! Je t'aimais, ma mère, et
c'est cet amour, ineffable et profond, qui m'a for-
tifié et soutenu. Grâce à lui, j'ai lutté et travaillé,
je me suis privé et j'ai souffert. Mais le dévouement
de mon frère et le tien n'ont pas été perdus. La fortune est venue à tes prières. L'argent qu'on m'a
prêté, je le rapporte. Et j'aurais voulu que tu fusses,
ainsi que lui, témoin de mon bonheur, car je vous

connaissais bien : vous êtes de ceux que rend heureux le bonheur des autres.

Il se retourna vers Victoria.

— Notre mère te voit de là-haut, lui dit-il ; tu payeras ma dette et la sienne. Dis! tu feras le bonheur de cet honnête homme?

— Oh! oui, oui, je te le jure ! s'écria la jeune fille en lui sautant au cou.

— Braves enfants! dit cette madame Boussin.

— Oui, chère amie ! répondit le docteur.

— Et moi, je ne compte donc pour rien! s'écria douloureusement le patriarche, qui, s'affaissant sur son fauteuil, versa des larmes, peut-être les premières larmes sincères de sa vie.

IX

Un an s'est écoulé. La maison du bon M. Jouvencel est toujours la plus jolie maison de la plus jolie rue de la plus jolie ville du plus joli pays. Voici
l'heure du déjeuner. La Peloce, comme d'habitude,
tourmente Jacquot ; comme d'habitude aussi, les
yeux de Jacquot regardent, l'un à droite et l'autre
à gauche. Le bon monsieur s'assied comme jadis
dans son fauteuil, et le déjeuner est exquis comme
par le passé. En face de leur père se tiennent les
jeunes époux, Jean-Marie et Victoria. Comme c'est
bon le bonheur! Jean-Marie, transfiguré, regarde
droit devant lui et ose exprimer les opinions qu'il a.
Victoria est redevenue la riante et pétillante enfant
que nous avons connue au commencement de cette

histoire. Rien qui doive réjouir le cœur du vieillard comme la vue de ce couple d'heureux. Quiconque a longtemps vécu s'est fait une philosophie et ne demande à la vie que ce qu'elle peut donner. Le patriarche a perdu sa femme, mais ce n'est pas un accident qui la lui a enlevée avant l'âge. Son fils est riche à présent, en train de le devenir plus encore. Ses filles sont mariées à de galants hommes, qu'elles aiment et dont elles sont aimées. Ses amis lui sont restés fidèles ; le docteur vient chaque soir jouer des marches sur les vitres de son salon, et cette madame Boussin lui conter les cancans de la ville. L'ami Ducrot ne permet plus à sa femme d'être malade à l'heure du boston. Quoi de plus? Le bon monsieur a gardé sa fortune, et la considération dont il est l'objet n'a fait que grandir. Tout le pays le révère à l'égal d'un saint. D'où lui vient donc cet air renfrogné? Pourquoi son appétit a-t-il disparu? Le déjeuner est terminé. Jean-Marie, près de la porte fenêtre, lit *son* journal. Le vieillard appelle sa fille.

Elle vient, comme jadis, s'asseoir sur ses genoux et l'embrasser.

— M'aimes-tu bien? lui dit-il.

— Oui, papa.

— Mais bien, bien...

— En doutes-tu? On dirait qu'il en doute. Fi! le vilain père!

— Non, je n'en doute pas, mais — comment m'aimes-tu?

— Comment je t'aime? De tout mon cœur.

— Ce n'est pas cela que je veux dire. M'aimes-tu... m'aimes-tu... plus que lui?

Et le doigt ridé du vieillard désigne le jeune homme.

— Plus que lui?... Non! Mais je t'aime autant.

Autant! Hélas! son regard brillant fixé sur son mari disait assez qu'il avait la première place dans son cœur.

— Laisse-moi, dit le bonhomme. Je vais faire un tour de jardin.

Dans une allée, il rencontra Jacquot:

— Hé! Jacquot! dit-il.

— Monsieur?

— M'aimes tu, Jacquot?

Jacquot le regarda d'un air stupide, puis, avec un gros bon rire:

— Oh! monsieur! Monsieur veut rire. Monsieur sait bien qu'après ma pauvre sœur, qui n'a que moi au monde, c'est à lui que je suis le plus attaché!

— Bon! bon! laisse-moi!

M. Jouvencel rentra chez lui, prit son chapeau, sa canne, et sortit pour faire sa promenade journalière sur le quai.

Dans la rue, il rencontra sa fillle Marguerite au

bras de Léopold. Tous deux vinrent au-devant de lui, empressés à lui faire fête.

— Jean-Marie et sa femme, leur dit-il, doivent faire ces jours-ci un petit voyage. Est-ce que, pendant leur absence, vous ne viendrez pas les remplacer auprès de moi?

— Si mon mari le veut, moi, je ne demande pas mieux, répondit Marguerite. Je t'aime tant, mon bon père! plus que tout au monde — après lui.

— Nous irons de grand cœur, dit Léopold.

— Merci! Bonsoir!

Il poursuit sa promenade. Sur sa route, chacun s'empresse. Les uns lui serrent respectueusement la main; les autres le saluent; ceux qui ne s'informent pas de l'état de sa santé le regardent avec une expression d'intérêt touchant. Mais il est distrait; il salue à peine; il ne répond pas. Une pensée est en lui: — Chacun d'eux a une femme, un enfant, une sœur, un ami, quelqu'un qu'il préfère à moi. Je ne suis *le plus aimé* par personne! Ma femme, seule, me préférait à tous. Elle est morte! Ma femme...

Il passe la main sur son front, comme pour chasser une idée. L'idée importune revient; elle revient sans cesse.

— Le dernier mot de ma femme n'a pas été pour moi... Il a été pour Dieu.

Le voilà qui marche à grands pas, qui s'arrête, encore.

— Égoïste. Elle a dit que j'étais un égoïste, cette madame Boussin !

« Ce n'est pas vrai ! se crie-t-il à lui-même, j'ai été bon et dévoué. »

— Ce n'est pas vrai ! lui crie sa conscience. Tu as été un égoïste. Tu n'as aimé que toi-même. Tu as essayé de monopoliser à ton profit toutes les affections et tous les biens, tu as voulu mettre les cœurs en coupe réglée, tu as nié l'utilité du sentiment chez toi et exploité le sentiment chez les autres ; souffre maintenant, car tu t'es trompé, et ton erreur est de celles qu'on expie ! A l'heure où ceux qui n'ont cherché le bonheur qu'en aimant sont heureux et se reposent, toi tu ignoreras le repos. Ah ! ah ! égoïste, tu t'imaginais qu'on ne pouvait aimer que toi, tu seras puni par où tu as péché : tu vieilliras parmi des jeunes gens. Tu as méconnu cette loi de la nature : que les affections comme les fleuves descendent et ne remontent pas ; tu vas en reconnaître la justesse à tes dépens. Égoïste ! égoïste ! égoïste !

Il rentre.

Dans la cuisine, joyeuse, la Peloce prépare le dîner. Subitement inspiré, il court à elle :

— Toi, du moins, tu m'es attachée ! Tu ne me quitteras pas !

— Vous quitter, not' monsieur! Ah ça! vous avez la berlue! Vous quitter! Plus souvent que je vous quitterai! Comme, si après cette pauvre madame — que Dieu ait son âme! — vous n'étiez pas la créature que j'estime et que j'aime le mieux!

Après cette pauvre madame!

Le bon monsieur Jouvencel se mit à table, mais il ne fit qu'effleurer les mets. Il passa une mauvaise nuit. Depuis ce jour, il a perdu l'appétit et le sommeil. Son teint s'est couperosé, et ses beaux cheveux blancs ont prit des teintes vertes. Il néglige sa toilette. Il répond brusquement quand on lui parle.

Il est malheureux.

Mâcon, octobre 1863.

FIN DU BON MONSIEUR JOUVENCEL

LA BELLE JEUNESSE

DE

FRANÇOIS LAPALUD

DE SAINT-LAURENT (AIN)

I

Une des rues les plus caractéristiques du vieux Lyon, du Lyon de la Convention, des canuts, des émeutes, était la rue Saint-Pierre. Très-courte, elle reliait la petite place qui porte le même nom à celle des Terreaux ; mais, en dépit des deux places, on ne voyait pas clair dans la rue, tant elle était étroite, tant les maisons à six étages qui la bordaient d'un côté étaient hautes, tant le palais Saint-Pierre, qui s'étendait de l'autre côté, était noir. Pour apercevoir un pan de ciel, il aurait fallu se mettre juste au milieu de la chaussée et regarder bien droit au-dessus de sa tête. Les fiacres, les omnibus, les voitures de roulage, les voitures à bras faisaient sur les petits pavés aigus un bruit assourdissant. Les trottoirs, où trois personnes ne pouvaient marcher de front, étaient encombrés de passants à l'allure affairée et rapide, la plupart chargés de paquets. Les murs des maisons étaient surchargés d'enseignes. Le palais Saint-Pierre lui-même, bourse, musée, siége de la faculté, abandonnait au commerce son rez-de-chaussée sur la rue. Sur toute sa façade s'étendait une file de compartiments étroits, profonds et hauts, qui se divisaient chacun en trois parties : une boutique, une arrière-boutique et un entre-sol. Dans l'entre-sol, on ne pouvait se tenir debout ; dans la boutique, on allumait le gaz à quatre heures de l'après-midi ; l'arrière-boutique sans issue ressemblait à une cave : il y faisait très-chaud et les murs étaient humides. Des familles, aux yeux rougis, ont fait fortune dans ces ruches malsaines. C'est encore, parmi les marchands de lingerie et de nouveautés, à qui les obtiendra. A chaque renouvellement de bail, la ville augmente le prix des loyers.

De 1830 à 1849, les passants qui avaient de bons yeux pouvaient lire, au-dessus de la porte d'un des magasins du palais Saint-Pierre, ce mot peint en jaune sur fond verdâtre : « LINGERIE, » et ce nom répété deux fois en lettres de cuivre sur les vitres de la devanture : « MADAME LAPALUD. »

C'est en 1842 que commence cette histoire.

Il est quatre heures. Le crépuscule éclaire encore la rue, le gaz éclaire déjà la boutique ; entre ces deux lueurs, les objets sont hideux. Madame Lapalud, assise dérrière un comptoir, sur un siége très-élevé, présente aux regards une poitrine bombée vêtue de soie noire. C'est une femme de quarante ans, grande, bien faite, dont la figure se grave dans les mémoires par deux traits : le front est immense et si haut qu'on ne se figure pas qu'il puisse y avoir encore des cheveux au dessus ; la bouche n'a pas de lèvres, ou, si elle en a, elle les serre si bien qu'on ne les voit pas. En face de madame Lapalud, derrière un autre comptoir, sur un autre siége très-élevé ; se tient, raide, sèche, les os des épaules crevant la robe, le teint jaune parsemé de petites plaques rouges, mademoiselle Jenny, la première demoiselle de magasin. Au fond, autour d'une petite table chargée d'ouvrage, sont groupées cinq jeunes filles, dont l'aînée a vingt ans et la cadette quatorze. Toutes ont un teint d'ivoire, les yeux cernés, un aspect maladif ou fatigué. Elles travaillent sans relâche et ne parlent qu'à voix basse. Pourtant leurs yeux échangent parfois un regard d'intelligence ; parfois un sourire court sur leurs lèvres. La nature, à la petite table, n'a pas perdu tous ses droits ; la

8

jeunesse, à défaut de la santé, y résiste encore au commerce.

Madame Lapalud tournait à chaque instant la tête du côté de la rue ; puis, se retournant vers mademoiselle Jenny, elle disait : — Ils ne peuvent tarder d'arriver maintenant ! Ils ne peuvent tarder ! répétait mademoiselle Jenny. La conversation en restait là, pour reprendre cinq minutes après dans les mêmes termes et s'arrêter de nouveau.

C'était M. Lapalud qu'attendait sa femme ; mais ce n'était pas lui seulement. C'était aussi un enfant de dix ans, un petit cousin, orphelin, sans ressources, que la belle marchande, demeurée sans enfants, s'était décidée à adopter.

Vers cinq heures, la curiosité, qui avait gagné la petite table après les deux comptoirs, fut enfin satisfaite. M. Lapalud, grand et gros homme à mâchoire carrée, large, débordant sur le col de la chemise, écrasant la cravate, retroussant les oreilles, M. Lapalud parut, tenant par la main un jeune garçon de dix ans qui en paraissait bien treize ou quatorze, solidement bâti, le teint rouge, de grands yeux noirs très-vifs, des cheveux châtains très-épais.

— Allons ! entre et embrasse ta cousine, lui dit-il.

Madame Lapalud sortit de son comptoir, et, après avoir été embrassée par l'enfant, l'embrassa à son tour.

— Pauvre orphelin, dit-elle, tu auras en moi une mère !

Cela fit venir des larmes aux yeux de l'orphelin.

— Venez donc le voir, mademoisele Jenny ! dit madame Lapalud.

— Embrasse-moi aussi ! dit mademoiselle Jenny.

L'enfant la regarda, vit les plaques rouges qui ornaient sa face, hésita, et finit par lui tendre le front.

— Je suis de la famille ! dit mademoise e Jenny, en se penchant pour embrasser le nouveau venu.

Tout bas, elle se disait : — Il m'a trouvée trop laide ; voilà pourquoi il ne m'a pas embrassée.

Les victimes de la petite table regardaient et faisaient des commentaires.

— Allons dîner, dit madame Lapalud. Vous devez avoir faim, toi surtout, pauvre... comment t'appelles-tu, déjà ?

— Je m'appelle François Lapalud ! cria l'enfant d'une voix de Stentor.

Les jeunes filles éclatèrent de rire.

— Eh bien ! François, il ne faut pas parler si haut. Ce n'est pas comme il faut. Tu comprends bien, mon enfant, que je ne te dis pas cela pour te faire de la peine. Ce n'est pas ta faute. Élevé comme tu l'as été !...

Elle leva les yeux du côté de son front, sans doute pour prendre ce monument à témoin de la façon déplorable dont son petit cousin avait été élevé ; puis elle tendit la main à ce dernier. Mais François avait mis ses mains dans ses poches ; il regardait curieusement tout autour de lui.

— François, il ne faut pas mettre ses mains dans ses poches. Mais tu ne peux pas tout apprendre en un jour. Viens dîner !

On passa dans l'arrière-boutique où était la salle à manger, séparée par un double vitrage du magasin situé devant et de la cuisine placée derrière.

— Mets-toi là, en face de moi, à côté de mademoiselle Jenny, Bien. As-tu faim, François ?

— Oui.

— On ne dit pas : oui tout seul. On dit : oui, ma cousine. Ne te fâche pas de mes observations, mon enfant. Tu reconnaîtras plus tard que je les faisais pour ton bien. Allons ! mange ! Trouves-tu le potage bon ?

— Oui, ma cousine.

— Je crois bien, pauvre petit, tu n'étais pas habitué là-bas à en manger de pareils !

M. Lapalud prit la parole et raconta son voyage. Il était employé à la préfecture du Rhône et y avait pris l'habitude des rapports clairs, précis et sans omissions. Il commença par le commencement, ne faisant grâce d'aucun détail. Sa diction était d'une correction parfaite. Elle brillait surtout dans l'emploi des passés définis : nous remontâmes la Saône, nous mangeâmes, nous bûmes, nous escortâmes le cercueil de ma cousine, etc...

La cousine, c'était la mère de l'enfant qui écoutait. Sa faim disparut.

— Mais mange, mange donc, mon petit François. C'est du poulet. Là-bas, tu ne devais pas manger du poulet tous les jours. Trouves-tu celui-là bon ?

— Oui, ma cousine.

— Oui, mon cousin, tu n'es pas bavard. Il n'est pas bavard, mademoiselle Jenny. Enfin, j'aime mieux cela que s'il parlait trop, car Dieu sait ce qu'il pourrait dire ! Eh bien ! tu ne manges pas ?

Depuis qu'on avait parlé de cercueil, François étouffait. Il fondit en larmes et donna deux grands coups de poing à la table. Il y eut un bruit d'assiettes et de fourchettes. Mademoiselle Jenny tressauta.

— Maman ! maman ! criait le pauvre François.

— Calme-toi, mon ami, dit M. Lapalud. Sois grand garçon. Moi aussi, quand je perdis ma mère, je me désolai ; mais avec le temps j'eus le plaisir de voir mes regrets diminuer ; je raisonnai et je conclus que nous sommes tous mortels !

François pleurait toujours.

— C'est nerveux ! dit madame Lapalud. Cet enfant est si fort ! Voyez, mademoiselle Jenny, comme il est rouge. Peut-être vaut-il mieux qu'il ne mange pas ? Menez-le coucher, s'il vous plaît. Moi je vais lui faire une infusion de menthe un peu chargée. Demain, il ne pleurera plus. Va, mon petit, ici tu seras bien soigné. Ton cousin est si bon ! Grâce à lui, en perdant ton père, tu n'as rien perdu !

— Embrasse aussi ta cousine, et ne pleure plus ta mère, tu l'as retrouvée.

— Dors bien ! dit madame Lapalud. J'ai mis moi-même les draps à ton lit. Tu ne dois pas être habitué à en trouver d'aussi fins que ceux-là.

Quand François fut au lit, il pleura encore un bon moment ; d'en bas, on entendait ses sanglots. Puis il donna quelques grands coups de poing aux draps si fins de sa cousine et au mur du palais Saint-Pierre ; puis enfin il répéta machinalement le mot de son cousin : « Sois grand garçon, » et, s'enfonçant la tête dans l'oreiller, il essaya de penser à autre chose qu'à ce qui causait ses larmes. Il se rappela les événements qui avaient rempli sa journée ; seulement, au lieu de commencer par le commencement comme M. Lapalud, lui commença par la fin. Il revit tour à tour, bien détachées l'une de l'autre et bien distinctes, les figures de son cousin, de sa cousine et de mademoiselle Jenny. Sans s'expliquer

le pourquoi de ce qu'il sentait, il sentit qu'il lui serait pénible d'embrasser souvent cette dernière et
d'écouter les deux autres, le mari psalmodiant ses
histoires en prenant des pauses, la femme lui donnant des conseils « pour son bien. » Elle ne savait
même pas mon nom ! se disait-il. Pourtant elle a
l'air de m'aimer ; elle me fait de la tisane ; il faut
bien que je m'habitue ici ! Il revit les rues de Lyon,
sombres, bruyantes, encombrées. Il se demanda si
le soleil y luisait pendant le jour. Les sensations de
l'arrivée lui revinrent. C'était l'île Barbe avec le soleil illuminant les toits des maisons et les cimes des
arbres. Les yeux de François avaient été éblouis
par une bande de lumière sur l'eau. Après cette
bande, en venaient trois ou quatre autres de nuances
plus douces. De grandes maisons s'étaient dressées
sur les bords. Des masses de bateaux amarrés avaient
resserré le fleuve. Sur les deux rives, le long des
quais étroits, roulaient d'énormes voitures. — Ce
sont des omnibus ! avait dit le cousin Lapalud. Un
peu plus loin, désignant une montagne couverte de
maisons et de couvents perdus dans l'ombre, avec
une église sur son sommet éclairé : — C'est Fourvières ! avait-il dit encore. La cloche du paquebot
s'était mise à sonner sans relâche et les roues s'é-
taient débattues dans l'eau bruyante. — Les voya-
geurs à l'arrière du bateau ! avait crié une voix.
Quel tumulte ! Sur le quai, des cris, des sons de

trompette se détachant sur la basse des roulements
de voitures ; au bord de l'eau, des nuées de porte-
faix, courant sur des planches et des pontons ; des
groupes de gens immobiles, interrogeant du regard
le pont du paquebot pour y reconnaître quelqu'un.
François, étourdi, avait suivi son cousin. Il se voyait
ensuite sur un pont. Il entendait l'eau au-dessous,
les voitures plus loin, plus loin encore, un grand
murmure continu : le bruit des métiers de la Croix-
Rousse. En face, les maisons noires s'éclairaient. —
C'est le gaz ! avait dit le cousin. — Le gaz ! avait
répété François. Quand ils avaient quitté le quai
pour entrer dans les rues, l'enfant s'était cru perdu.
Y avait-il une issue à ces grands passages, étroits et
longs, piqués de lumières qui faisaient ressortir les
espaces obscurs, et auxquels le jour et la nuit se
combattant encore donnaient un aspect fantastique?
Vite, François fuyait cette impression. Il retournait
à la Saône et se trouvait sur le pont du paquebot,
en plein air, en plein jour. Des deux côtés s'éten-
daient des prairies basses et des plaines ouvertes ;
dans les prairies paissaient de grands troupeaux qui
faisaient des taches noires, blanches et rousses sur
l'herbe d'un vert pâle. Au delà se déroulaient des
collines boisées ou chargées de vignes. De distance
en distance, la flèche d'un clocher s'élançait parmi
les arbres ; on approchait, un bourg semblait sortir
de l'eau. A son extrémité était un pont, et, sur ce

pont, des hommes en costume de travail s'arrêtaient
pour voir passer le bateau...

— Dors-tu, François ? Voici ta menthe !

— Merci, ma cousine.

— Bois-la bien chaude, mon enfant. Tout à
l'heure, je remonterai voir si tu dors. Ici, vois-tu,
tu seras soigné comme tu ne l'as jamais été. Te don-
nait-on de la menthe, là-bas ?

— Non, ma cousine.

— J'en étais sûre. Si tu es robuste, la nature a tout
fait pour ça ; je le disais à mademoiselle Jenny. Oh !
je serai ta vraie mère !

Ce mot de vraie mère ramena François à la pensée de celle qu'il avait perdue, l'autre, la fausse. Il
sentit sa gorge prise. S'il parlait, il pleurerait : il se
tut. Madame Lapalud s'éloigna. Alors il dit de nouveau : — Maman ! maman ! en mordant ses draps,
le visage tout mouillé de larmes.

Adieu les sensations bizarres de son entrée à
Lyon !... Adieu les sensations douces et joyeuses
de son voyage sur le vapeur !... A présent, il est
tout à son pays natal, à ceux qu'il a perdus. Les
chers fantômes lui apparaissent dans le cadre de
leur vie journalière. Il les voit, il les entend. Heure
par heure, acte par acte, sa mémoire reconstruit le
passé. Vivre dans le passé, c'est très-bon pour les
vieilles gens qui ne peuvent plus vivre ailleurs. Mais,

quand on a dix ans et tant de temps devant soi, ce n'est pas gai.

Le pauvre François n'avait pas encore les yeux secs, quand la fatigue vint à la fin les fermer.

II

François était né le 1er avril 1832, à Saint-Laurent.

A peu près à égale distance de Châlons et de
Lyon, s'étendent, à droite de la Saône, une petite
ville, à gauche, un gros bourg. La ville, c'est Mâcon ; le bourg, c'est Saint-Laurent. Un pont de
pierres construit par les soldats de Jules César réunit
les deux rives ; la moitié de ce pont appartient au
département de Saône-et-Loire, l'autre moitié au
département de l'Ain.

Un flot de maisons basses baigné d'un côté par
la rivière, des trois autres par les vagues vertes des
prairies bressannes ; pas de quai ; une grève couverte de barques échouées, de filets suspendus à des
piquets ; de linge posé sur des cordes ; une rue

droite ; trois ou quatre ruelles ; une grande place dont le sol inégal est çà et là coupé par des flaques d'eau ; sur la place, le long des rues, le long de la rivière, des oies par bandes : tel est Saint-Laurent.

Cette bourgade a son histoire. Nulle, dans les Gaules, ne résista plus bravement, aux Romains d'abord, ensuite aux Barbares. Les Bourguignons, maîtres du pays alentour, ne purent jamais s'y établir qu'à demi : un article spécial de la loi Gombette laisse aux habitants de ce coin de la Bresse les deux tiers de leurs esclaves et le tiers de leurs propriétés. Les Huns et les Sarrasins traversèrent la Saône, sans séjourner sur ses bords. Sous les successeurs de Louis le Débonnaire, les Saint-Laurentins révoltés se donnèrent pour suzerains les sires de Beaugé ; plus tard, par alliance, ils allèrent aux ducs de Savoie ; ce n'est que sous Henri IV qu'ils devinrent Français. En 1789, on trouve Saint-Laurent parmi les petites communes les plus ardentes à revendiquer leurs droits ; mais, en 1793, le vent du fédéralisme y souffle, venant de Lyon, et, tandis qu'à Mâcon on promène, sous le nom de Déesse de la Raison, la fille d'un quincaillier, de l'autre côté de l'eau, on se fait dire la messe par un curé constitutionnel.

Un peu plus tard, Napoléon visite Saint-Laurent.

C'était entre deux campagnes ; il parcourait les départements de l'Est, et, la veille, il s'était arrêté à Mâcon. De bon matin, à cheval, suivi d'un seul officier, il passa le pont et fit au galop le tour du bourg bressan. Comme il revenait par le bord de l'eau, son cheval heurta un bateau que son propriétaire était en train de radouber. Ce bonhomme, nommé Trouilloux, fut renversé : — Sacré maladroit ! cria-t-il au cavalier. L'empereur arrêta son cheval et se mit à rire. L'autre, furieux, allait l'injurier de nouveau, quand l'officier lui dit : — Tu parles à l'empereur. — Tu ne me reconnaissais donc pas ? dit Napoléon ; eh bien ! pour que pareille chose ne t'arrive plus à l'avenir, voici de mes portraits ! Et, mettant une poignée de pièces d'or dans le bonnet du père Trouilloux, il éperonna son cheval.

Que fit notre marinier ? Il rassembla sur le champ ses amis et leur dit : — Vous voyez bien ces napoléons, c'est l'empereur lui-même qui me les a donnés ; il s'agit d'organiser une fête en son honneur, oh ! mais une fête qui soit à celle du préfet de là-bas ce que sont les étoiles à des chandelles de douze ! Allons, que chacun donne son avis ! Chacun en effet le donna, et voici la fête qui eut lieu :

Deux tonneaux remplis de vin furent placés aux deux extrémités de la grande rue, qu'on appelle aussi la *Levée*. D'un tonneau à l'autre une corde fut tendue, et à cette corde on accrocha des centaines de cuillers en bois (à Saint-Laurent, on dit *des poches*.) Cela fait, tout le bourg se massa à l'entrée de la Levée. Quand Napoléon parut, un grand cri de joie l'accueillit, et le père Trouilloux, lui présentant une poche, le pria de la remplir et de porter la santé de Saint-Laurent, comme les Saint-Laurentins allaient porter la sienne. En un clin d'œil, les tonneaux furent defoncés. Napoléon prit l'ustensile, le remplit de vin, et, le portant à ses lèvres : — Je bois, dit il, à Saint-Laurent-la-Poche ! — Il a baptisé la ville ! s'écria le père Trouilloux. En effet, le surnom est resté.

Ce ne fut pas tout. L'empereur promit au maire la somme nécessaire pour donner à l'église le clocher qui lui manquait. Mais, une fois parti, il oublia sa promesse. Cependant les Saint-Laurentins ne lui tinrent pas rancune. Quand les Autrichiens entrèrent en France par le Bugey, ils passèrent le pont, pour mettre la rivière entre eux et l'ennemi ; puis, le pont passé, ils en firent sauter une arche et construisirent une redoute à l'autre bout. Ils eurent l'honneur d'arrêter, une demi-journée, l'invasion.

Sous la Restauration, Saint-Laurent bouda. Mais, en mai 1830, le duc de Chartres, devenu duc d'Orléans, s'y arrêta pour passer une revue. Les gardes-nationaux n'avaient pas encore eu le temps de se faire faire des uniformes. Ils avaient néanmoins bon

air avec leurs blouses bleues et grises serrées autour
de la taille par une ceinture aux trois couleurs. Le
.prince, à la vue des *sayes* et des visages, s'écria : —
Mais ce sont des Gaulois ! Nulle part, en effet, il
n'aurait retrouvé aussi bien conservé le type des
races primitives. Impossible de ne pas reconnaître
le vieux sang gaulois à la haute stature de ces pê-
cheurs, à l'articulation carrée de leur visage, à leurs
cheveux châtains, aux regards pleins de vivacité de
leurs yeux bruns, à l'absence de la ligne grecque
dans la forme du nez.

Vrais Gaulois, en effet, inconséquents, querelleurs,
vantards, mais pleins de verve et de bravoure, aimant le danger, incapables de vivre dans leurs maisons et de travailler ailleurs qu'à la face du ciel, les
Saint-Laurentins, montés sur de petits bateaux,
passent leurs journées à descendre et à remonter le
cours de la Saône. Ils pêchent. Dans une des piles
de la grande arche du pont, une niche a été creusée,
et, dans cette niche, est une petite statue coloriée
de saint Nicolas, patron des mariniers. Quand la
pêche a été mauvaise, les Saint-Laurentins jurent
comme des païens ; mais, arrivés devant l'image du
saint, ils ne manquent jamais d'ôter leur bonnet et
de faire le signe de la croix. Quelquefois ils inter-
rompent au-dessus de l'arche un juron commencé,
qu'ils achèvent ensuite au-dessous.

Les femmes, tandis que leurs maris sont occupés

sur le fleuve, ne demeurent pas oisives : les unes lavent du linge dans des bateaux couverts ; les autres étendent des cordes sur la grève et sur ces cordes placent le linge qu'ont lavé les premières ; d'autres, les plus jeunes et les plus jolies, restent à la maison à repasser. Si l'on trouve des chemises blanches à Mâcon, on le doit à cette ruche travailleuse.

Les enfants, à l'instar de ceux de Sparte, grandissent sur la place publique, assez mal peignés, couverts de boue ou de poussière, fortifiant leurs membres par des exercices de gymnastique, tels que le disque et le pugilat, qu'ils appellent plus simplement le palet et les coups de poing.

Le samedi, il y a un grand marché à Saint-Laurent. Rien de pittoresque alors comme l'aspect du pont, des places et des rues. On vient là de trois départements. Sur la place, trois mille charrettes sont acculées, brancards en l'air. Auprès sont les sacs de blé déliés, dans lesquels plongent tour à tour la main du vendeur qui montre sa marchandise et celle de l'acheteur qui l'examine. Les salles des hôtelleries sont pleines de buveurs, les écuries sont encombrées de bœufs et de chevaux. Dans les rues se tiennent les femmes vêtues du pittoresque costume bressan : la robe à taille courte galonnée de velours, à étroites et courtes manches lisses terminées par de longues mitaines de dentelles ; le grand tablier

de soie à bavette garnie de guipure ; le chapeau na-
tional à large bord de dentelle raide, à fond imper-
ceptible, autour duquel s'entortille une cordelière à
glands d'or. Ces fermières, vêtues aussi richement
que des duchesses, grasses, fraîches, vendent du
beurre, des œufs et ces magnifiques poulardes qui
sont la gloire de la Bresse. Les Saint-Laurentins
accueillent à merveille leurs hôtes du samedi. Ils les
aident à décharger leurs sacs et leurs cages. Les pê-
cheurs se métamorphosent en porteurs de la halle.
Le soir, on boit de compagnie.

Vous connaissez la patrie de François.

Quant à ses parents, ils étaient de leur pays : le
père était pêcheur et la mère blanchisseuse. En
1806, la conscription avait frappé Pierre Lapalud
qui, n'étant pas assez riche pour acheter un remplaçant, était allé à Besançon apprendre à faire
l'exercice. De là il était parti pour la Prusse et il
avait assisté à la bataille d'Iéna. Blessé, il était revenu en France dans la voiture d'un officier de son
régiment, blessé comme lui. Tous deux prirent leur
retraite. L'officier était riche ; il aimait les chevaux :
Pierre devint son cocher. Ils se marièrent ; le maître avec une jeune fille du voisinage, le cocher avec
la femme de chambre de cette jeune fille. Un ordre
de l'empereur vint arracher l'officier à sa retraite
pour l'envoyer en Espagne ; sa femme le suivit.
Pierre revint avec la sienne habiter à Saint-Laurent

9

la petite maison de son père. Trois enfants, à deux ans d'intervalle l'un de l'autre, enrichirent le jeune ménage. Ils moururent tous les trois. Le père et la mère se désolaient. — Mourrai-je donc sans laisser un fils ! disait-il sans cesse. Elle, priait saint Nicolas. Le saint attendri finit par exaucer sa servante. De là, François.

Quand Pierre Lapalud eut un fils, il était déjà vieux. C'était un homme grand et maigre, les joues hâlées, les mains rudes, jurant sans cesse, terrible en apparence, au fond faisant les quatre volontés de sa femme et tout prêt à faire celles de son enfant. — Tu l'aimeras trop, tu ne sauras pas l'élever ! disait la femme au mari. C'est qu'elle l'aimait tant de son côté, qu'elle eût voulu l'aimer et l'élever toute seule. Enfant trouvée, retirée de l'hospice par la fantaisie charitable d'une grande dame, élevée avec la fille de cette dernière, la mère de François était mieux que les autres femmes de Saint-Laurent. Elle savait lire, écrire ; elle possédait même quelques volumes : le *Théâtre* de Racine, le *Cours de littérature* de Laharpe, *Paul et Virginie* et les *Morceaux choisis* de Noël. Entre ce père et cette mère, François avait eu l'existence la plus heureuse que fils de Saint-Laurentin puisse rêver. On s'était promis de ne jamais le perdre de vue ; mais, quand le pêcheur était à ses filets et la blanchisseuse à ses chemises, il s'échappait pour aller se rouler et se battre avec

ses petits voisins. Quand il était surpris en flagrant
délit d'escapade par sa mère : — Sois tranquille, je
n'en dirai rien à ton père ! disait-elle. — Ah ! si ta
mère le savait ! s'écriait le père ; heureusement que
je ne lui en parlerai pas ! A six ans, François était
le plus bel enfant et le plus indiscipliné du pays. —
Il faut l'envoyer à l'école, dit le pêcheur. Je veux
qu'il sache lire avant ! fit la blanchisseuse. François, à qui on acheta un alphabet, se piqua d'amour-
propre et apprit à lire en trois semaines. A l'école,
il fut le premier parmi ceux de son âge, comme il
était le plus robuste. Il commença à se croire un
grand homme, et ce n'est pas dans sa famille qu'on
essaya de le détromper. On eut alors trouvé diffici-
lement un mortel plus heureux que Pierre Lapalud.
Il jurait plus que jamais et ne doutait de rien :
comment douter de quelque chose avec un tel fils ?
Par un beau dimanche, l'enfant partait pour la
messe avec sa mère, Pierre résolut de s'amuser de
son côté : — Je vas aller à la chasse, se dit il, et ce
soir, mon François aura une sarcelle à son dîner ;
toujours manger du poisson, ça doit l'ennuyer à la
fin, mon fils ! Bien entendu, le pêcheur chassait sur
l'eau. Il faisait grand vent. Bah ! il s'embarqua tout
de même. Le vent redoubla. Il voulut revenir. —
Si je faisais un plongeon, se dit-il, ma blouse me
gênerait pour nager ! Il se mit en devoir de quitter
sa blouse en la faisant passer par-dessus sa tête.

Comme il avait le visage et les bras dans la toile, la barque chavira. Il ne put se dépétrer de sa blouse et coula comme une pierre au fond de la Saône. Il revint à la surface, battant l'eau de ses pieds. Mais il était loin du bord, le courant l'entraînait, il était aveuglé, il étouffait ; il disparut de nouveau. Ses camarades retrouvèrent son corps une lieue plus bas, dans la soirée.

Pierre Lapalud avait conservé la maison de son père, qui l'avait reçue du sien ; il la laissa à son fils. Rien de plus. La veuve dut faire trève à son chagrin, pour se livrer à un travail forcé. A chaque instant du jour : — Le pauvre homme ! murmurait-elle en pensant à son mari, et elle pleurait ; mais elle essuyait bien vite ses yeux pour reprendre sa besogne. Jusque-là le bonheur l'avait conservée jeune. Elle vieillit rapidement. Elle sentit que ses forces l'abandonnaient. — Mon Dieu, se disait-elle, si j'allais rejoindre mon mari, que deviendrait François ? François, qui ne trouvait pas la maison bien gaie, allait courir sur le bord de la Saône. Quand elle le voyait : — Mais, malheureux, tu veux donc te noyer comme ton père ! s'écriait la malheureuse femme. Entre ces deux craintes : mourir ou voir mourir son enfant, elle ne vivait plus. — Soignez-vous ! reposez-vous ! lui disaient ses voisins. Se soigner ! se reposer ! Est-ce qu'elle avait des rentes pour cela ? Est-ce qu'il ne fallait pas que son fils eût de belles blouses bien propres pendant la se-

maine et une jolie veste de drap le dimanche? Est-ce
qu'il pouvait marcher autrement qu'avec de beaux
souliers? Et ne faut-il pas que les enfants, quand ils
grandissent, fassent leurs trois repas?... A la fin,
quand elle sentit qu'elle allait mourir à la peine, la
veuve de Pierre Lapalud, en proie à d'horribles in-
quiétudes, pensa à un cousin de son mari qu'elle
avait vu une fois, dans les premiers temps de son
mariage. Ce cousin habitait Lyon. Il était employé
à la préfecture. Sa femme tenait un magasin dans
le quartier des Terreaux. Il était riche peut-être. Il
s'appelait Lapalud comme François. S'il voulait se
charger de l'enfant? Il s'en chargerait sans doute.
Qui ne serait heureux et fier de s'en charger? La
veuve écrivit à Lyon. Sa main tremblait en tenant
la plume. Le lendemain, elle laissait échapper le
fer, et, n'en pouvant plus, se mettait au lit. A quoi
bon détailler toutes ces choses tristes? La pauvre
mère se retint à la vie le plus qu'elle put : elle attendait une réponse. Saint Nicolas, qu'elle priait avec
plus de ferveur que jamais, lui donna cette joie su-
prême. La réponse arriva : elle était favorable.
Alors, elle poussa un grand soupir de soulagement
et dit : — Je puis mourir !

Elle ne fit plus un mouvement. Parfois, un soupir
sortait de ses lèvres. François était à genoux près du
lit, sa tête à la hauteur des yeux de sa mère. Elle le
regardait...

Un peu moins d'une heure après, l'enfant, debout, les poings fermés, sanglotait en répétant :

— Ma mère ! ma mère !...

III

Le lendemain de son arrivée à Lyon, François se réveilla de grand matin, suivant son habitude. Il étendit les bras, se frotta les yeux et fut tout surpris de se trouver dans une demi-obscurité et de n'entendre aucun bruit. A Saint-Laurent, il voyait la Saône ; il entendait les voix des lavandières matinales et des mariniers debout avant le jour. Est-ce qu'il ne ferait pas encore jour ? Cependant il sentait qu'il avait dormi longtemps. Il se leva et alla sur la pointe des pieds jusqu'à la porte ; la porte était fermée. Il y en avait une autre en face ; fermée aussi. — Est-ce que je suis prisonnier ? se demanda l'enfant. Quelle étrange maison ! Il chercha une fenêtre ; pas de fenêtre. Cependant un peu de lumière arrivait du dehors. Par où ? Il découvrit que la cloi-

son qui séparait sa chambre de la chambre voisine
était vitrée par en haut. Il se retourna : une autre
cloison, un autre vitrage. Il écouta : à droite, on
ronflait ; à gauche, on gémissait. Il chercha une
chaise, la porta au-dessous du vitrage éclairé et
monta dessus pour regarder. Alors seulement il
comprit où il était. La distribution de l'entre-sol
était la répétition de celle du rez-de-chaussée : au-
dessus du magasin, la chambre de M. et de madame
Lapalud, éclairée par une fenêtre sur la rue ; au-
dessus de la salle à manger, la chambre de François, éclairée par un vitrage sur la première pièce ;
au-dessus de la cuisine, la chambre de mademoiselle Jenny, éclairée par un vitrage sur la seconde :
si sa cousine n'y voyait qu'un peu, et si lui n'y voyait
guère, en revanche mademoiselle Jenny n'y voyait
pas du tout. Une fois fixé sur ce point, il quitta sa
chaise, se remit au lit, essaya de se rendormir, n'en
put venir à bout, rouvrit les yeux, parvint à distinguer les objets, se leva, prit dans sa malle les plus
beaux de ses habits, fit sa toilette et frappa à la
cloison. Les ronflements de gauche continuèrent,
mais les gémissements de droite formulèrent ces
mots : « Attendez ! je vais ouvrir ; vous ne sortirez
pas tout de suite ; vous attendrez que je sois recou-
chée. » Un pas léger se fit entendre, puis la porte
s'ouvrit. Un « Passez à présent, mais ne regardez
pas ! » fut gémi de nouveau. François traversa la

chambre : « Ah ! c'est toi, mon enfant ! Tu veux
descendre ? eh bien ! tourne la clef et prends garde ;
l'escalier est dangereux ! » Mademoiselle Jenny
était la demoiselle de magasin la plus respectueuse
de Lyon. Cette observation nécessaire fera seule
comprendre le nom d'escalier donné par elle
à la chose tournante qui menait de l'entre-sol au
rez-de-chaussée de la boîte occupée par le commerce
Lapalud.

Enfin, après avoir, non sans tâtonnements et sans
efforts, touché le bas de l'*escalier*, après s'être heurté
le front contre un grand buffet placé dans la cuisine, après avoir respiré l'air méphitique de la salle
à manger, où une grosse bonne faisait crier un pliant
qui lui servait de lit, François se trouva dans le
magasin. Un homme, affermé pour cet usage, achevait d'enlever la lourde devanture de chêne et de
fer. La plus jeune des ouvrières, l'apprentie, ba-
layait le parquet et essuyait les comptoirs. C'était
une enfant de quatorze ans, beaucoup plus petite et
plus mince que François, avec les cheveux ébouriffés sous une méchante *marmotine* de tulle noir, le
teint pâle, les yeux rouges, les doigts gercés. François alla droit à elle. — Bonjour, mam'selle ! dit-il
avec sa voix retentissante du bord de l'eau. A Saint-
Laurent, on l'admirait, et, quand il disait bonjour à
une petite fille, elle se redressait toute fière. La petite Lyonnaise se rappela son entrée de la veille et

lui répondit : — Bonjour, François Lapalud ! en lui
riant au nez. François, dépité, lui tourna le dos et
alla à la porte de la rue. La rue était déserte, terne ;
deux ou trois balayeurs y faisaient sauter une poussière grise. Il se retourna : la petite riait toujours.
Il sortit ; mais il n'osa pas aller plus loin que la place
des Terreaux, de peur de se perdre. Il y resta une
heure à regarder le cadran de l'hôtel de ville. —
Sept heures ! se dit-il, on doit être levé à présent. Il
revint au magasin. Mademoiselle Jenny était à son
poste. Il pensa que devant elle on n'oserait plus
rire. Il entra, très-raide. — Ah ! te voilà, mon enfant, dit la plaintive demoiselle, viens m'embrasser !
— Il paraît que c'est une habitude à prendre ! pensa
François. Dieu ! Est-on embrasseur à Lyon ! Il s'exé-
cuta avec résignation ; puis il vit du coin de l'œil
qu'on riait au fond. Il fit la moue et alla se mettre
à la place de sa tante. Celle-ci parut à huit heures.
— Bonjour, François ! — Bonjour, ma cousine ! —
As-tu bien dormi ? — Oui, ma cousine ! — Tu es
matinal, à ce qu'il paraît ; tant mieux ! Allons, je
vois avec plaisir que tu n'es pas complétement per-
verti. mon pauvre enfant ! Elle l'embrassa avec effusion. — Si je lui disais, pensa François, que la petite ouvrière m'a ri au nez, elle la gronderait. Il
allait parler ; il se retint : — J'aurais l'air d'avoir
été blessé. Il l'avait été. — Qu'est-ce que cela me
fait, après tout, que cette petite rie ou non ? Cela

lui faisait beaucoup. Tout en réfléchissant, il ne disait rien. — Mais voyez donc comme il est sage !
s'écria madame Lapalud. Hein ! mademoiselle Jenny, faut-il que cet enfant ait un bon naturel pour
être demeuré sage comme il l'est ! François fut
blessé par les paroles de sa tante. Mais il n'osait
toujours pas parler. La journée se passa ainsi. Après
le déjeuner, le cousin Lapalud était parti pour son
bureau.

Le soir, quand la nappe fut enlevée, l'employé
regarda François dans les yeux, et, pesant ses paroles :

— Ta cousine et moi, dit-il, nous fîmes hier au
soir cette réflexion : Peut-être ce jeune homme ne
reçut-il jusqu'à ce jour qu'une éducation imparfaite.
Nous résolûmes de nous en assurer. Le moment est
venu. Je vais t'interroger. Allais-tu à l'école, à Saint-
Laurent ?

— J'y suis allé pendant quatre ans, mon cousin.

Pendant quatre ans ! Le regard de madame Lapalud exprima un étonnement sans bornes, et celui de
mademoiselle Jenny témoigna clairement que cet
étonnement était partagé.

— Et qu'appris-tu à cette école ? A lire, à écrire
peut-être ?

— Oui, mon cousin.

— C'est déjà quelque chose.

C'est beaucoup ! dirent les regards, beaucoup pour une telle école !

— Ainsi, tu as appris à écrire. Quant à l'orthographe, on jugea sans doute superflu de te l'enseigner ?

— Je sais l'orthographe, dit François. Je sais aussi l'histoire sainte, l'histoire de France, la géographie et l'arithmétique jusqu'aux proportions...

— Jusqu'aux proportions ! s'écria madame Lapalud éblouie. Il sait jusqu'aux proportions ! Je ne le sais pas, moi ! Oh ! tiens ! Il faut que je t'embrasse, et dimanche, oui, dimanche, je te mènerai à Fourvières !

François était ravi : on lui faisait un compliment. Il tendit sa joue de bonne grâce.

L'employé alla chercher un cahier de papier blanc :

— Ecrivis-tu quelquefois sous la dictée ? lui demanda-t-il.

— Souvent, mon cousin.

— Alors, écris !

Il lui dicta quatre phrases, où se trouvaient quatre des passés définis chers à son cœur. Puis il s'empara du cahier.

— Bien ! très-bien ! bonne écriture ! Tu as omis quelques accents. Peut-être dictai-je trop vite !

Madame Lapalud prit le cahier à son tour ;

— La nature, dit-elle à mademoiselle Jenny, la nature a d'étranges mystères! C'est elle évidemment qui a tout fait. Nous le mettrons en pension, mon ami. Demain, sans attendre davantage, j'irai voir madame Berthoud-Michalet. Oh! nous ne reculerons devant aucun sacrifice!

— Je sais *Athalie* par cœur! dit François, qui ne voulait pas que l'enthousiasme cessât de si-tôt.

— *Athalie!*

— Voulez-vous que je vous la récite?

— Si je le veux! Certainement! Mais pas aujourd'hui; un jour que nous aurons du monde. Aujourd'hui, nous sommes entre nous; inutile de te fatiguer, mon ami.

M. Lapalud ne disait plus rien : — Je l'aurai terrassé par mon savoir! pensait François. L'employé songeait au prix de la pension qu'il faudrait payer à M. Berthoud-Michalet.

— Je vais au magasin regarder les passants, dit François.

— Va! Va, mon ami.

— Maintenant qu'on m'admire ici, je vais un peu les braver là-bas, ces petites sottes! murmurait-il, tout fier.

Comme il fermait la porte, il entendit sa cousine qui disait à mademoiselle Jenny :

— Il faudra que je lui recommande de parler un

peu moins haut. Il est instruit. mais il n'est pas
élevé. Je n'en reviens pas. Avec un tel père et une
telle mère, des ouvriers, des journaliers, sans instruction, sans rien !...

François se sentit blessé dans ses parents. Son
exaltation tomba. Il eut envie de rentrer, de répondre à sa cousine, de mordre mademoiselle Jenny.
Puis : — Bah ! se dit-il, qu'est-ce que cela me fait ?
Depuis que ces gens-là l'avaient loué, il se croyait
supérieur à eux Est-ce que leurs propos pouvaient
l'atteindre ? Il fit claquer ses doigts et entra dans le
magasin. Cependant, à son poste derrière les vitres,
il regardait et ne voyait pas. Les paroles de sa cousine lui revenaient sans cesse. Sa conscience d'enfant lui criait : — Tu laisses mépriser tes parents,
c'est mal ! Son amour-propre finit par lui suggérer
une réponse : — Mais moi je les méprise, eux ! Alors
il s'amusa du spectacle de la rue.

La semaine s'écoula ainsi. Beaucoup de passés
définis du cousin ; beaucoup de comparaisons de la
cousine entre l'état misérable où François avait vécu
et l'état bienheureux dans lequel il vivrait désormais ; beaucoup de regards et de soupirs approba-
teurs de la sylphide aux joues tachetées ; quelques
sourires des vierges martyres de la petite table ;
la lecture pleine d'attrait des voyages de Levaillant,
« lecture, disait M. Lapalud, qui fit naître en moi
le désir de me faire marin, désir que combattit ma

famille, aux conseils de laquelle je dus enfin me rendre... etc. »

Le dimanche venu, madame Lapalud tint sa promesse. Elle mena *son fils* à Fourvières.

La chapelle, but du pèlerinage favori des Lyonnais. est, on le sait, située sur une montagne élevée qui domine le cours de la Saône et la ville. Le chemin en S qui y conduit est bordé de mendiants et d'industriels. Les mendiants promettent aux pèlerins de prier Notre-Dame de Fourvières pour eux ; les marchands étalent sous leurs yeux des chapelets, des images, des statuettes, des cierges, des couronnes, des bouteilles de bière et des petits gâteaux. François donna un sou au premier mendiant qui lui dit : « Mon jeune monsieur ! » — Maintenant que ta charité est faite, lui dit sa cousine, ne donne plus rien ; les caisses du gouvernement n'y suffiraient pas ! François se le tint pour dit. A deux pas plus loin, madame Lapalud et mademoiselle Jenny firent aussi leur charité ; puis elles demeurèrent sourdes. L'enfant les imita. Près de l'église, il eut faim. Il tira deux autres sous de sa poche et acheta un petit gâteau. — Il fallait me demander la permission, dit madame Lapalud ; c'est moi qui te paye ton dimanche, voilà tes deux sous ! François prit les deux sous d'un air humilié. — J'ai soif ! dit-il. Mademoiselle Jenny le regarda avec admiration : jamais, depuis vingt ans, elle n'avait osé avoir soif

tout haut ; jamais elle ne l'oserait ! Madame Lapalud
fit donner un verre de limonade à l'enfant : — C'est
une mauvaise habitude, lui dit-elle, de boire et de
manger dehors ; après cela, ce sont peut-être tes parents qui te l'ont donnée ! Nous voici à la chapelle ;
je vais t'acheter un cierge ; tu le feras brûler pour
eux.

Des larmes vinrent aux yeux de François : il se
rappelait les promenades qu'il avait faites avec son
père et sa mère, les fêtes de village où ils l'avaient
mené. Oh ! les bonnes parties ! et que la cousine Lapalud avait bien raison ! C'était toujours la blanchisseuse qui disait à son fils : Mange ! et le marinier qui ajoutait : Bois ! Le soir, on revenait par
groupes, et l'on entendait de la musique dans le
lointain...

— Tu pleures, mon enfant ; c'est bien, cela, de
regretter ceux qui ne sont plus. Heureusement pour
toi, je les remplace, et tu te diras plus tard que tu
n'as pas perdu au change.

Elle prit son front à témoin de cette vérité, pendant que mademoiselle Jenny répétait, en y ajoutant
un « Oh ! non ! » plein d'ardeur : — Il n'a pas perdu
au change !

— Quand irai-je en pension ? demanda François,
en sortant de l'église.

— Demain, mon ami ! répondit madame Lapalud.
Cela te fait-il plaisir ?

— Oui, ma cousine.

— Tu es donc content de nous quitter ?

— Non, ma cousine, mais ça ne fait rien.

— Ça ne fait rien ! Ah ! je comprends : C'est le zèle de la science ; tu veux t'instruire avant tout. Sois tranquille ! je saurai me sacrifier ; ton cousin aussi saura se sacrifier. Nous ne t'aimerons pas pour nous, comme font tous les parents. Nous ne sommes pas égoïstes, nous !

Le regard de mademoiselle Jenny, interrogé, répondit : Oh ! non !

— Comment est-ce fait, cette pension ?

Madame Lapalud prit un air profond :

— C'est la meilleure pension de Lyon. Madame Berthoud-Michalet est une de mes clientes. Je la connais depuis dix ans. Quant à son mari, il fait des livres. Ils ont une fille à marier, etc., etc...

— Que c'est long d'attendre jusqu'à demain ! se disait François.

La tendresse maternelle de sa cousine commençait à lui devenir aussi insupportable que les rires de la petite ouvrière aux cheveux ébouriffés. Pourquoi ? il n'en savait trop rien. A dix ans, on n'est pas un analyste bien profond. Cependant, si la bonne femme n'avait rien dit, elle ne lui aurait pas déplu. Mais elle parlait, et chacune de ses paroles, toutes utiles ou affectueuses, blessait l'enfant comme l'eut fait un reproche.

10

Le soir, il compta les heures qui le séparaient de son entrée en pension. — Si je m'endormais tout de suite, au moins, pensait-il, le temps passerait plus vite!

Cette idée le tint éveillé deux heures de plus.

V

La pension Berthoud-Michalet était située au sommet d'une des *côtes* qui conduisent de Lyon à la Croix-Rousse. C'était une grande maison en pierres rouges, percée de fenêtres à volets pleins, derrière laquelle s'étendait un clos entouré de murailles si hautes que du dehors on ne pouvait apercevoir les arbres fruitiers dont il était planté. Pas tout à fait l'aspect d'une prison, mais il s'en fallait peu.

Madame Berthoud Michalet recevait les visiteurs. Cinq minutes avant la fin de la visite, elle faisait appeler son mari « qui ne pouvait abandonner plus longtemps ses travaux. » Le bon homme saluait, demandait aux gens des nouvelles de leur santé, tapait sur la joue de l'enfant, s'il y avait un enfant là, s'asseyait et tournait ses pouces l'un autour de l'au-

tre, sans dire un mot c'était un savant ; il faisait
des livres. Sa femme faisait tout le reste. D'habitude, elle portait un bonnet riche planté de travers
sur des cheveux qui n'étaient plus noirs et qui
n'étaient pas encore blancs, un tablier de soie
retroussé sur sa robe, une robe de mérinos re-
troussée sur un jupon de couleur et un jupon
de couleur retroussé sur un jupon blanc ; ce
dernier était très-court et laissait voir des pieds
affreux. Un trousseau de clefs et des ciseaux pen-
daient à la ceinture. Cette geôlière, quand la cloche
de la porte d'entrée se faisait entendre, fourrait le
trousseau dans sa poche, rabattait à coups de poing
son tablier, sa robe et ses jupons, rajustait son bonnet devant une glace, mettait des mitaines à ses
doigts en boudins, et s'efforçait de donner une expression maternelle à sa face jaune, perpétuelle-
ment tirée par le mouvement des lèvres et des yeux.
Elle était si laide que son mari, grosse tête grise,
blafarde, à petits yeux serrés dans des bourrelets de
chair, à sourcils épais, semblait beau par comparaison aux jeunes filles effrayées, qui venaient visiter
leurs frères ou leurs cousins.

— Ah ! c'est vous, chère madame ! s'écria madame Berthoud-Michalet, à la vue de la lingère de
la rue Saint-Pierre ; et voilà mon petit ami ! Il a
l'air vigoureux, il doit avoir bon appétit ! Avez-vous
bon appétit, mon petit ami ? Oui ? vous pouvez ré-

pondre oui. Vous n'êtes pas au collége ici. C'est
bon pour le gouvernement de s'enrichir aux dépens
de l'estomac de ses élèves. Nous, nous vivons en famille. Nous ne gagnons rien. Oh! vous serez content! M. Berthoud Michalet est très-bon. Vous le
verrez tout à l'heure. Il est plongé dans ses occupations. Si nous passions au salon?

François n'avait jamais vu de salon. Il trouva
magnifique la grande pièce tendue de papier ve-
louté, rouge sur rouge, dans laquelle on l'introdui-
sit. Sur la cheminée était une énorme pendule toute
dorée, escortée de deux candélabres, de deux lampes et de deux coupes. On eût dit qu'on avait fait
faire cette cheminée exprès pour porter tant de belles choses. Sur une console à dessus de marbre blanc
deux ou trois écrins entrouverts laissaient voir
quelque chose de brillant au fond de leurs enve-
loppes. A côté des écrins, des vases en porcelaine
remplis de fleurs. Sur un guéridon, au milieu, une
boîte de boston en palissandre et deux chandeliers
en argent.

— Tout ce que vous voyez, dit madame Berthoud-
Michalet, s'adressant à l'enfant et regardant la
cousine, tout ce que vous voyez nous vient de nos
chers élèves. Chaque année, le jour de la fête de M.
Berthoud, cédant à l'élan de leur cœur, ils se cotisent et viennent me consulter : — Nous voudrions
faire un petit cadeau à notre bon maître. — C'est

inutile, mes enfants, une fleur, et c'est assez. —
Non, ce n'est pas assez! Rien ne peut les arrêter. En
voulez-vous un exemple? Tenez! l'année dernière,
j'ai eu la faiblesse de céder. Je leur dis : Mes enfants, M. Berthoud a envie d'une tabatière qu'il a
vue sur le quai de la Saône, chez Nachury, le bijou-
tier. Cette tabatière n'est ni en or, ni en argent; fi
donc! je ne vous en parlerais pas. Non, c'est tout
bonnement une petite boîte, avec des peintures, un
objet d'art! Voilà mes pauvres enfants en campagne. Savez-vous ce qu'a fait cette horreur de bijou-
tier? Il leur a conté un tas d'histoires : que cette
tabatière venait de l'empereur Alexandre, de madame de Pompadour, est-ce que je sais, moi? Bref,
il leur en demande un prix fou ; leur cotisation n'y
suffisait pas. Sans m'avertir, madame, ils savaient
bien que je m'opposerais à cette folie, sans m'avertir, ces pauvres enfants se cotisent de nouveau et
ils rapportent la tabatière. Elle était magnifique.
Ah! de pareils traits font passer sur bien des
peines!

Ils rapportent la tabatière, madame Berthoud
avait tiré son mouchoir ; *elle était magnifique*, elle
avait secoué la tête et froncé le front comme quelqu'un qui va pleurer ; *bien des peines*, elle s'était
essuyé les yeux. Elle reprit tranquillement :

— Chaque année, cela se passe ainsi. L'année
de Montfalcon (je dis l'année de Montfalcon, parce

que chaque année nos élèves nomment un délégué, et que Montfalcon était délégué cette année-là ; aujourd'hui il est substitut), l'année de Monfalcon (c'était la première de notre mariage ; nous n'étions pas riches ; nous ne le sommes pas encore ; mais enfin nous l'étions encore moins qu'à présent), l'année de Montfalcon, les enfants ont offert à mon mari le meuble de ce salon ; l'année suivante, qui était celle de Dévoisin (était-ce celle de Dévoisin ou celle de Vial ? Non, Vial c'est la pendule), l'année de Dévoisin (mais ce n'était pas l'année de Dévoisin ; Dévoisin c'est la console, et c'est du guéridon que je veux parler), la seconde année enfin, les enfants offrent le guéridon. Ils nous ont ainsi meublés peu à peu. Jusqu'à l'argenterie, ils ont pensé à tout. Oh ! vous pouvez parcourir la maison ! De la cave au grenier, tout vient d'eux ; nous n'avons rien acheté nous-mêmes. Aussi n'y a-t-il pas, dans tout Lyon, un établissement mieux monté ! Dans ma reconnaissance, j'ai donné un nom à chaque meuble. Hier encore, je disais à Athalie (c'est ma fille, mon petit ami, votre cousine la connaît bien : une grande demoiselle, très-raisonnable ; elle s'occupe de la lingerie), eh bien, hier, je disais à Athalie : — Ne t'appuie donc pas tant sur Pétrau-Gay, tu pourrais le casser ! (Pétrau-Gay c'est ce fauteuil.) Excusez-moi si je bavarde ainsi ; mais, sur ce chapitre, je suis intarissable. Ici, voyez-vous, ce

n'est pas une pension, c'est la famille ! Mon mari
vous le dirait comme moi, s'il en avait le temps !

Madame Lapalud pensait tout bas que, dans cette
famille unique, les parents n'étaient pas les plus
mal partagés. Elle dit tout haut :

— Ces témoignages, sur lesquels vous avez raison de vous appesantir, chère madame, prouvent
l'affection filiale que vous savez inspirer à ces
jeunes cœurs !

Puis, satisfaite de sa phrase, elle attendit pa-
tiemment une nouvelle bordée.

La bordée ne se fit pas attendre.

— Oh! si vous saviez, madame, ce que fait mon
mari pour mériter cette affection ; si vous saviez
(mais il ne m'appartient pas de parler de moi,
j'aime mieux que ce soit Athalie qui vous le dise,)
si vous saviez ce que je fais moi-même !

Elle se leva, sonna ; personne ne vint ; alors elle
alla ouvrir la porte et d'une voix criarde elle appela : Athalie! Athalie!

Une jeune fille de dix-huit à vingt ans, grande,
grosse, épaisse comme son père, mais à laquelle
sa fraîcheur et de jolies dents faisaient une sorte
de beauté, apparut aux yeux éblouis de François.

— Athalie, voici un nouveau, le petit cousin de
madame que tu connais. Tu auras bien soin de son
linge, entends-tu? Je disais à madame que tu lui
dirais mieux que moi combien nos enfants sont

heureux. Tu te rappelles (mais non, c'était l'année de Malassis, tu n'avais que six mois, tu ne peux pas te rappeler, que je suis sotte!) Eh bien! donc tu ne te rappelles pas le bal que nous avons donné. Notre voisin, M. Chavériat, le colonel en retraite, y assistait avec ses filles. Il y avait encore madame Guichenot avec les siennes. (Qu'est-ce que je dis donc, madame Guichenot? Nous ne l'avons connue que l'année d'après, l'année de Duplan. Pauvre Duplan! qu'est-ce qu'il est devenu? On dit qu'il est agent de change à Paris. A Paris! Il aurait peut-être mieux fait de rester à Lyon!...)

Une heure durant, madame Berthoud-Michalet tint ses auditeurs sous le charme des bals, des fêtes, des concerts, des dîners fins, des promenades champêtres, de tous les plaisirs enfin, dont les bienheureux enfants confiés à ses soins avaient été rassasiés. Elle n'oubliait ni les noms, ni les dates, confondant parfois l'année Duplan avec l'année Malassis, et la pendule Vial avec le guéridon Dévoisin, mais se retrouvant toujours après avoir tâtonné un peu, et repartant de plus belle.

— Avec tout cela, pensait madame Lapalud, pas un mot des études. S'amuser, c'est très-bien; mais quand travaillent-ils donc ces enfants, s'ils s'amusent sans cesse?

Elle allait dire un mot des études; mais madame Berthoud la prit par le bras; mademoiselle Athalie prit François par la main, et force fut de visiter tour à tour la cour, le jardin, le clos, la buanderie, l'étable, la vache qui s'appelait d'un nom d'élève pour obéir à la tradition, le dortoir, le réfectoire, etc., etc. La cuisine seule ne fut pas visitée !...

— Il faut que je vous quitte! dit enfin madame Lapalud. Mais je reviendrai bientôt. Je viendrai chaque dimanche, ainsi que ton cousin et mademoiselle Jenny, tu entends, mon petit François. Allons, au revoir, madame. C'est une mère qui vous confie son fils. Oh! une vraie mère, car jusqu'à présent, le pauvre petit !...

Elle leva les yeux vers son front, regard dont madame Berthoud-Michalet suivit la portée d'un air qui voulait dire : — Je vous comprends, madame ; vous êtes noble et généreuse, madame ; vous êtes comme moi.

Madame Lapalud avait annoncé qu'elle partait ; M. Berthoud-Michalet, averti par Athalie, s'avança :

— Bonjour, madame, dit-il, comment vous portez-vous?

— Très-bien, monsieur, je vous remercie, et vous-même?

— Très-bien, madame, je vous rends grâce.

Il donna la tape ordinaire sur la joue de François.

— Tu travailleras bien? dit madame Lapalud à ce dernier, en l'embrassant.

— Oui, ma cousine.

La bonne dame aurait bien voulu savoir un peu en quoi consisterait le travail de son petit cousin. Mais madame Berthoud, lui touchant légèrement le bras, lui montra M. Berthoud, assis, immobile, muet, un vague sourire sur les lèvres :

— Quel homme! dit-elle; qu'il est savant! j'en suis fière!

Un homme si savant, si muet, et dont sa femme était si fière, en imposa à la marchande qui prit congé, non sans larmes, de l'orphelin « qui n'avait plus qu'elle au monde, mais qui n'en était pas plus à plaindre pour cela! »

Quand la porte de la rue se fut refermée sur sa cousine, François se trouva entre la maîtresse de pension et sa fille ; M. Berthoud-Michalet avait disparu, ainsi que le commandaient impérieusement ses travaux.

— La cloche du dîner va sonner, dit madame Berthoud; mais vous avez sans doute déjeuné tard et vous n'avez pas faim. Promenez-vous donc dans la cour ; dans une demi-heure, vos camarades vous y rejoindront.

Là-dessus, elle s'éloigna. François la détestait d'instinct, mais en revanche il aimait mademoiselle Athalie, et, comme il la tenait par la main il se

sentit plein de confiance. La jeune fille se mit en
devoir de lui donner quelques détails sur la pension. Du ton dont une montreuse de figures de cire
désigne ses rois et ses assassins célèbres, elle lui
dit :

— Ici, on se lève à cinq heures en été, à six
heures en hiver. On descend faire sa toilette au
lavabo ; puis l'on remonte à l'étude jusqu'à huit
heures. A huit heures, le déjeuner : un potage, du
pain, un fruit. De neuf à onze heures, la classe.
Étude jusqu'à midi. A midi, le dîner : un potage,
trois plats, un beau dessert. Jusqu'à deux heures,
récréation. De deux à quatre, classe du soir. A
quatre heures, goûter : du pain, un fruit. De cinq
à huit, étude. A huit, souper : deux plats, un fruit.
Après le souper, on joue un instant, on fait la prière
en commun et on se couche. Vous rappellerez-vous
tout cela ?

François répondit que oui, et se réjouit en
pensant à la quantité de fruits qu'il allait manger.

— A présent, je vais aider maman à servir le
dîner. Je vous laisse. N'ayez pas peur du chien, il
ne fait jamais de mal aux enfants.

Peur ! ah bien, oui ! François regarda le chien
avec mépris ; puis il se retourna vers mademoiselle
Athalie avec un air superbe qui, dans sa pensée,
empêcherait cette demoiselle de le traiter d'enfant

à l'avenir ; mais elle lui tournait le dos, courant du côté du réfectoire.

Une demi-heure après, une grande porte vitrée, dont les vitres étaient couvertes de boue et de poussière, s'ouvrit et donna passage aux élèves de la pension Berthoud-Michalet.

C'étaient d'abord une dizaine de grands garçons de quinze à dix-huit ans, déjà pareils à des hommes ; l'un avait des moustaches ; un autre un lorgnon. Ils se mirent à se promener gravement autour de la cour, deux par deux, ou trois par trois ; ils parlaient à voix basse et ne semblaient s'inquiéter en aucune façon des autres élèves.

Venaient ensuite une trentaine d'enfants, de dix à quinze ans, qui, aussitôt dans la cour, formèrent deux groupes distincts : dans l'un, le moins nombreux, François aperçut de jolies casquettes, de petites vestes rondes en beau drap, des cravates en soie ; dans l'autre, il retrouva à peu de différence près le costume de ses compagnons de Saint-Laurent, des blouses tachées d'encre, des pantalons avec des pièces aux genoux, et des cheveux emmêlés en guise de casquette. Les deux groupes le considéraient comme une bête curieuse : il appartenait évidemment par le beau costume des dimanches qu'il portait au premier groupe, par ses manières et son éducation au second. C'était à lui de choisir. Trop heureux, dans sa pensée, ceux auxquels il

s'adresserait! Il alla sans hésiter vers les petites
vestes. Les petites vestes, le voyant venir, se con-
certèrent à voix basse et firent un pas en arrière.
Il s'arrêta, se retourna, vit qu'on ricanait de l'autre
côté et continua à marcher ; mais ceux vers qui il
se dirigeait se dispersèrent en riant, et l'un d'eux
lui cria : — Cherche! — C'est bien fait! c'est bien
fait! criaient les blouses.

François devint très-pâle, il ferma les poings, regarda d'un air furieux les enfants qui riaient et alla
s'asseoir seul sur un banc, qu'un acacia en boule
était censé couvrir de son ombre.

Deux des grands s'approchaient : — Ote-toi de
là ! dit l'un d'eux.

— Il y a place pour trois ! dit l'enfant.

— Veux-tu bien t'ôter? dit l'autre ; ce que nous
avons à nous dire ne te regarde pas.

François se leva, et, le cœur gros, se mit à marcher de long en large. Des larmes lui vinrent aux
yeux ; mais il sentit qu'on le regardait : — Je ne
pleurerai pas ! se dit-il. Pour ne pas pleurer, il se
dit : — Je penserai à quelque chose obstinément.
Alors il se demanda : — Pourquoi me traite-t-on
ainsi ?

S'il avait assisté au dîner, la réponse eût été facile :
madame Berthoud-Michalet avait raconté son histoire aux trois professeurs, qui avaient l'honneur
de dîner avec elle et son mari. La petite table où

s'asseyaient les maîtres était placée entre les deux
grandes, autour desquelles s'entassaient les élèves.
Quelques-uns de ces derniers avaient entendu et
répété aux autres ce qu'avait dit madame Berthoud.
Toute la pension savait maintenant que le « nouveau » s'appelait François, que son père vendait des
poissons et que sa mère repassait des chemises, que
c'était un pauvre enfant abandonné, sans le sou,
que des parents charitables avaient recueilli, que
ces parents n'étaient eux-mêmes que des petits marchands, et non des fabricants ou des commission-
naires... Comment vouliez-vous qu'on accueillît un
mortel si jeune et déjà chargé de tant de crimes ?
Se battre avec lui, mais c'eût été lui faire honneur !
Une cravate de soie, dont le père était quart d'agent
de change et dont la mère avait joué la comédie,
parla de quitter la pension. Les trois professeurs
éprouvèrent une joie secrète à la pensée qu'une
nouvelle victime allait grossir le nombre de celles
qui souffraient dans les casemates Michalet-
Berthoud.

C'en était fait de François !

Et il ne savait rien, le malheureux ! Il allait, tête
droite, dans la cour, d'autant plus fier que le chagrin qu'il éprouvait était plus violent et son effort
pour vaincre ce chagrin plus intense.

La cloche qui annonçait la classe mit fin à son
isolement. Un des professeurs le prit par la main et

l'accoupla à un élève de sa taille. Les petits montaient l'escalier dans un ordre militaire, dont s'af-
franchissaient les grands qui affectaient d'aller par
trois ou quatre. L'enfant que le professeur avait
donné pour compagnon à François, avait bien
quatre ans de plus que lui ; mais il avait l'air
maladif ; quelques boutons salissaient ses tempes,
et il se tenait à demi courbé. A chaque marche de
l'escalier, le polisson qui venait derrière lui lui
marchait sur les talons. L'enfant se retournait et
disait avec des larmes dans les yeux : — Tu me fais
mal ! Mais l'autre recommençait quand même.
Francois vit ce manége ; il eut un mouvement
joyeux ; — En voilà donc un qui souffre aussi ! se
dit-il. Puis le mépris vint : — Comme il est lâche !
Puis une idée de protection inhérente à la confiance
qu'il avait en son propre courage : — Si je le dé-
fendais ? Enfin une idée égoïste : — Cela me ferait
un ami ! On était au haut de l'escalier, dans un corridor : — Pourquoi ne lui rends-tu pas ce qu'il te
fait ? dit François à son voisin. — Il est plus fort que
moi ! — Veux-tu que je t'aide ? — Merci ! dit l'enfant, vous seriez battu ! — Qu'est-ce que ça m'fait ?
L'enfant leva sur notre héros ses yeux mouillés, il
regarda, et, voyant qu'on entrait pêle-mêle dans la
classe et qu'on ne faisait pas attention à lui, il prit
la main de François et la serra dans les siennes.

Les études, dans la pension Berthoud-Michalet,

se faisaient de la manière suivante : mademoiselle Athalie apprenait à lire et à écrire à ceux des élèves qui ne le savaient pas ; un des professeurs menait de front les classes de huitième et de septième ; un autre régentait la sixième, et un autre la cinquième. Ces trois infortunés étaient en outre maîtres d'études ; ils couchaient dans le dortoir, accompagnaient les élèves à la promenade et ne sortaient jamais. A ce métier de galériens, ils gagnaient quarante francs par mois, sur lesquels madame Berthoud prélevait cinq francs pour leur blanchissage. Mais ils mangeaient à la table des maîtres, et M. Berthoud ne contrôlait jamais leur enseignement. — En somme, disait la maîtresse de pension, ils ont des places comme on en trouve peu ! Et il faut croire qu'elle disait vrai, pour l'honneur de l'humanité. D'où sortaient ces professeurs ? Quels malheureux assez abandonnés du sort et des hommes pouvaient se résoudre à mener une telle vie ? Les trois actuels étaient, l'un un ancien sous-officier qui avait rendu ses galons pour solliciter une place dans une administration de chemin de fer ; en attendant qu'il l'obtînt, il fallait vivre. De là sa résignation. Sûr que son enfer ne serait que provisoire, il en prenait assez bien son parti. Il laissait les petits lire leurs leçons dans leurs chapeaux, et, à la promenade, il permettait aux grands de faire du punch. Pourvu qu'on ne fît pas trop de bruit, il

ne donnait jamais de punitions. A table, il courtisait
lâchement madame Berthoud, pour qu'elle fermât
les yeux quand il se versait à boire. Bref, il s'accom-
modait de ce monde de marchands de soupe, comme
un soldat en campagne s'accommode du bourgeois
qui le loge, en prenant la plus grande somme d'aises
qu'il est possible. Quand il s'en irait, il installerait
là un camarade à qui il dirait le fort et le faible de
la place ; ce camarade serait remplacé par un autre,
et ainsi de suite, mais la glorieuse armée française
serait toujours représentée dans l'institution Berthoud-Michalet.

Le second était le fils d'un vigneron du Beau-
jolais. Il avait étudié pour être prêtre ; mais, au
dernier moment, les vœux l'avaient effrayé. Un reste
de sang bourguignon avait bouillonné dans ses
veines. Aux vacances, chez son père, il avait trouvé
les vendangeuses jolies. Il avait pris la résolution de
passer sa licence et d'aborder le professorat. Son
père, furieux de le voir renoncer à l'autel, lui avait
coupé les vivres. Il passait ses jours et ses nuits à
étudier, ne demandant pas à ses élèves de faire
comme lui, mais les punissant sévèrement s'ils le
dérangeaient. Comme il avait conservé des vêtements
de coupe ecclésiastique, les cheveux et les regards
baissés du séminaire, il était odieux à ces bambins
qui l'accusaient de *moucharder*. Mais leur bête noire
était le professeur de cinquième, le père Pignon,

une épave à nez rouge et à cheveux gris, de trente
métiers divers, incapable d'en remplir aucun, mais
se donnant à les exercer tous un mal infini. Le père
Pignon prenait sa régence au sérieux. Ses deux
collègues lui livraient des ânes ; il essayait d'en faire
des prodiges, y perdait le latin qu'il n'avait jamais
bien su, s'arrachait les cheveux qu'il n'avait plus,
arlait chaque jour de donner sa démission et s'en-
dormait chaque soir dans un lit planté d'épingles
ou semé de poils de brosse.

A partir de la quatrième, les élèves suivaient les
ours du collége royal, où ils étaient invariablement
es derniers de leur classe, heureux quand on ne la
eur faisait pas doubler. Ils descendaient deux fois par
our sous la conduite d'un domestique qui, moyen-
ant étrennes, leur permettait de s'abonner à un ca-
inet de lecture et de fumer des cigarettes. Ce do-
estique et une servante faisaient toute la besogne
e la maison, aussi contenait-elle plus de poussière
ue d'érudition. Madame Berthoud-Michalet avait
a haute main sur tout ce monde-là. C'était elle qui
xaminait les professeurs à leur entrée, écoutait les
apports, disait tout haut aux élèves qu'ils étaient
unis justement, et tout bas aux professeurs de les
énager, parce qu'elle tenait plus aux enfants qui
payaient qu'à eux qui lui coûtaient de l'argent.
thalie mangeait, buvait, pliait et dépliait, et, sa-
ant bien que sa mère ne la marierait pas à quel-

qu'un de la pension, n'y faisait attention à personne.
Quant à M. Berthoud-Michalet, c'était un aigle ! Il
planait dans les hautes régions de la science et n'en
descendait que pour se mettre à table. Jamais il ne
paraissait à l'étude ou dans les classes ; jamais une
observation ; jamais un mot. Il travaillait à son
grand ouvrage ! disait-on, et l'on était fier de lui.
Un jour, le père Pignon, outré de l'insolence d'un
de ses élèves, prit le petit malheureux par l'oreille
et le traîna jusqu'au cabinet de M. Berthoud, dont
il força la porte. Le savant ouvrit des yeux énormes,
écouta la harangue du père Pignon, et, après un
silence assez long, prononça le nom de sa femme.
Le père Pignon reprit sa victime par l'oreille et la
conduisit à celle-ci. Mais, avant de quitter le cabinet
où l'on n'entrait jamais, l'enfant avait été émerveillé
à la vue d'une immense quantité de plumes d'oie
taillées, rangées sur le bureau de M. Berthoud. Pas
un papier, pas un livre, rien que des plumes d'oie !
Le savant, pendant que le père Pignon parlait,
tenait d'une main une plume d'oie, de l'autre un
canif. Ce mystère intrigua longtemps la pension.

Un trait pour achever de peindre ce milieu. Quand
les élèves parlaient de madame Berthoud, ils disaient : *Le coq*. Lorsque François demanda pourquoi,
un des grands lui expliqua qu'à bord des vaisseaux,
on donnait le nom de maître Coq au cuisinier.
Madame Berthoud faisait donc la cuisine. C'était

elle aussi qui découpait, et le papier dont se ser-
vaient *ses enfants* n'était pas assez mince pour servir
de terme de comparaison aux tranches de gigot que
détachait son couteau, plus savant encore que son
mari. Il fallait du génie pour découper de la sorte ;
le professeur sous-officier n'en revenait pas !

Le séjour de cet Éden ne coûtait que sept cents
francs par an ; mais il y avait les livres, les plumes,
le papier, les maladies, la fête de M. Berthoud, la
fête de madame Berthoud et le jour de l'an. Il y avait
encore la Saint-Nicolas où les élèves se cotisaient
pour se fêter eux-mêmes ; madame Berthoud s'em-
parait de la cotisation et se chargeait du festin. Bref,
chaque élève, l'un dans l'autre, rapportait ses mille
francs, et il y en avait quarante. Athalie aurait une
dot.

Quand vint l'heure du goûter et que tous les élèves
se trouvèrent de nouveau réunis dans la cour,
François dit à son nouveau camarade : — Comment
t'appelles-tu ? — Maurice Simon. — Et celui qui te
marche sur les pieds, comment s'appelle-t-il ? L'enfant hésita ; il tremblait comme une feuille ; il finit
par répondre : — Ludovic Savit ; mais ne lui fais
rien ! — Tu vas voir ! François s'avança vers un
groupe où se trouvait Ludovic. Le groupe se res-
serra, et ceux qui le composaient tournèrent le dos
à l'arrivant. — Ludovic Savit, retourne-toi donc !
dit François ; j'ai à te parler ! — A moi ? — Oui, à

toi. Écoute bien, je te défends de *remarcher* sur les pieds de Maurice. — Tu me défends ?... — Oui ! Le garnement eut une pensée soudaine ; il tira son mouchoir, et, le jetant à François : — Tiens ! va le laver ! dit-il. Les autres éclatèrent de rire. Le Saint-Laurentin comprit tout : outre l'injure de son ami, il en avait une autre à venger. Il s'élança sur Ludovic, le prit à bras le corps, le jeta par terre, et lui donna un coup de pied dans la figure. Dix élèves sautèrent sur lui. Il fit un pas en arrière. Ludovic se releva, la face en sang : — Tu m'as pris en traître ! cria-t il ; attends ! attends ! François allait être accablé, quand le père Pignon, accouru au bruit de la rixe, le saisit par le bras et le traîna en arrière, en demandant : — Qu'y a-t-il donc, messieurs ? Vingt voix lui répondirent. Il n'entendit rien. — Parlez chacun à votre tour ! cria le bonhomme ; toi d'abord, monsieur le nouveau qui commence si bien ! François fit le récit de ce qui s'était passé. — C'est vrai ! dit son petit protégé qui reprenait un peu confiance, grâce à l'intervention du pion. — Je ferai mon rapport à qui de droit ! dit le père Pignon. *Qui de droit*, c'était madame Berthoud-Michalet. La digne femme parut. — Le Coq ! le Coq ! fit une voix. Tous alors prirent des attitudes de petits saints Jean. Les grands formèrent galerie. La maîtresse de pension avait deux poids dans ses sévérités : un pour les petites vestes, un pour les blouses. Dans une querelle entre les deux camps, les blouses avaient toujours tort. Mais, dans le cas présent, il s'agissait de trois blouses, elle fut équitable. Les deux adversaires furent condamnés chacun à deux jours de pain sec. Jamais de pensums à la pension Berthoud-Michalet. Les pensums, c'était du temps pris sur les études. Le pain sec, à la bonne heure, cela ne dérangeait rien, pas même l'économie du budget Berthoud. Quant au petit aux pieds endoloris, il reçut une taloche pour avoir été la cause première de la querelle, ce fut tout. Les élèves réunis, aussitôt après le départ de madame Berthoud, décidèrent à l'immense majorité des voix que François et Maurice seraient mis à la quarantaine, c'est-à-dire que personne ne leur parlerait pendant quarante jours.

Tels furent les débuts de notre héros dans le sanctuaire de la science.

V

Au bout de trois mois, François était acclimaté dans la région Berthoud-Michalet. On s'était habitué à lui et on le laissait tranquille. S'il faisait une question, on y répondait. En fait de nourriture, il n'était pas accoutumé à de la recherche ; comme il avait bon appétit, il se rattrapait sur le pain, ce qui faisait dire au *Coq :* — Cet enfant est mal élevé ; il mange comme un maçon ! A l'étude, il travaillait de son mieux, au milieu du murmure des conversations à voix basse. Pendant les récréations, il prenait part aux jeux de ses camarades. Mais qu'il étudiât ou qu'il jouât, il était toujours sombre. C'est que, sans s'en douter, il avait toujours l'esprit préoccupé des pensées suivantes : Ma cousine me fait du bien, mais elle répète sans cesse que sans elle je mourrais de faim. Et c'est vrai ! Le pain qu'elle me donne et l'instruction que je reçois coûtent à mon cousin un argent qu'il a l'air fâché de dépenser. Je lui suis donc à charge. La protection que ma cousine m'accorde est une satisfaction pour sa vanité. L'argent que me donne mon cousin est un sacrifice à la vanité de sa femme. Ni l'un ni l'autre ne m'aiment. Mademoiselle Jenny me déteste, parce que je suis un nouveau venu dans une maison, où, seule d'étranger, elle était auparavant. Mes camarades me méprisent parce que mes parents étaient des ouvriers et parce que je suis pauvre. Un seul paraît m'aimer, et c'est par intérêt : je l'ai défendu et je puis le défendre encore. Au fond, personne ne m'aime ! Autrefois tout le monde m'aimait ; personne n'a d'attention pour moi, personne ne m'admire : j'étais plus heureux à Saint-Laurent qu'à Lyon !

Pour un enfant de moins de onze ans, ces réflexions n'étaient pas couleur de rose. Comme tous les enfants, François avait des fantaisies ; nul ne songeait à les satisfaire. Jamais, il ne recevait de cadeaux. Bref, il souffrait, et, de même qu'un petit chat qu'on jette à l'eau nage instinctivement pour regagner le bord, de même il se débattait dans ses réflexions, cherchant une issue à sa souffrance. Etre aimé, tout était là : si on l'aimait, on irait au-devant de tous ses désirs, on ne l'humilierait plus, on chercherait à lui plaire, comme le faisaient son

père, sa mère et ceux de Saint-Laurent. Peu s'en
fallut que François, par une effroyable logique enfantine, ne devînt hypocrite et ne feignît d'aimer les
autres pour en être payé de retour; au fond il ne
pensait qu'à lui, et les autres auraient été ses dupes.
Une circonstance vint, à ce moment d'hésitation,
diriger son esprit dans un sens plus conforme à sa
nature.

Le professeur sous-officier, dans la classe duquel
il se trouvait, ne lisait jamais les compositions de
ses élèves. Il les avait lues une fois, au commencement de l'année, et il donnait chaque semaine les
mêmes places, pensant non sans raison que ses
élèves n'avaient pas dû se modifier en savoir. A
l'arrivée de François, il avait placé sa composition
au hasard dans le tas, et le hasard, qui voulait humilier aussi François, l'avait fait dixième sur douze.
Un jour, l'enfant, content de son devoir, dit, en le
remettant au maître : — Je n'ai point fait de fautes,
m'sieu ! Le professeur se dit : — Tiens ! je me suis
peut-être trompé, en le mettant dixième jusqu'ici ?
Il lut la composition, la trouva irréprochable en effet, parcourut les autres, les trouva moins bonnes,
et, faisant du coup un nouveau classement, mais
avec la ferme volonté que celui-là serait définitif, il
plaça François premier. Ce fut un coup de foudre
au milieu de l'inattention générale. On se mit à parler tout haut, ce qui valut un rapport du sergent et

quelques condamnations du Coq au pain sec. A la récréation, François fut entouré. Beaucoup lui parlèrent, qui jusque-là avaient affecté de ne lui pas dire un mot. Une petite veste daigna lui dire : — Tu me feras mes devoirs, veux-tu ? — Tu peux bien les faire tout seul ! répondit François. Il avait repris son aplomb de Saint-Laurentin. Il commandait. Réunissez dix hommes, celui qui dira : — Faisons ceci ! quand les autres se demanderont : qu'allons-nous faire? Celui-là est sûr d'être écouté. Le pouvoir est à qui ose le prendre. Les petits ânes de la classe de François avaient trop d'amour-propre pour céder sur quoi que ce soit au fils d'une blanchisseuse. S'il avait dit : Je veux ! ils auraient ri. Désormais leur lâcheté avait trouvé une excuse : il est le premier. Ils répondirent : — Nous voulons bien aussi ! François, les voyant lui obéir, les méprisa à son tour. Il régna sur ceux de sa classe, et, trouvant au métier de roi des douceurs d'autant plus grandes qu'il avait débuté par être un paria, il résolut d'être toujours le premier. Pour cela, ignorant qu'il n'avait rien à faire, il travailla avec ardeur, ce qui n'était pas facile au milieu de la paresse générale. Le Coq prit dès lors l'habitude de le citer aux parents : — Tenez? nous avons ici un pauvre enfant, élevé par charité. (Madame Berthoud ne disait pas la charité de qui, afin de laisser croire que c'était la sienne !) Eh bien ! nos professeurs lui prodiguent leurs soins et leurs leçons, comme si c'était un fils de duc; et nous avons eu ici un fils du duc; était-ce de duc? non, c'était de marquis, enfin de noble, c'était l'année de Cartonpierre. Bref, ce petit malheureux est l'honneur de la maison !

Chaque dimanche, sous la conduite des trois professeurs et de M. Berthoud-Michalet, qui mettait humblement sa science aux pieds de Dieu, les élèves allaient entendre la grand'messe et les vêpres dans le chœur d'une église voisine de la pension. Quand je dis entendre, ils n'entendaient rien du tout, chantant à qui chanterait le plus fort le *Kyrie eleison* ou l'*Esprit saint descendez en nous*! François aimait le dimanche : ce jour là, il mettait ses plus beaux habits; il respirait plus librement en dehors des grandes murailles rouges; sans être distrait ni par son travail, ni par ses camarades, il pensait tout à son aise. Rien ne fait naître les rêveries comme l'orgue. Les hautes voûtes, l'encens, les lumières, les voix, la musique, tout cela jette l'imagination en dehors du réel. Imaginer, c'est le plus souvent se souvenir. François se souvenait, et, dans une sorte d'extase qui durait une heure ou deux, il revivait à Saint-Laurent. Quelquefois il oubliait de s'asseoir ou de se mettre à genoux aux moments voulus. Alors un de ses camarades le poussait du coude. Cela le réveillait, et il était surpris de se sentir les yeux mouillés. Mais il les essuyait sans affectation, de peur qu'on ne les remarquât. Un instant après, il essayait de reprendre sa songerie interrompue.

Un des vicaires confessait la pension Berthoud. Le curé faisait le catéchisme lui-même. Ce curé était un personnage imposant. Ses ouailles parlaient de lui comme le Coq parlait de son mari. — Il sera évêque prochainement! disait-on dans le quartier; il le serait déjà s'il l'avait voulu! Ce futur Monseigneur, craignant sans doute d'éblouir de pauvres enfants, en versant sur eux les torrents de lumière dont il était le foyer, se bornait à leur faire réciter le catéchisme mot à mot. Quant ils le savaient sans faute, il leur donnait leur billet de première communion. Jamais de commentaires ni de réflexions. Les bambins le craignaient autant qu'ils aimaient le vicaire, chargé plus spécialement de leur direction. Dans toutes les professions, il y a des gens voués par la nature à faire rire. Ou ils sont gros et courts, ou ils sont longs et minces, ou leur nez est pareil à un obélisque, ou leurs oreilles refusent d'entrer sous leur chapeau. Ces gens sont d'abord très-malheureux de la gaieté qu'ils excitent; quelques-uns deviennent mélancoliques. Mais la plupart prennent leur parti, et, jugeant que la bonne grâce qu'ils mettront à le prendre apaisera d'autant la malice publique, ils affectent de rire d'eux-

mêmes ; ils exagèrent par leur démarche, leurs vêtements ou le port de leur tête, la difformité qu'ils
ne pourraient dissimuler qu'en partie ; ils arrivent
au *comique*. Dès lors, ils ont de petits succès. Leur
amour-propre y trouve son compte. Ces drôles de
corps ne voudraient plus, à la fin, ne pas être ce
qu'ils sont. Tel était le vicaire, directeur des consciences Berthoud. Long à n'en plus finir, mince,
avec de petits yeux effarés et un nez énorme, il
riait toujours, et son indulgence sans bornes ôtait
toute autorité à ses paroles, de même que son extérieur enlevait à la religion qu'il professait tout son
prestige. Ces bambins de la pension allaient à l'é-
glise, comme on va à la promenade ou au spectacle. Cela les amusait moins, voilà tout. De cette foi
naïve et un peu exaltée propre aux jeunes imagina-
tions, pas l'ombre. Ils redoutaient le curé comme
un professeur de mathématiques sévère, et riaient
du vicaire comme d'un maître d'étude bon enfant.

Deux fois par mois, c'était jour de sortie. M. Lapalud venait en personne chercher François. —
Travaillas-tu bien cette quinzaine? lui demandait-il
en descendant la côte. — Oui, mon cousin. — Tu
eus raison, mon ami. Lorsque je promis à ta pauvre
mère de me charger de toi, je ne voulus débattre
aucune question d'intérêt. Je crus, il est de mon devoir de te le dire, je crus que tes parents te laissaient

quelque chose. Mais leur mort me désillusionna vite
sur ce point ; je vis que tu ne possédais qu'une méchante maison de deux mille francs au haut prix.
Ta cousine, entrainée par sa générosité, décida
que nous ferions de nos deniers les frais de ton éducation. Nous dûmes pour cela nous imposer des privations qui ne finiront pas de sitôt. C'est à toi de
nous témoigner ta reconnaissance par tes succès.
Avant tout, il faut être économe !...

Après ces mots : « *Il faut être économe,* » M. Lapalud racontait au passé défini toutes les économies
qu'il avait faites. Cela durait jusqu'à la maison.

Madame Lapalud demandait à François ce qu'il
voulait faire pour s'amuser. — Ce que vous voudrez, ma cousine. — Veux-tu aller à la campagne ?
— Si cela vous plait, ma cousine. — A quelle campagne ? — Ma cousine, à celle qui vous plaira. — Je
crois que nous ferions mieux de rester à Lyon ; le
temps est couvert ; nous nous promènerons une autre fois. — Ma cousine, je ne suis pas pressé. — Aujourd'hui, nous ferons quelques visites.

Madame Lapalud menait tour à tour chez quatre
ou cinq de ses bonnes amies « le pauvre orphelin
qu'elle aimait comme un fils. » Partout elle disait
ce qu'elle faisait pour lui, et elle laissait chaque
personne sous le coup de l'admiration qu'excitait
une telle conduite. Il convient d'ajouter qu'elle ne
manquait jamais de faire précéder son propre éloge

de celui de François : « Cet enfant, élevé Dieu sait comme, était devenu un sujet tout à fait distingué, etc. »

François avait si bonne opinion de lui-même qu'il considérait ces compliments comme une dette payée à son mérite et n'en savait aucun gré. Mais les remarques qui les accompagnaient blessaient son amour-propre. Chaque fois qu'il sortait d'une maison, il disait tout haut quelque chose de désobligeant pour les personnes qui l'habitaient. Sa cousine riait, — Il voit tout ! disait-elle le soir à M. Lapalud.

Madame Berthoud-Michalet se chargeait, sous le prétexte du meilleur emploi qu'on fait de l'argent lorsqu'on ne le possède que par petite dose, des sommes que la munificence des parents attribuait aux menus plaisirs des enfants. Chaque dimanche matin, lorsqu'un élève allait demander les dix, vingt ou trente sous, parfois trois francs, alloués à ses plaisirs, le Coq ne manquait pas de le recevoir dans le salon dont la table était, pour la circonstance, chargée de papier, de plumes, de crayons, de tablettes de chocolat, de carafons de sirop de groseille, de billes, de toupies et d'une foule d'autres menus objets. Qu'un de ces objets tentât l'élève, madame Berthoud lisait son désir dans ses yeux et lui proposait d'échanger sa *semaine* contre l'objet désiré. Dans le cas contraire, la digne femme disait : — J'ai oublié de faire ton compte, mon garçon, et je ne sais s'il reste quelque chose de ce que tes parents m'ont remis pour toi. Je reverrai mon livre, à la semaine prochaine! La semaine suivante, l'enfant achetait, sentant que le seul moyen de toucher son argent était de le toucher représenté par les marchandises Berthoud. Aussi, avoir une pièce de monnaie était la merveille dans l'institution. L'élève, qui pouvait montrer quarante sous, rapportés de chez lui et dérobés à l'industrie maternelle du Coq, était le lion de la semaine. On le courtisait; à la promenade, c'était sa coterie qui buvait du punch ou de la limonade, dans les cafés de la banlieue.

François était dévoré par le désir d'avoir de l'argent. Madame Lapalud remettait cinq francs par mois pour lui à madame Berthoud, qui se les appropriait. Comment faire pour avoir davantage? S'adresser à l'employé? Inutile d'y penser. M. Lapalud, quand il avait affaire aux Brotteaux, faisait une lieue à pied pour traverser le pont de la Guillotière, dont le passage était gratuit, au lieu du pont Morand, à la tête duquel il fallait débourser deux centimes. Mademoiselle Jenny, qui souriait mielleusement à François par devant et lui jetait à la dérobée des regards de chienne à qui on arrache un os, mademoiselle Jenny lui refuserait certainement un prêt. Quant à sa cousine, ne lui donnait-elle pas déjà, en cachette de son mari, les cinq francs, proie mensuelle de madame Berthoud! François cepen-

dant voulait de l'argent, il en voulait à tout prix ;
de combien sa supériorité sur ses camarades ne
s'accroîtrait-elle pas, s'il revenait quelque jour à
eux les mains pleines? Les grands l'accueilleraient
comme un des leurs ; il achèterait ou louerait quelque livre défendu, un roman d'Alexandre Dumas,
dont le nom était alors répété par tout le monde et
avait pénétré jusque dans le donjon Michalet-Berthoud ; avec de l'argent, on peut tout, on fait tout !
Un jour de sortie, assis dans le comptoir, à la place
de sa cousine, François remarqua que le tiroir où
celle-ci mettait sa recette était entr'ouvert. Il ne réfléchit pas une seconde, pencha son corps en avant
pour masquer son geste, glissa sa main droite dans
le tiroir, par-dessous, y prit une pièce, la première
venue, la mit dans sa poche, puis se redressa tranquillement et demeura un instant renversé dans le
fauteuil, affectant de prendre intérêt à tout ce qui
se passait dans le magasin. Au bout d'un instant, il
se leva, passa dans l'arrière-boutique, jeta un coup
d'œil autour de lui, vit qu'il était seul, retira de sa
poche sa main qu'il y avait laissée, l'ouvrit et regarda. — Cinq francs ! murmura-t-il tout joyeux. Il
ne songea ni qu'il avait *volé*, ni qu'on pouvait
découvrir le vol, ni que quelqu'un pouvait être
soupçonné. Il n'eut ni regret, ni frayeur. Il se demanda simplement ce qu'il ferait de cet argent ; il
le divisa en petites parts, donnant à chacune un

emploi différent. Il était préoccupé, mais d'une manière agréable...

La cousine ne s'aperçut de rien.

Vinrent les vacances. François dut passer ses
journées au magasin. Parfois il demandait à sa cousine la permission d'aller voir l'heure à l'horloge de
l'hôtel de ville, sur la place des Terreaux. Alors il
courait chez un libraire et louait, « pour sa cousine, » disait-il, un volume du roman d'Alexandre
Dumas ; il cachait le volume entre son gilet et sa
chemise, et le lisait à la dérobée. Ou bien il entrait
dans un café, après avoir bien regardé si on ne le
voyait pas. Il demandait une demi-tasse qu'il buvait, en imitant les allures de ceux qui l'entouraient.
Quand il sortait du café, il se sentait comme une
auréole au front. A la rentrée, il raconta à ses camarades le roman qu'il avait lu. — Je suis allé au
café très-souvent! leur dit-il. — Seul? — Tout
seul! Il grandit à leurs yeux. Son premier vol fut
suivi de plusieurs autres plus faibles : une fois c'était dix sous, une fois cinq sous qu'il prenait. Il n'éprouvait, je l'ai dit, aucun remords. L'envie de
réussir, la crainte d'échouer, tels étaient ses sentiments. En allongeant la main, il sentait en lui même
je ne sais quelle bravoure. — Hardi! murmurait-il,
se servant d'une expression de Saint-Laurent. Quand
c'était fait, il riait.

Un jour, le curé sévère fit un sermon sur le vol,

Les paroles dont il se servait pour le flétrir blessèrent François, comme l'aurait fait une insulte d'un de ses camarades. Les châtiments dont le curé menaçait ceux qui convoitent, prennent et retiennent le bien d'autrui, ne lui inspirèrent pas la moindre appréhension. Mais les épithètes accolées au nom de voleur, l'accent dont ce nom était prononcé, le firent rougir de colère. — Au fait, il a raison ! finit-il par se dire. Il avait les poings serrés et sa salive était devenue blanche et épaisse tout d'un coup. — Je ne volerai plus ! Je rendrai ce que j'ai pris ! Je ne veux pas être insulté sans pouvoir rien dire !...

Quand il fut sur le point de faire sa première communion, il avoua tout au vicaire, auquel il avait fait jusque-là des confessions incomplètes. — Il faut restituer ! dit le grand jeune homme maigre qui ne riait plus. — Je le voudrais bien, mais je n'ai pas l'argent ! — Reviens demain ; tu diras à la pension que c'est moi qui te demande ! Quand François revint, le vicaire riait. Il lui glissa dans la main un mauvais morceau de gros papier bleu, dans lequel était les vingt francs que François devait rendre. — Je te les prête ! dit le vicaire ; quand tu seras grand, tu me les rendras ; je vais te donner l'absolution ! François remit l'argent dans le tiroir de sa cousine. Mais il fut forcé de s'avouer que le vicaire lui avait rendu un grand service, et que ce pauvre homme dont on se *moquait* avait eu *pitié* de lui ; il eut une

notion très-nette de son infériorité vis-à-vis de celui
qui venait de l'obliger. Ne plus pouvoir se dire supérieur à tous, en tout ! Ce coup à sa vanité fut le
châtiment ! François ne se préoccupa pas plus que
par le passé de faire bien, mais il s'observa scrupu-
leusement pour ne pas faire mal, et pesa chacune
de ses actions, en mettant pour poids dans la ba-
lance une probité de fer. Quant aux actions des autres, il ne s'en préoccupait qu'autant qu'elles le
touchaient par quelque endroit.

VI

Nous retrouverons, s'il vous plaît, François à seize ans. Son caractère ne s'est modifié en rien. Son influence, dans la pension, a grandi ; le professeur sous-officier (pas celui du commencement, bien entendu, un autre, le troisième ou le quatrième depuis,) le professeur sous-officier se promène avec lui et lui apprend la vie ; quelle vie ? Ses camarades s'empressent de le seconder ou de l'imiter. Madame Berthoud-Michalet a brisé leurs caractères ; ce sont des esprits à la suite, bien dociles. Mais François trouve en eux des complices ou des complaisants plutôt que des amis. Il sent que, hors du milieu de la pension, toutes relations cesseront entre ceux qui l'entourent et lui. Qu'ils s'en aillent, qu'ils reviennent, cela lui est indifférent. Que si on lui disait

par hasard qu'il n'a pas bon cœur, il serait très-
étonné. En effet, il n'abuse pas de son pouvoir, et
même il prend parfois la défense du plus faible ; il
est vrai que c'est pour le plaisir d'être supérieur au
plus fort ; mais il ne se rend pas un compte bien
exact du mobile de ses actions. Il agit.

Depuis deux ans, il suit les cours du collége. Il
vient de commencer ses humanités. Ç'a été pour lui
une grande joie de franchir deux fois par jour les
grilles de la prison Berthoud et d'aller par les rues.
Puis, cette joie s'est mélangée de petits chagrins
sans nombre : que de livres aux vitrines des li-
braires ! que de cigares dans les caisses des marchands de tabac ! que les gens qui entrent dans les
cafés sont enviables ! Avec de l'argent on pourrait
faire comme eux. De temps en temps, après les vacances ou les sorties, un élève rapportait quelque
pièce blanche, qu'avec des ruses de sauvage il par-
venait à soustraire à l'absorbante madame Berthoud.
Quand il s'agissait de régler l'emploi de la pièce,
l'élève s'adressait à François, qui se trouvait ensuite
de moitié dans la petite partie clandestine qu'il avait
conseillée. C'est ainsi qu'il apprit à jouer au billard
et à fumer. Un peu plus tard, il eut l'idée de créer,
à l'usage des *grands*, un cabinet de lecture, dont une
cotisation ferait les frais. Chacun donna ce qu'il put.
Lui fit les devoirs de deux ou trois *petits* paresseux, moyennant rétribution. Quand on eut dix

francs, on se demanda quels ouvrages on achèterait. Bien entendu, il ne s'agissait de choisir qu'entre les ouvrages des auteurs contemporains, ceux
qui étaient « défendus. » Les auteurs classiques, on
en avait par-dessus la tête ; ce qu'ils disaient, on le
savait de reste ; ils n'étaient pas amusants. Quelques
noms, si retentissants qu'il n'est personne parmi les
plus jeunes qui ne les ait entendus, ont le privilége
d'exciter des curiosités passionnées sur les bancs du
collége : Béranger, Lamartine, Victor Hugo, Alfred
de Musset, George Sand, Alexandre Dumas, et, parmi les noms étrangers, Lord Byron, Walter Scott,
Schiller..... Les dix francs furent consacrés à Béranger, dont les polissons copièrent les chansons gri-
voises, sans accorder aucune attention aux autres.
Béranger lu, on revendit le volume à un bouqui-
niste, on attendit quelque argent, on délibéra de
nouveau. Les uns voulaient des vers, les autres un
roman. On finit par acheter un roman en vers : *Jocelyn,* ce qui concilia les opinions. *Jocelyn* eut un
grand succès. Les œuvres de tous ceux que nous
avons nommés habitèrent tour à tour les pupitres
de la salle d'études. Bonsoir au grec et au latin !

Depuis Châteaubriand, le *moi,* qui est l'essence
de la poésie lyrique, est devenue celle de toutes les
productions de l'esprit. Chaque écrivain s'incarne
dans ses héros ; c'est toujours lui qui parle par leur
bouche. Plus d'idées et de types généraux comme au

dix-septième siècle ; plus même d'idées contingentes
comme au dix-huitième ; mais des expressions toutes
personnelles de sentiments, d'opinions et de caractères. Chaque lecteur, de la sorte, est sûr, en cherchant un peu, de trouver son Sosie parmi les auteurs. Quand il l'a trouvé, il se passionne pour lui
(parbleu ! c'est se passionner pour soi-même !) et il
ne manque pas de s'écrier que, jusqu'au dix-neu-
vième siècle, le *côté humain* était ignoré en littérature ! C'est vrai, en admettant que l'humanité tienne
dans le pantalon et la redingote de celui qui parle.
Les livres lus, chacun des élèves disait ses impressions. Le petit sur les pieds duquels on marchait préférait Lamartine et Musset. — Pas moi !
disait François, ils se plaignent toujours ! Ses auteurs
favoris étaient Victor Hugo et Alexandre Dumas !
Les héros du second surtout l'enchantaient : — A la
bonne heure ! disait-il, voilà des hommes ! Qu'ils
aient un désir, rien ne les arrête pour le satisfaire ;
ils ne se soucient ni de la morale, ni de l'opinion,
ni des lois ; ils vont droit devant eux ! Et toujours
de bonne humeur, avec cela ! Et forts !...

La pension Berthoud-Michalet était devenue un
vrai cabinet de lecture, quand une rumeur sourde
monta le long de la côte. Les mots de réforme, de
banquets, étaient prononcés sur le seuil des portes,
partant des groupes d'ouvriers rassemblés pour
jouer à la boule. Un jour quelqu'un cria : — A

bas Guizot! Il y avait quelque chose dans l'air.

Un matin, de la cour, les élèves virent flotter un drapeau rouge sur la plate-forme d'un fort qui dominait la pension. Au pied du drapeau se tenaient une douzaine d'hommes en blouses qui criaient : — Vive la République! Madame Berthoud-Michalet parut : — La Terreur va recommencer, dit elle ; demain on pillera les boulangers. Je ne pourrai plus vous nourrir. Écrivez vite à vos parents de venir vous chercher! Les enfants remontèrent en courant à l'étude. Ils étaient tout joyeux, voyant une ère de vacances qui s'ouvrait inespérément.

M. Lapalud vint chercher François. Il était bouleversé et ne rêvait que massacres et ruines. François ne l'écoutait pas ; il regardait partout autour de lui. Les rues étaient encombrées. Des bandes de canuts passaient, drapeau et tambour en tête. Quelques hommes, un fusil sur l'épaule, descendaient en courant la côte : — Nous allons à l'Hôtel de-Ville! criaient-ils pour que la foule s'écartât devant eux. Sur la place des Terreaux, François rencontra un vieillard à grande barbe blanche, appuyé d'un côté sur le bras d'un gamin, de l'autre sur celui d'un homme à barbe noire. Tous trois étaient coiffés de bonnets rouges. Le vieillard pleurait, mais on voyait que c'était de joie ; les deux autres paraissaient ivres. Madame Lapalud embrassa avec effusion notre héros : Pauvre enfant! lui dit-elle, c'est surtout

en ces jours de trouble que tu dois t'estimer heureux
d'avoir retrouvé une famille! Viens, pauvre enfant,
sur le sein de ta mère! Mademoiselle Jenny n'était
pas dans le magasin : elle faisait ses malles, décidée
à aller attendre la fin de la tourmente chez une de
ses parentes, qui habitait à quelques lieues de
Lyon.

Elle revint huit jours après, ayant appris, non
sans surprise, que Lyon n'était pas réduit en cendres. Huit jours après aussi, la pension Berthoud-
Michalet rouvrit ses portes. François, malgré la défense de sa cousine, avait passé la plus grande partie de ces huits jours dans la rue. Il avait écouté les
orateurs populaires, crié avec les groupes ; surtout,
il avait lu les journaux. Il y avait trouvé les noms,
inconnus pour lui, d'hommes que le 24 février avait
élevés au pouvoir. Il répétait ces noms ; il fermait
les yeux et il essayait de revoir en dedans de lui,
ces hommes, dont de mauvaises lithographies lui
donnaient vaguement les traits. Il enviait leur sort ;
non qu'il eût une idée du bien et du mal qu'ils pouvaient faire, ni qu'il comprit exactement leurs rôles ;
ce qui lui paraissait désirable, c'était cette position
si élevée au-dessus des autres.

A ce moment, chacun voulait avoir un fusil. François remporta cette tradition à la pension. Les
élèves réunis le prirent pour chef. Alors il arma les
petits de baguettes de noisetiers qui figuraient des

fusils, les grands de règles qui signifiaient des épées
puis on fit l'exercice tout le temps que la lecture
des journaux laissait de libre aux officiers. Plus d'é-
tudes. Les professeurs voulurent faire respecter le
règlement. Mais madame Berthoud, qui avait peur
d'une désertion, régala l'armée. Les officiers eurent
une bouteille d'orgeat pour huit. Cet état de choses,
il faudrait dire cet état de siége, dura deux mois ;
le printemps revint ; le soleil tomba sur les épaules ;
l'exercice, devenu fatigant, fut abandonné. On n'en
lut qu'avec plus de passion des articles où la soif de
justice qui dévorait alors les esprits se traduisait
dans les formules comme celle-ci : « A chacun selon
ses œuvres ! » François et ses camarades ne se de-
mandaient pas qui serait le juge des œuvres de chacun. Ça, c'était l'affaire du gouvernement. Si ledit
gouvernement faisait aux citoyens des positions
égales à leur mérite, François ne doutait pas un instant d'avoir une position superbe. C'était tout ce
qu'il voulait. Il devint *Rouge*, au grand désespoir du
cousin Lapalud, qui disait à sa femme : — Je vis,
il y a une heure, *votre* François, et cet enfant me dé-
sespéra par ses idées avancées !

Rien ne dure chez les enfants. Au mois d'octobre, à la rentrée, la pension avait repris son train
habituel. Le cabinet de lecture avait mis les journaux au rancart et faisait sa pâture de toutes les
pièces de théâtre entassées dans des balles devant la

porte des bouquinistes : cinq sous la pièce, au choix.

Au mois de juin 1849, la Croix-Rousse se leva. On se battit en haut des côtes. — Les imbéciles ! dit François ; ils ne savent donc pas que c'est à Paris seulement qu'on fait les révolutions. A quoi ça leur sert-il de se battre ici ? Ils se font tuer pour rien !

Ce rien, c'était une conviction.

Pendant les vacances qui suivirent, François demanda à sa cousine de le mener au théâtre. Il avait lu tant de pièces qu'il brûlait du désir d'en voir jouer une. Il lisait les affiches ; il savait par cœur le nom des comédiens. Madame Lapalud le mena un soir aux Célestins. On donnait un drame : *Lazare le pâtre*. François, calme d'abord, finit par se laisser aller à l'enthousiasme qu'excitait en lui la représentation : il pleura, rit, applaudit. — Ce n'est pas dans ton Saint-Laurent que tu te serais amusé comme cela ! lui dit sa cousine. Mais il ne l'écoutait pas. Au mois de février de l'année précédente, il aurait voulu être Lamartine ; maintenant, il se disait : — Si j'étais Victor Génin ! C'était le nom de l'acteur qui jouait le principal rôle.

Dès lors, il ne rêva plus que théâtre. Il entreprit, ne pouvant jouer les drames des autres, d'en écrire un : ce drame s'appelait *l'Archer de Charles VI*. Le héros en était un jeune homme qui arrivait de la province pour chercher fortune à Paris. Il venait

comme cela, tranquillement, un écu dans sa bourse,
une grande épée au côté ; il chassait le duc de Bourgogne de la capitale, mâtait l'ambition du duc d'Orléans, disait son fait à la reine Isabeau, et délivrait
le vieux roi, qui le nommait premier ministre et le
mariait avec Odette. Il faisait tout cela, tout seul,
en quelques jours. Quand son drame fut écrit, François crut que *c'était arrivé*. Il se fit impressario. En
huit jours, les rôles furent copiés, distribués, appris.
La représentation eut lieu le jour de la Saint-Nicolas. Madame Berthoud s'y était prêtée avec empressement. Il y avait des costumes et des perruques à
louer, un théâtre à échafauder, vingt détails dont
elle avait vu à tirer parti. Inutile d'ajouter que les
parents des acteurs faisaient les frais de la représentation. *L'Archer de Charles VI* eut un grand
succès. Cette année s'appela l'année Lapalud. C'était
la dernière année de pension de François. Celui-ci
savait, quand il le fallait, renoncer à ses plaisirs
habituels pour un but sérieux. Il voulait être bachelier : à partir du jour de la représentation, il ne lut
plus que le *Manuel du baccalauréat* ; il l'apprit par
cœur, parut *ferré* devant la faculté et passa brillamment son examen. Jamais la pension Berthoud-
Michalet n'avait obtenu résultat pareil. — Ici l'on
est reçu bachelier avec quatre boules blanches ! dit
dorénavant madame Berthoud aux bêtes du bon
Dieu qui lui livraient leurs fils.

François quitta, sans un regret, tout ce petit monde dans lequel il avait vécu huit ans. Sa cousine lui avait promis de le mener le soir au spectacle : il descendit, tout joyeux, la côte qu'il ne devait plus remonter.

VII

Combien de fois, depuis deux ans, le dialogue suivant s'était-il engagé entre M. et madame Lápalud?...

— François, disait madame, va bientôt sortir de pension.

— Il en sortira toujours trop tard! répliquait monsieur. Tu fus toujours folle de ce garçon, et je ne pus jamais t'amener à calculer ce qu'il nous coûte.

— Qu'il nous coûte peu ou *prou*, là n'est pas la question. Qu'est-ce que nous en ferons, quand il sera bachelier? Moi, je voudrais qu'il fût avocat. Hein! c'est une idée.

— Quand cette idée te vint, tu ne songeas point sans doute que, pour être avocat, il faut avoir fait son droit.

— Il le fera.

— Il ne le fera pas, au contraire. Jusqu'à présent j'eus la faiblesse de te laisser agir à ta guise, mais du moins l'idée de me ruiner tout à fait n'entra jamais dans mon cerveau.

— Alors il sera notaire.

— Pas davantage. Nous suâmes trop à gagner notre fortune pour la risquer dans une charge.

— Il faut cependant bien qu'il fasse quelque chose, cet enfant?

— Il fera ce que je fis. Il sera employé.

— Employé!

— Rougissez-vous donc de moi, madame? Oui, employé.

— Par ma foi, voilà un bel avenir!

— Ce sera celui de *votre* cousin.

Impossible de tirer autre chose de M. Lapalud. Il avait tout prévu, tout calculé, et, laissant la volonté de sa femme s'ébattre sur tous les autres points, il avait concentré la sienne sur un seul : faire de François un expéditionnaire. De la sorte, on serait bien forcé de le loger et de le nourrir pendant quelque temps, mais du moins on ne débourserait point d'argent pour lui, on ne se *ruinerait* pas.

Au grand étonnement de sa cousine, François ne fit pas une objection au plan de son cousin. C'est qu'en ce moment tout lui était indifférent, une seule chose exceptée : le théâtre. Pourvu qu'il habitât une ville où il y eut un théâtre, peu lui importait quelle profession il exercerait dans cette ville. Ce ne serait pas le jour qu'il vivrait, mais le soir. Une étude, un bureau, un magasin, tout lui était égal. Partout, il trouverait moyen de lire des drames et des comédies ; le soir il en verrait jouer !...

Voici quelle fut sa vie : après déjeuner, il allait à la préfecture, en compagnie de son cousin. Il en revenait à cinq heures. Après le dîner en famille, il était libre de sortir seul. Madame Lapalud lui avait loué une petite chambre au cinquième étage d'une maison en face : elle ne trouvait pas convenable (pourquoi?) qu'il continuât à traverser la chambre de mademoiselle Jenny pour entrer dans la sienne. Tout ce qu'elle exigeait de lui, c'était qu'il vînt à neuf heures lui souhaiter le bonsoir. — De la sorte, pensait cette « mère », il ne pourra, sa soirée étant coupée en deux, aller courir avec de mauvaises sociétés.

François, au bureau, *abattait* sa besogne en deux heures. Il consacrait le reste de son temps à la lecture et à l'étude des deux ou trois mille pièces de théâtre que recélaient les cabinets de lecture et les échopes des bouquinistes de Lyon. Le soir, dès après son dîner, il courait jusqu'à la place des Célestins. Il entrait dans le café du théâtre, et buvait une demi-tasse de café, en parcourant les journaux de

théâtre. Au bout d'un mois de cette lecture assidue,
il connaissait de nom tous les comédiens de France.
Quelques artistes du théâtre étaient dans le café.
Bientôt on se connut de vue, François leur passait
avec empressement les journaux ; il les regardait
avec cet air d'admiration naïve qui explique l'affection des hommes publics pour les jeunes gens. Les
comédiens demandèrent un jour qui était François,
et le garçon *tira* du jeune homme qu'il était employé à la préfecture, et qu'il allait tous les soirs au
théâtre. Les habitués du café lui permirent alors de
se mêler à leurs conversations ; ils lui adressèrent
même quelquefois la parole. Cela le rendait tout
fier. Il voulut connaître la vie privée de chacun
d'eux. Rien de plus facile, en les interrogeant chacun à part sur le compte du voisin. François apprit
avec ravissement que la soubrette était une bonne
mère de famille et que le premier rôle adorait ses
enfants. Mais l'ingénue soupait avec des marchands
de soie. — Elle a du talent, dit-il, c'est dommage!
Il aimait tant les artistes qu'il aurait voulu voir
toutes les comédiennes chastes et tous les comédiens
des modèles de vertus domestiques. Quand il n'en
était pas ainsi, il éprouvait une sensation pénible.

A sept heures, il allait au parterre. A neuf heures
dans un entr'acte, il sortait, vendait sa contre-
marque, courait chez sa cousine. Celle-ci, le voyant

tout rouge, le félicitait sur son exactitude ; puis, se vantait d'avoir le monopole de la tendresse mater-nelle, elle lui essuyait le front et lui disait : — Va vite te coucher, de peur de prendre froid ! Alors, il repartait d'un pas plus rapide encore et retournait, soit au café, soit au théâtre. Dans ce dernier cas, il achetait une contre-marque de *premières,* parce qu'il trouvait toujours, au balcon, quelque actrice regardant jouer ses camarades. S'il ne devint amou-reux d'aucune, c'est qu'il les aimait toutes. On ne saurait dire jusqu'où le menait sa passion. Un trait entre dix : il apprit à jouer au *bésigue,* exprès pour faire la partie du comique-*grime* qui aimait à ga-gner sa demi-tasse à ce jeu.

De quelque économie qu'usât François, afin de s'assurer régulièrement son plaisir, chacune de ces soirées délicieuses lui coûtait de deux à trois francs.

Comment faire face à une telle dépense? Madame Lapalud lui donnait trente francs par mois, en ca-chette de M. Lapalud, qui, s'il eût connu l'existence nocturne de son petit cousin, lui eût à coup sûr prédit qu'il finirait sur l'échafaud. Mais trente francs, ce n'était pas assez. François se leva à cinq heures, chaque matin, et jusqu'à huit, il copia des rôles pour les avoués. C'était encore une trentaine de francs. Un jour, dans un parti pris d'audace, quoiqu'il eût de l'argent dans sa poche, il dit au propriétaire du café du théâtre :

— Je vous paierai demain. — Quand vous voudrez? répondit gracieusement le limonadier. François paya le lendemain ; quelques jours après, il
parla de sa cousine et du commerce important
qu'elle faisait ; il glissa quelques mots d'une propriété dont il disposerait à sa majorité : la maison
de son père, et il était orphelin. Bref, il fit si bien
qu'il ne paya plus qu'à son gré et qu'un crédit lui
fut ouvert, sans demande de sa part, tacitement. A
la fin de l'année il devait trois cents francs.

— J'ai une échéance demain, dit un jour le propriétaire du café à François ; je vous serais bien re-
connaissant si vous pouviez me payer votre petite
note.

François rougit : la note était petite, en effet, et
il ne *pouvait* la payer !

— Je n'aurai, dit-il, de l'argent qu'à la fin du
mois.

— J'attendrai jusque-là ! répliqua l'autre. Cela
me gênera, mais enfin j'attendrai !

C'était huit jours de gagnés.

Huit jours, en pareil cas, font l'effet d'une année.
Ils paraissent ne devoir jamais finir. On respire.
Puis, on se creuse la cervelle, on imagine, on cherche. Le temps passe, et, le délai expiré, on croit
qu'on n'a eu devant soi qu'une heure. François sentit
qu'il fallait payer, sous peine de renoncer à tout ce
qui faisait sa joie. A qui s'adresser? Il pensa pour

la première fois à ses anciens camarades. Quelques-
uns avaient quitté, en même temps que lui, la prison Berthoud. Leurs parents étaient riches. Peut-
être avaient-ils de l'argent ? François battit les pavés, huit matins de suite. La plupart du temps, personne ; deux ou trois fois, des refus. Comme il
n'avait jamais ouvert vraiment son cœur, les cœurs
lui étaient restés fermés. Quelques-uns de ceux qui
avaient subi sa tyrannie autrefois n'étaient pas fâ-
chés à présent de prendre leur revanche. Maurice
Simon, seul, lui était demeuré fidèle. Par malheur,
il n'était pas riche. Il faisait sa « théorie », c'est-à-
dire qu'il apprenait à fabriquer des étoffes de soie
pour en vendre plus tard. Ses parents habitaient la
campagne et lui envoyaient cent francs tous les
mois. Ces cent francs devaient suffire à tous ses
besoins. Le pauvre enfant se dit qu'il mangerait du
pain et boirait de l'eau pendant une semaine. Il
lui restait trente francs, il les offrit à son ami. François lui sut gré, non du service rendu, mais de ce
que, seul entre tous, il reconnaissait encore sa su-
zeraineté. Le dernier jour, à la dernière heure, il
s'adressa à sa cousine. Il avait les larmes aux yeux,
tant il était humilié d'être réduit à implorer.

Madame Lapalud voulut savoir le nom du créan-
cier de François.

François le lui dit, sans réfléchir tout de suite.
Mais, à peine l'eut-il dit, qu'il s'en repentit.

— Il faut, dit-il, que ce soit *moi* qui remette l'argent. Autrement, j'aurais l'air d'un petit garçon.

— Eh bien! tu le remettras, dit madame Lapalud. Mais je ne puis distraire de ma caisse une somme aussi importante, sans que mon mari s'en aperçoive. Je vendrai un bijou. Tu vois ce que je fais pour toi. Quelle mère en ferait autant?

François la remercia avec effusion. Il voyait sa dette payée, un nouveau crédit ouvert, plus important que le premier, tout un avenir de demi-tasses, de journaux de théâtre et d'intimité avec les comédiens. Il se rappelait ses angoisses juste assez pour jouir plus pleinement de sa joie. Dans son épanouissement, un faux serment ne lui coûta rien : il jura à sa cousine de ne plus remettre les pieds au café.

C'est pourquoi il y retourna le lendemain pour porter les trois cents francs, et le surlendemain pour commencer un nouveau compte. Ce soir-là, il avait amené avec lui son ami Maurice, devant lequel il n'était pas fâché de s'étaler un peu. Que dirait le théoricien, en voyant l'employé au fait de toutes les choses de coulisses, en l'entendant causer avec des artistes, en le regardant jouer au *bésigue* avec le comique? Du coup, François regagnait en grandeur tout ce que l'emprunt des trente francs avait pu lui faire perdre !

— Garçon, deux cafés! dit François.

Le limonadier, qui se promenait de long en large, s'approcha de lui :

— J'ai vu votre cousine, lui dit-il,

« J'ai vu votre cousine ! » Tout l'échafaudage s'écroula. François devint pourpre. Il voulut parler, il balbutia :

— Ah ! ah ! Eh bien ?... Comment ?...

— Elle ne vous l'a donc pas dit...

— Si, si, pardon ! Mais enfin, je serais bien aise ?...

— De savoir pourquoi elle est venue ? Dame, pour me raconter ce qui s'était passé entre elle et vous...

Le brave homme s'arrêta. Il ne voulait pas humilier François.

Mais celui-ci avait Maurice à éblouir ; il voyait quelques consommateurs, la tête levée, écoutant. Que supposerait-on ! Qu'il était en tutelle, peut-être ? Il s'écria :

— Je voudrais bien savoir ce que vous a raconté cette bonne femme ?

— Mais...

— Oh ! vous pouvez le dire ; cela ne me fait rien ?

— Eh bien ! elle m'a dit que vous lui aviez promis de ne pas revenir au café.

— Ne pas revenir au café !... Ah ! ah ! ah ! Comme si je n'étais pas *mon* maître ! Au café ! Ce n'est pas son argent que je dépense, c'est le mien. Si elle me fait quelquefois des avances, elle sait bien que je lui rembourserai quand je serai majeur, dans deux ans.

Le limonadier sourit.

— Sucre-toi! dit brusquement François à son ami.

Il comprenait le sourire du limonadier. Parbleu! il connaissait sa cousine, et il devinait ce qu'elle avait dit : qu'il était orphelin, sans un sou, recueilli et protégé par elle ; qu'elle seule pouvait payer ses dettes et qu'elle ne les paierait plus, non qu'elle fût pauvre, mais parce qu'elle ne voulait pas voir l'enfant qu'elle aimait comme un fils devenir un pilier de café, etc., etc. Ces propos, le maître du café les répéterait sans doute à ses clients. Ceux-ci souriraient à leur tour. Ils se moqueraient de François. Eux, se moquer de lui! Eux, les artistes! Non, c'en était trop!

Il avala son café bouillant.

— Viens-tu? demanda-t-il à Maurice.

Il se leva.

— Tu m'avais dit que nous nous amuserions, que tu me ferais connaître des acteurs?

— Avec ça qu'on peut s'amuser, quand on a des parents comme les miens! Tu vois? Elle est venue! Pour me nuire! Oh! elle me le paiera!

Maurice voulut placer quelques mots; François ne l'écoutait pas.

— Elle me le paiera ! elle me le paiera ! répétait-il sans cesse.

— Si nous faisions un tour de quai ? dit Maurice.

— Soit !

Ils suivirent le bord de la Saône, François parlant à tort et à travers, comme s'il eût été seul, l'autre silencieux. Neuf heures sonnèrent.

— D'habitude, je vais *leur* dire bonsoir à cette heure-là. Qu'ils m'attendent ! Si je remets les pieds chez eux, je veux être brûlé vif ! Je leur ferai voir que je suis libre !...

A minuit, François se mit au lit, désespéré, en répétant : Je suis libre ! Le lendemain, il avait la figure enflée et les yeux rouges : c'est qu'il avait écouté en pleurant la voix de la nécessité qui lui avait répondu : Oui, libre de mourir de faim ! Il retourna rue Saint-Pierre où le déjeuner était servi ; mais il n'osa plus remettre les pieds dans le café, ni dans le théâtre qui était au-dessus. Il se croyait déshonoré. Il passait ses jours et ses nuits à chercher une issue à cette horrible situation....

VII

A quelque temps de là, François rencontra Maurice. Ce dernier marchait rapidement, l'air distrait.

— Où vas-tu ? lui demanda François.

L'autre répondit :

— Je vais rue Mercière.

Il n'en dit pas davantage.

Son camarade alors de le presser de questions, et Maurice de finir par avouer qu'il faisait la cour à la fille d'une marchande de chapeaux de paille, qu'il allait chaque soir passer dans le magasin une heure ou deux, que chaque dimanche il accompagnait ces dames à la promenade, etc.

— Comment s'appelle ta maîtresse ? dit François.

— Mais Henriette n'est pas ma maîtresse !

— Ah ! elle s'appelle Henriette ! Est-elle jolie ?

— Oui, mais moins que mademoiselle Clémence.

— Mademoiselle Clémence, qui est-ce ?

— La demoiselle de magasin. Si tu veux venir avec moi dimanche prochain, je te ferai faire connaissance avec elle ?

— Je verrai ! dit François.

Mais, le dimanche venu, il alla de grand matin trouver son ami.

— Ah ! tu t'es décidé ! s'écria Maurice.

— Oui, je ne savais que faire aujourd'hui. Et puis je suis curieux de voir si tu as bien choisi... Partons-nous ?

— Oh ! rien ne presse. Nous pouvons déjeuner. Le rendez-vous n'est qu'à une heure, à l'Ile-Barbe.

A midi, les deux jeunes gens prirent l'omnibus. François affectait un air insoucieux et désabusé. Il traitait la partie de haut. Il semblait condescendre à un désir de Maurice, en accompagnant ce dernier.

Arrivé dans l'île, il salua légèrement les trois femmes. — C'est la brune qui est *la mienne !* avait dit Maurice. François regarda celle-là tout d'abord : c'était la fille de la maîtresse de maison, et sa position la mettait au-dessus de sa compagne ; elle s'entendait avec Maurice, et toute sympathie qui n'avait pas pour objet sa propre personne semblait à François un vol commis à son

préjudice. Deux raisons pour qu'il dût préférer
mademoiselle Henriette à mademoiselle Clémence.

Par bonheur pour Maurice, celui-ci avait dit
vrai : Clémence était la plus jolie des deux jeunes
filles. Le plaisir de donner le bras à la plus jolie
l'emporta chez notre héros sur le plaisir d'humilier
son ami, en lui disputant et en lui *soufflant* sa conquête.

La marchande de chapeaux se nommait madame
Marice. Veuve d'assez bonne heure, elle ne s'était
pas remariée par amour pour sa fille, et, parce
que, disait-elle, c'était bien assez d'une fois. Bonne
femme, comme le sont les femmes sans éducation,
elle disait encore que, quand on avait bien travaillé
toute la semaine, on avait le droit de s'amuser le
dimanche. S'amuser, c'était prendre l'omnibus à
midi, manger de la poussière jusqu'à cinq heures,
dîner ailleurs que chez soi, passer sa soirée dans
quelque bal champêtre et rentrer vers les onze
heures, harassée de fatigue et rouge de chaud. Cet
amusement, elle le procurait, en en prenant sa
part, à sa fille et à sa demoiselle de magasin. Elle
était la tolérance même, joyeuse de les entendre
rire, s'épanouissant à les regarder danser et leur
permettant de boire de la limonade avec leurs dan-
seurs. La première fois qu'elle avait vu Maurice,
elle l'avait *toisé :* « C'était un jeune homme qui serait bien commode pour les dimanches, » et elle

avait encouragé ses assiduités, certaine qu'il serait
toujours *convenable*. Elle le traitait familièrement
et le chargeait volontiers d'une commission pressée dans la semaine, comme de porter un carton à
quelque voiture publique de la banlieue. Mais elle
accueillit François avec des manières plus céré-
monieuses. Le magasin de la rue Saint-Pierre était
à la boutique de la rue Mercière ce que sont les
Tuileries à une échope de savetier ; madame Lapalud faisait l'effet d'une grande dame à la petite
marchande ; l'employé de la préfecture lui semblait un personnage. Notre héros sentit ce respect
et s'en montra digne. Quand on eut fait quatre fois
le tour de l'île et parcouru pendant une couple
d'heures les environs, on s'attabla pour dîner dans
un cabaret du joli village de Saint-Rambert, sous
une tonnelle d'où l'on apercevait la Saône. François, en roi de la fête, avait commandé le menu, il
voulut payer l'addition. — Oh ! halte-là ! dit madame Marice ; chacun son écot, si vous tenez à recommencer ; c'est ma méthode ! Force fut de faire
ainsi. Mais, le soir, au bal, la bonne femme con-
sentit à se laisser « rafraîchir. » A la danse, François voulut briller. Pour cela, il fallait faire autrement que son ami. Si ce dernier avait sauté,
François aurait marché gravement comme dans un
salon ; mais Maurice marchait et notre héros, dès
lors, d'imiter les pas qu'il avait vu danser dans les

vaudevilles, Il fut très-ridicule, mais il avait en lui
une foi si robuste qu'il prit pour un compliment
les rires des jeunes filles. — Eh! amusez-vous bien,
mes enfants! disait madame Marice, en riant
aussi.

A dix heures, elle donna le signal du départ.
On revint à pied, en suivant le bord de la Saône.
La route était encombrée de voitures et de piétons. La poussière volait. Mais, à droite, la rivière
coulait avec un murmure, réfléchissant dans ses
eaux noires les étoiles du ciel et les feux des flot-
tilles. Clémence répétait : — Dieu! que je suis
lasse! Et son bras pesait sur celui de son cavalier ;
un joli bras, à demi-nu, bien blanc. Le regard de
François allait de ce bras aux cheveux blonds défaits, que contenait à peine une petite capote de
paille de riz... Tout cela, c'est très-doux.

Notre héros se laissa aller à un charme qu'il ne
connaissait pas encore. Il fut simple, naturel ; il ne
songeait pas à faire de belles phrases, comme
dans la journée.

— Pressons le pas! dit-il à Clémence.
— Pourquoi?
— Pour être plus seuls.
— Mais si nous perdions, madame?
— Nous la retrouverons bien. Venez! Nous nous
reverrons ainsi tous les dimanches, n'est-ce pas?
— Moi, je ne demande pas mieux.

— Jusqu'à aujourd'hui, vous alliez toute seule ?
dites !

— Non. J'allais avec madame. Henriette marchait devant avec votre ami.

— Maintenant elle va avec eux. C'est ça qui doit les amuser !

— Vous croyez ?

Et de rire. Puis de s'arrêter pour attendre leurs compagnons en retard ; puis de repartir, de causer avec vivacité, de se taire et de regarder l'eau, et alors le bras de François de serrer le bras de Clémence, et Clémence de dire : — Monsieur, ne me serrez donc pas tant !...

Depuis qu'il était banni des Célestins, François était allé quelquefois au Grand-Théâtre. Mais l'opéra avait pour lui moins d'attraits que le drame et la comédie. Sa nature le portait à agir, non à rêver. Ses accès de tristesse étaient rares, et avaient toujours une cause. La musique qui caresse les chagrins vagues lui donnait sur les nerfs. Cependant quelques mélodies étaient restées dans son oreille. Ce soir, elles y chantèrent toutes. Et, à les entendre, il éprouvait une douceur infinie...

— Eh bien ! dit Maurice, mademoiselle Clémence te plaît-elle ?

— Oui, oui ! elle est assez gentille ! répondit François. Je lui ai promis d'aller la voir. Tu me mèneras avec toi ?

— C'est entendu. Et Henriette, comment la trouves-tu?

— Assez bien !

Le ton signifiait « assez bien *pour toi.* » Mais Maurice était habitué à se contenter de peu. Il quitta son ami, enchanté.

Le lendemain, François acheta un dictionnaire des rimes.

Au bureau, il couvrit une grande feuille de papier ministre de lignes inégales. Quand la feuille fut couverte, il la déchira ; une seconde eut le même sort ; mais une troisième, pliée en quatre, disparut dans la poche de l'employé.

— Je terminerai cela ce soir ! se dit-il.

Cela, c'était des vers, des vers A CLÉMENCE.

François était amoureux.

Ce garçon portait en tout de la passion. Il ne pouvait faire qu'une chose à la fois, mais à cette chose il se donnait tout entier. Aux circonstances de l'arrêter, lui ne s'arrêtait pas. Aussi réussissait-il toujours au commencement ; les déceptions de la suite n'en étaient que plus cruelles.

Il voulait être aimé de Clémence, comme il avait voulu aller au théâtre et connaître des comédiens ; dès lors, il donna à Clémence tout son temps, tous ses soins ; pas une de ses démarches ou de ses paroles qui n'eût la jolie fille pour objet.

14

Qu'un rival se fût présenté, François l'eût emporté sur lui sans aucun doute. Mais la tâche était moins difficile, et il triompha sans obstacles, comme on triomphe à dix-neuf ans, bien entendu. Rien de plus innocent en effet que ce premier amour. Des fleurs échangées, des vers où il était question d'âme et d'étoiles, donnés en cachette, appris par cœur et répétés ensuite mot à mot ; un jour un peu plus :

Il était neuf heures ; François quittait le magasin de la rue Mercière, pour aller dans celui de la rue Saint-Pierre, souhaiter le bonsoir à la cousine Lapalud. Il regarda fixement Clémence ; puis il sortit, fit quelques pas dans la rue, revint et entra dans le corridor obscur, avec lequel le magasin communiquait par une petite porte. Il y trouva la jeune fille. Ils ne s'étaient rien dit ; ils s'étaient compris pourtant. Ils se serrèrent les mains à se faire mal, et, tout près l'un de l'autre, ils échangèrent un long baiser. Jamais ils n'avaient été si heureux.

Aussi, ce fut la fin de leur bonheur.

Clémence, en rentrant dans le magasin, était toute rouge, si rouge que madame Marice crut qu'elle avait la migraine.

— Es-tu indisposée, ma fille ? demanda la bonne femme.

— Oh ! non, madame ! s'écria l'enfant, non, non !

Ce *oh!* l'accent avec lequel les *non non!* avaient été jetés, tout cela fit réfléchir la mère de famille.

Le lendemain, quand vinrent les jeunes gens, elle observa et écouta.

— Dimanche, disait François, j'irai à la messe de huit heures avec ma cousine. Elle m'a demandé de l'accompagner. Nous irons à Saint-Nizier.

Son regard se croisa avec celui de Clémence.

— Ils se donnent rendez-vous à l'église, les petits serpents ! se disait tout bas madame Marice.

Clémence était la fille d'un gros fermier des environs. La marchande avait promis au père de veiller sur elle. Elle se repentit de ne pas l'avoir fait plus attentivement. Du moins, elle se promit de réparer le mal.

Le dimanche venu, elle laissa sortir Clémence, sans lui faire la moindre observation ; puis elle prit un châle et alla entendre la messe à Saint-Nizier. Les amoureux, au moment de sortir, la trouvèrent debout près du bénitier.

Elle souriait. Eux de rire sous cape.

La promenade ordinaire eut lieu dans l'après-midi.

Mais le lendemain, à cinq heures, en revenant de la préfecture, M. Lapalud dit à François :

— Moi aussi, monsieur, j'eus vingt ans. Mais, jamais, non, jamais ! il ne me vint à l'esprit de détourner une jeune personne bien née, de ses devoirs. Je m'amusai comme les autres, mais jamais, non jamais! une mère de famille n'en fut réduite à venir implorer contre moi la sévérité de ceux auxquels je dus le jour. Pourquoi, hélas! monsieur, ne suivîtes-vous point mon exemple? Vous m'eussiez épargné un pénible devoir...

— Mais, mon cousin, je ne vous comprends pas!

— Je vis ce matin, madame Marice. Me comprenez-vous maintenant?

François sentit ses jambes qui se dérobaient sous lui. Il voulut répondre; mais il comprit qu'il ne trouverait que des sottises. Il fit un effort: il se tut. A l'entrée de la rue Saint-Pierre, le cousin en était à son trois centième passé défini. Il fallait conclure avant de rentrer.

— Je promis à cette dame que dès aujourd'hui vous cesseriez vos visites, et que jamais à l'avenir elle n'entendrait parler de vous. Donnez-moi votre parole, monsieur, qu'il en sera ainsi!

Le mot *jamais* était sur les lèvres de François; il hésita, puis il donna sa parole. Il avait eu le temps de penser qu'il était nécessaire d'endormir la vigilance de son cousin, pour garder sa liberté d'action.

Après dîner, il courut chez Maurice; il lui dit tout; il l'envoya rue Mercière aux informations. Maurice revint la tête basse:

— On me prie de cesser momentanément mes visites! dit-il.

— Et Clémence ?

— Elle est partie.

— Partie !

— Oui, madame Marice prétend qu'elle est malade, que l'air natal lui fera du bien. Elle l'a renvoyée pour quelque temps à son père.

— Ah ! ah ! dit François.

Il releva la tête d'un air de défi.

— Ah ! ah ! c'est comme cela ! Eh bien, tant mieux !

— Qu'as-tu donc mon ami ? Tu m'effraies !

— Ah ! ah ! tu ne me connais pas ! *Eux*, non plus, ne me connaissent pas ! *Ils* verront. Ils verront !

— Que vas-tu faire, mon Dieu ?

— Rien. Bonsoir ! Je te le dirai... une autre fois.

Notre héros s'éloigna, en sifflant. Son plan était fait, d'un jet, en une minute.

Pendant toute la semaine, il tint compagnie à sa cousine, jusqu'à neuf heures, ne la quittant que pour aller se mettre au lit.

Le samedi soir, il lui dit :

— Mon ami Maurice m'a invité à passer la journée de demain avec lui, chez ses parents, à la campagne. Voulez-vous me permettre d'accepter son invitation ?

— Volontiers, mon enfant. Tu sais que je t'aime trop pour vouloir jamais te refuser un plaisir. Va avec ton ami et amuse-toi bien !

François embrassa sa cousine ; d'ordinaire c'était elle qui l'embrassait.

Le dimanche, à quatre heures, il était debout. Il sortit sans bruit et prit la route de Chessy. C'est à Chessy que demeurait le père de Clémence.

Cinq lieues à faire. Il les fit sans courir, sans s'arrêter, d'un pas égal. Neuf heures sonnaient, lorsqu'il entra dans le bourg. Il se rendit droit à l'église et attendit, sous le porche, que la messe fût finie. Elle venait de commencer ; il attendit une heure. Quand les fidèles sortirent, il se plaça sur leur passage, au milieu du sentier, bien en vue. Clémence était avec son père. Elle ne put retenir un cri. Le vieux paysan baissa les yeux vers elle, puis regarda alentour. Mais François lui tournait le dos ; il descendait à pas lents un chemin, qu'un double rideau d'arbres barrait à son extrémité. Entre les arbres coulait l'Azergue, un ruisseau que les pluies changent en torrent. Que de fois Clémence avait décrit ce paysage à François : c'est sur les bords de l'Azergue qu'elle se promenait, lorsqu'elle était à Chessy. Elle y arriva en même temps que François. Celui-ci ne s'était pas retourné. — Nous ne sommes pas seuls ! lui dit-elle rapidement ; passez le pont et prenez à gauche ! Il obéit. Après cinq minutes de marche, il se trouva dans un petit chemin creux, en contre-bas du ruisseau, tout boisé, mystérieux à faire rêver un bouvier. Il s'arrêta et s'assit sur une

pierre : il était harassé. Un quart d'heure après,
Clémence vint le rejoindre ; il se leva, ne sentant
plus la moindre fatigue. — Toi ! c'est toi ! disait-
elle. Lui l'embrassait. Elle tira une petite bourse de
sa poche : — Je l'ai achevée ici. Je l'ai commencée
là-bas ; mais j'avais si peu de temps ! Le soir, quelquefois j'y travaillais à tâtons. Le lendemain, il me
fallait défaire ce que j'avais fait. Enfin elle est finie.
J'ai bien pleuré dessus, va ! — Quand pourrai-je la
lui remettre ? me disais-je. Bah ! je te revois ! c'est
tout ce qu'il me faut !

Une heure passa ainsi. Ils se parlèrent tout le
temps, et, tout à coup, ils s'aperçurent qu'ils ne
s'étaient rien dit :

— Mon Dieu ! dit Clémence, il faut pourtant que
je te quitte. Si mon père allait me chercher ! Je re-
tournerai à Lyon dans quinze jours. Passe dans la
rue. Tu n'as pas besoin de t'arrêter. Je te verrai.

— Demain, dit François, j'aurai quitté Lyon.

— Quitté Lyon !

— Écoute-moi, Clémence ! C'est un secret que je
vais te confier !...

Ils avaient trente-cinq ans à eux deux. Lui, parlait d'un ton grave ; elle, écoutait en fronçant le
front. Ils étaient très-gentils.

— Je ne peux plus vivre sans toi, Clémence.

— Ni moi sans toi, François.

— Eh bien, c'est pour cela que je pars. Si je demandais aujourd'hui ta main à ton père, il me la refuserait sous prétexte que je n'ai pas de position. Je dois m'en faire une. Rester à la préfecture ne me mènerait à rien. Dans un an, je gagnerais six cents francs. Qu'est-ce que tu veux qu'on fasse avec six cents francs? Et puis, ce n'est pas ma vocation!...

Il s'arrêta un instant et reprit avec force :

— Ma vocation, c'est le théâtre !

— Vous voulez vous faire acteur ! s'écria la petite suffoquée.

— Je veux me faire acteur. Je brave les préjugés, moi ! Ma famille criera si elle veut. J'aime cette vie indépendante, pleine de nobles émotions. Quand je serai applaudi, célèbre, ceux qui m'auront blâmé seront les premiers à revenir à moi. Du reste, que m'importe, pourvu que tu me sois fidèle?

— Tu sais bien que je le serai !

Vingt exclamations, vingt questions se heurtaient dans le cerveau de la pauvre Clémence. Un cri résuma tout :

— Mais je ne te verrai plus !

— Tu me reverras quand je serai *arrivé.* J'ai fait mon compte. Il me faut deux ans. Mais tous les mois je t'écrirai. Maurice te remettra mes lettres.

— Deux ans !

Elle ne l'écoutait plus. Elle sanglotait à attendrir les cailloux de l'Azergue. François lui frappait dans

les mains et lui baisait·les yeux. Un pas retentit au
bout du sentier.

— On vient. Je ne veux pas te compromettre !

Elle fut héroïque :

— Qu'importe ? puisque tu pars !

— Non ! non ! Adieu ! Au revoir ! Je t'écrirai...
Au revoir.

— Ne t'en va pas ! Je...

Il avait disparu.

Le lundi, à neuf heures, François fit dire à sa cousine qu'il était fatigué et n'irait pas déjeuner. Il
courut au mont-de-piété. Un commis bienveillant
lui prêta cent francs sur la montre et la chaîne que
madame Lapalud lui avait données, le jour où il
avait été reçu bachelier. Cent francs, c'était quelque
chose, mais ce n'était pas assez. Il revint chez lui,
porteur d'une petite valise, dans laquelle il entassa
six chemises, six paires de bas, six mouchoirs de
poche, et un vêtement complet. Il prêta un instant
l'oreille, attendant un cri connu ; il ouvrit la fenêtre,
fit un signe : un marchand d'habits monta. Quarante francs de plus ! — Quoi encore ? — Ah ! ma
cousine ! Il prit une feuille de papier et écrivit :

Lyon le... août 1852.

« MA COUSINE,

« La vie que je mène ici m'est odieuse. Je veux

être libre, ne dépendre ni d'un chef de bureau, ni
de personne, pas même de vous. Je pars. Je tâche-
rai de faire mon chemin tout seul. Si je réussis,
vous aurez de mes nouvelles ; sinon, oubliez-moi !

» Inutile de mettre la police en campagne ; quand
vous lirez ces mots, j'aurai passé la frontière. Du
reste, je vous jure sur la mémoire de ma mère que si
l'on me ramenait de force à Lyon, je m'enfuirais
de nouveau... »

François allait signer. Il s'arrêta. Ce que sa cousine avait fait pour lui se présenta en cinq minutes,
mais complétement, à son esprit. Il pesa le bien et
le mal. Le bien l'emportait. Il reprit la plume et il
ajouta :

« Je vous remercie, ajouta-t-il, de l'éducation que
vous m'avez fait donner et je vous embrasse tendrement. »

Cette fois, il signa : *François Lapalud.* Il était
déjà fier du bruit que ce nom ferait un jour. Sa résolution, au moment de s'accomplir, lui semblait
plus héroïque. Il avait la fièvre.

Il écrivit le nom de sa cousine sur l'enveloppe de
la lettre, qu'il plaça bien en vue sur la cheminée.

On ne viendra pas avant cinq heures ! se dit-il ; à
cinq heures, je serai loin !

Un seul chemin de fer partait alors de Lyon : ce-lui de Saint-Étienne. La station la plus éloignée était Roanne.

— Une *troisième* pour Roanne ! dit fièrement François, en se présentant au guichet.

IX

La nuit était tombée, quand François sortit de
wagon. Il prit l'omnibus d'un des hôtels de la ville.
La fièvre ne l'avait pas quitté. Tant qu'avait duré le
voyage, il s'était senti plein d'impatience. Il remuait
les pieds, il changeait de place ; sa figure changeait
d'expression. Il se parlait à lui-même, tantôt se répétant les conversations qu'il avait eues avec Clémence, tantôt essayant de se rappeler les plus beaux
passages des drames qui l'avaient ému. Pendant
qu'on préparait sa chambre, il demanda à souper :
il mourait de faim, ayant oublié de boire et de manger tout le long de ce grand jour. Un garçon plaça
devant lui un poisson, des viandes froides, un demi-
poulet, des fruits. La fièvre disparut avec la faim,
mais sans emporter la bonne humeur. Les paysages

inconnus qui avaient passé devant les yeux du voyageur, les visages nouveaux qui s'étaient tour à tour
placés en face du sien, le mouvement des gares, les
coups de sifflets, l'omnibus à travers les rues noires,
la salle à manger de l'hôtel bien éclairée, deux
femmes à une table près de la sienne, les garçons,
les servantes, tout cela constituait une sorte de vie
nouvelle, en face de laquelle la vie passée se détachait, comme si elle eût été passée depuis dix ans.
François se figurait être un autre homme, parce
qu'il s'agitait dans d'autres milieux. Il marchait
dans un rêve! Tout lui semblait radieux. Il but entièrement sa bouteille, monta d'un pas délibéré l'escalier, puis, tout à coup, prenant sa bougie des
mains du garçon : — Avez-vous un théâtre ici? lui
demanda-t-il. — Oui, monsieur! — La troupe est-
elle bonne? — Il y a, à ce qu'on dit, une bonne actrice, la femme du directeur; moi, je ne sais pas;
je n'ai pas le temps d'aller à la comédie!

Pas le temps d'aller à la comédie! Ce garçon fit
pitié à François.

Le lendemain, notre héros se leva, dès qu'il eut
ouvert les yeux : il tremblait à la pensée d'avoir
dormi trop tard, et sa montre n'était plus là pour le
rassurer. Il descendit. Six heures. Allons! il n'y
avait pas de temps perdu. C'est qu'il n'en avait pas
à perdre. Il descendit la rue, en quête d'une affiche
de représentation. Il en trouva plusieurs, mais à

demi déchirées, car elles dataient du dimanche. En
tête de l'une d'elles, il lut : *Direction de M. Lurac.*
Le directeur s'appelait Lurac. *Ac,* ce devait être un
homme du midi, un artiste fini. Un peu plus loin,
le mot THÉATRE, en grandes lettres, éclairait la façade d'une maison noire. François s'arrêta devant
cette maison. Son regard en interrogea les portes,
les fenêtres et les abords. Personne, si ce n'est un
garçon de café occupé à épousseter des chaises. —
Le directeur du théâtre demeure-t-il ici? lui demanda
François. — Non! mais il ne demeure pas loin, répondit le garçon ; tenez, vous voyez bien cette boutique là-bas, celle qui a un petit tonneau pour en-
seigne? — Oui, une boutique de vinaigrier. — Eh
bien! le directeur loge au-dessus, dans la chambre
de mademoiselle Wattebled! François se demanda
ce que pouvait être cette demoiselle Wattebled qui
logeait des directeurs dans sa chambre. Une habi-
tuée du théâtre sans doute? Peut-être une femme du
monde séduite par le talent de M. Lurac? Il fit part
au garçon de ses suppositions. Celui-ci se mit à rire
aux éclats. — Mademoiselle Wattebled, la maîtresse
d'un acteur! Ah! bien oui! Ah! elle est bien trop
dévote pour cela! Elle va à la messe tous les matins! Mais non, c'est une chambre garnie qu'elle
loue, et, comme cette chambre est près du théâtre,
tous les artistes qui passent ici la connaissent bien!

Tous les artistes! François eut honte de ne pas

connaître la chambre de mademoiselle Wattebled !
Il remercia le garçon, et, après un nouveau coup
d'œil au théâtre, il se décida à continuer sa promenade.

Un quart d'heure après, il se trouvait sur le bord
de la Loire, dans les prés ; les peupliers alignés le
long du fleuve se détachaient en noir sur un voile
de brouillards, à travers lequel apparaissait, affai-
bli, le disque rouge du soleil levant. Pas d'horizon.
La prairie s'étendait, pareille à une nappe d'un vert
uni ; on ne voyait pas l'eau sous la buée qui s'éle-
vait au-dessus de sa surface. Sur le chemin de halage, un homme, vieux, courbé, tirant la jambe, se
promenait, une brochure à la main. Quand François
fut près de cet homme, il remarqua qu'il avait la
lèvre supérieure et les joues soigneusement rasées.
Il n'avait pas de soutane, ce n'était pas un prêtre ;
donc, ce devait être un comédien. Notre héros se
mit à l'observer curieusement. Tout à coup, l'homme
plia sa brochure, la mit dans sa poche, et, relevant
la tête, il poussa un soupir de soulagement, puis il
regarda du côté du fleuve. Le soleil venait de per-
cer le voile gris qui arrêtait ses rayons. Peu à peu,
il envahit l'horizon ; les peupliers se détachèrent
sur un fond d'or ; l'eau se raya de bandes éclatantes ;
les oiseaux se mirent à chanter dans les haies. Le
vieux se secoua, comme pour chasser le froid, le
brouillard et la tristesse. Sa figure, à l'expression

résignée et morne, s'éclaira comme la nature. Il se
frotta les mains et se mit à marcher d'un pas plus
vif, on aurait pu dire plus joyeux. Quand il passa
près de François, il le salua d'un bonjour cordial,
mais il ne s'arrêta pas et François n'osa pas l'arrêter. Il le suivit des yeux, le vit quitter la route et
s'engager dans la prairie. De temps en temps, le
bonhomme se baissait et arrachait une plante qu'il
portait ensuite à sa bouche.

Fut-ce de le voir manger? mais François se sentit pris d'un grand appétit. Il revint à Roanne, re-
passa devant le théâtre toujours silencieux et rentra
déjeuner à l'hôtel. Après quoi, il alla prendre le
café, où? vous le devinez : au rez-de-chaussée de
la maison noire, devant laquelle il s'était arrêté le
matin. Personne dans le café. — Est-ce que les artistes ne viennent pas ici? demanda-t-il au garçon.
— Je vous demande pardon, monsieur, quelquefois! Il attendit deux heures, toujours pas un con-
sommateur. Pendant ces deux heures, il avait ré-
fléchi et modifié son plan de conduite. En quittant
Lyon, il était bien résolu à mettre cent lieues entre
sa famille, qui pouvait le chercher, et lui, qui ne
voulait pas être trouvé. Echapper à toutes les pour-
suites, telle était sa première préoccupation ; le
reste ne venait qu'après. Aujourd'hui, cette préoccupation avait disparu. Cent lieues à faire, c'était
bien long, et il n'était guère riche. Quel était le but

de son voyage? Trouver un engagement dans une
troupe de comédiens. S'il trouvait cet engagement
ici, à Roanne, ce serait une économie de temps et
d'argent tout à la fois. Double bénéfice. Il change-
rait de nom. Qui s'aviserait de découvrir François
Lapalud, employé à la préfecture du Rhône, sous
le nom de... de... comédien? — Quel nom pren-
drai-je? se demanda François. Il passa en revue
tous les noms des personnes qu'il avait connues et
des héros des livres qu'il avait lus, en en cherchant
un court, sonore, facile à retenir, et pas banal cependant. Il finit par se décider pour Roland, dont
il fit Rolland, puis Holland, qui lui sembla tout à
fait bien. Holland! oui, c'est cela. Holland. Il vit
flamboyer ce nom en grandes capitales noires sur
fond jaune. — Personne ne le porte au théâtre! se
dit-il; on ne me confondra pas avec un autre!
Alors seulement il songea que probablement la
troupe de Roanne était au grand complet, et
qu'Holland pourrait bien en être réduit à porter ses
grandes capitales ailleurs. — Je le saurai avant ce
soir! se dit-il. Mais quelle histoire conterai-je au
directeur? voyons! Il sortit et se promena par la
ville, cherchant une fable bien vraisemblable et
nullement compromettante. A deux heures de
l'après-midi, il crut l'avoir trouvée; il rentra donner un coup de peigne à ses cheveux, changer de
gilet, se faire le plus beau possible. Quand il fut

content de lui, il redescendit la rue et alla frapper à la porte de la chambre de mademoiselle Watte-bled.

— Entrez ! cria une voix de femme.

La clef était sur la serrure. Il la tourna et s'arrêta sur le seuil de la chambre, non par timidité, mais par impossibilité d'aller plus loin. A sa droite, à sa gauche, devant lui, des malles à hauteur d'appui, les unes fermées et ficelées, les autres ouvertes, laissant voir des costumes pailletés, des perruques, etc., lui barraient le chemin.

Plus loin, une table encombrée d'assiettes et de casseroles, une commode, une toilette, un lit dans une alcôve, un autre lit plus petit ; au pied de ce dernier lit, une cheminée ; enfin, dans un tout petit espace libre devant cette cheminée, trois personnages, occupés diversement, mais dans un but commun : un petit homme, jeune encore, très-brun, avec une grande bouche démeublée, un couteau dans une main, une pomme de terre dans l'autre ; une grande et belle femme, aux yeux noirs magnifiques, vêtue d'une robe de soie bleue, accroupie, faisant rôtir une oie à la broche ; une jeune fille de quinze ans, habillée comme un baby de sept, avec une robe courte et des pantalons brodés, lavant des assiettes sur la table métamorphosée en évier.

François ne laissa pas que d'être un peu surpris

du tableau qu'embrassait son regard, par-dessus
les malles.

— Prenez à gauche, monsieur, dit poliment le
petit homme ; il y a un passage. Par là, oui. Ah !
très-bien. Vous voilà arrivé. Excusez-moi. Qu'y
a-t-il pour votre service ?

— C'est à monsieur Lurac que j'ai l'honneur de
parler ? demanda François.

— Oui, monsieur. Voici ma femme et ma fille.
François s'inclina respectueusement.

— Je pense, dit-il, que je puis m'expliquer devant ces dames. Il s'agit de théâtre.

— Madame Lurac joue les premiers rôles, et
l'enfant les Léontine Fay. Asseyez-vous donc,
monsieur.

Le petit homme chercha une chaise libre. Vaine
recherche. Les trois chaises de la chambre Wattebled étaient chargées comme six tables.

— Nous sommes un peu à l'étroit, dit-il, mais
nous sommes à deux pas du théâtre, ce qui explique la préférence que nous donnons à ce logement.
Excusez-moi.

— Je ne suis pas fatigué, répondit François, con-
fus de tant de politesse. Voici, monsieur, ce qui
m'amène. J'aime passionnément le théâtre et je
veux me faire comédien. Mais, avant de déclarer
mon projet à ma famille, j'ai résolu de faire une
sorte de stage, de tâter le terrain si vous aimez

mieux. Mes parents habitent Paris. Je leur ai demandé la permission de voyager pendant un an. Je
voudrais, pendant ce temps-là, jouer en province.
Je suis arrivé dimanche à Roanne ; j'ai vu votre
excellente troupe, et je serais heureux de débuter
avec vous.

François avait débité ce petit discours tout d'une
haleine, ce qui ne lui était pas difficile, puisqu'il
l'avait composé et appris par cœur une heure avant.
Il attendit.

M. Lurac se promenait, ou du moins simulait une
promenade, en tournant sur lui-même ; il ne se
pressait pas de répondre.

— Ah ! vous êtes Parisien, monsieur? dit en souriant madame Lurac.

— Oui, madame.

— Tu es Parisien comme moi ! murmurait l'impressario. Parisien de la Croix-Rousse ! Avec ça que
je ne reconnais pas ton accent !

— Ce jeune homme attend, mon ami?

M. Lurac s'arrêta brusquement. Il regarda François. Il parla enfin, lentement, pesant ses mots.

— C'est grave, dit-il, très-grave. Ainsi vous aimez
le théâtre. Belle carrière. Difficile. Très-difficile.
Il y en a qui croient qu'on s'improvise comédien...

— Ce n'est pas moi ! dit François.

— Je ne dis pas que ce soit vous. Notre jeune
premier est tombé. Le public de Roanne, mauvais

public. Il avait du talent. Vous voulez le remplacer. Le pourrez-vous? Voilà la question.

Il se retourna vers sa femme.

— Qu'en penses-tu?

— Il est beau garçon! dit madame Lurac.

François devint pourpre.

— Oui, et il a l'air de bien porter la toilette.
Quel âge avez-vous? demanda le petit homme à
notre héros.

— Vingt-deux ans.

— Ah! vous êtes majeur. Tant mieux pour vous.
Sans cela, ma conscience m'aurait fait une loi de
prévenir votre famille.

— Comme j'ai bien fait de me vieillir un peu!
pensait François. Ainsi, monsieur, je puis espérer...

— Que je vous prendrai pour pensionnaire. Je ne
promets rien. Vos parents... vos parents sont riches
sans doute, puisqu'ils vous font voyager?

— Assez riches pour vivre de leurs rentes.

— Oh! je ne prétends pas compter leur bourse,
dit l'impressario, avec un geste indiquant qu'il était
la discrétion même; c'est par intérêt pour vous que
je vous faisais cette question. Si... si nous nous
entendons, vous devez savoir qu'un artiste qui dé-
bute ne peut prétendre à un gros engagement...

— Monsieur, dit François, désireux de faire montre de richesse, vous fixerez vous-même le chiffre
du mien.

— Eh bien! nous verrons alors. Je ne dis pas non. Il faut que je consulte Pilône. Connaissez-vous Pilône? Du talent! et capable de vous donner des leçons aussi bonnes que quelque artiste de Paris que ce soit. N'est-ce pas, chère amie? Pilône...

— Plaît-il? dit une voix.

La porte s'ouvrit. Un homme et une femme apparurent dans le couloir, derrière les malles. L'homme était jeune, mince ; de longs cheveux châtains, roulés à leur extrémité, tombaient à plat de chaque côté de sa figure pâle et amaigrie qu'éclairaient des yeux bleus, fendus comme des yeux de Chinois, dont l'expression était rêveuse. On ne pouvait donner moins de quarante ans à la femme. Elle était courte, replète, sans taille ; elle avait une face ridée, éraillée, plissée, fardée même à la ville, et, sous des paupières sans cils, des yeux clairs au regard effronté.

— Monsieur et madame Pilône justement, dit le directeur à François. Un jeune homme qui désire venir avec nous, dit-il aux artistes.

— Ah! ah! dit M. Pilône.

— Eh! mais, c'est très-bien! dit madame, en regardant François sous le nez.

— Ecoute donc, mon vieux! dit l'impressario en, emmenant son pensionnaire dans l'alcôve (voyage qui ne s'accomplit pas sans quelque difficulté), ce jeune homme...

Il continua à voix si basse que « ce jeune homme, » qui écoutait de toutes ses oreilles, n'entendit rien.

La conférence dura dix minutes. Mais, sous les regards des deux femmes et du baby, François trouva qu'elle durait deux heures.

Enfin M. Lurac revint vers lui.

L'oracle allait parler.

— Vous plaisez à Pilône, dit le directeur. Il va remplir votre engagement. Êtes-vous content ?

— Oh ! très-content, monsieur.

— J'étais ainsi à votre âge. Par exemple, je n'ai pas eu votre chance, moi. J'ai *soufflé* pendant deux ans. Après ça, soignez votre début.

Il se retourna, et, s'adressant à Pilône :

— Y es-tu, mon vieux ?

— Oui. Le nom ?

— Ah ! c'est juste, le nom. Je ne vous ai pas seulement demandé comment vous vous appeliez, mon cher ?

— François Lapalud.

— Lapalud, ça ne vaut rien pour l'affiche. François, ça ne suffit pas... Il faudra chercher un nom.

— J'en ai cherché un, monsieur...

— Ah ! ah ! déjà...

— Oui, j'ai pensé à Holland.

— Holland ! Hollande ! Mais c'est le nom d'un pays, ça. Au fait, Holland n'est pas mal. Moi, j'ai-

merais mieux La Haye. C'est la même chose et cela
sonne mieux.

— La Haye, soit ! dit François.

— Tu entends, toi, là-bas ? François Lapalud, dit
La Haye.

— Les jeunes premiers, n'est-ce pas ?

— Les jeunes premiers, des jeunes premiers rôles,
des jeunes troisièmes, les rôles de genre, la figura-
tion. Monsieur veut apprendre le théâtre. Talma a
dit qu'il n'y avait pas de mauvais rôles.

— Le chiffre ?

— Cent vingt. Soixante au *prorata*.

Les femmes se regardèrent, puis elles regardèrent
François. Il avait un air radieux.

— Monsieur, dit Pilône, voulez-vous collation-
ner ?

Il prit deux feuilles imprimées qu'il venait de
remplir, et tendit l'une d'elles à notre ami.

Ce dernier y jeta un rapide coup d'œil.

— Inutile, répondit-il. Dites-moi seulement, je
vous prie, ce que signifie ce mot *prorata* ?

Les artistes se regardèrent de nouveau.

— C'est bien simple, fit négligemment M. Lurac.
Supposez une catastrophe : le théâtre brûle; une épi-
démie ravage la ville ; bref, nous ne faisons pas nos
frais, alors vous ne touchez que moitié de vos ap-
pointements. Mesure de précaution. Simple mesure
de précaution. Je mourrais demain, n'est-ce pas ?

ma femme et l'enfant ne sauraient où donner de la
tête. Pendant un mois, absence de *prorata*. Le *prorata*, ce sont les soixante francs douteux. Comprenez-vous !

— Très-bien ! dit François.

Derrière lui, madame Pilône levait les yeux au
ciel, d'un air qui signifiait : — Pauvre innocent !

Mais il ne la vit pas : il signait l'engagement.

— Voici votre double ! dit M. Lurac. Répétition
ce soir, à huit heures. Dimanche, *La Closerie des
Genêts*. Vous jouerez Georges. Pilône vous donnera
la brochure.

Il lui tendit la main. Pilône lui tendit la main.
Les femmes lui tendirent la main. Quand il eut
serré toutes ces mains :

— A ce soir, mon petit ! dit la Pilône.

— A ce soir, répéta François, s'orientant à travers les malles.

X

Le théâtre, le soir, était plus sombre encore que le matin. Pas une lumière aux fenêtres. François se promena un instant devant la porte, cherchant un guide. Enfin, parut le vieil homme qu'il avait rencontré sur le bord de la Loire. Il le salua et le suivit. Une petite porte ; un long couloir éclairé par un seul quinquet ; cinq marches à descendre ; un second couloir ; cinq marches à monter ; une porte au bas des cinq premières marches ; une autre porte en haut des cinq secondes ; la scène, mal éclairée, étala sous les yeux de François le hideux fouillis de ses décors et de ses accessoires. Le rideau était levé. Au delà apparaissait la salle, que le vide faisait paraître immense. De ce gouffre noir sortait un vent chaud, qui battait le fer-blanc de quelques quin-

quets accrochés à la rampe. Le chef d'orchestre
accompagnait sur son violon une femme accroupie
à l'avant-scène, penchée vers lui, qui chantait un
air. — On est au foyer ! dit le vieux, traversant sans
s'arrêter la scène ; si vous voulez parler à M. Lurac,
vous n'avez qu'à venir avec moi. — M. Lurac m'a
en effet donné rendez-vous, répondit François ; je
suis engagé pour jouer les jeunes premiers. Le vieux,
sans répondre, ouvrit une troisième porte. Dans une
petite salle, un peu mieux éclairée que le reste du
théâtre, quatre femmes assises, leurs chapeaux sur
la tête, leurs mantelets sur les épaules, s'occupaient
à des ouvrages de tricot. Une cinquième parlait au
directeur debout, à la cheminée. Six hommes, les
uns des rôles à la main, étudiant, les autres cau-
sant, formaient deux groupes distincts.

— Ah ! c'est vous, mon petit ! dit la Pilône en jetant son regard effronté à François. Eh ! dis donc,
toi, là-bas ! Prosper !

Le jeune mari de la vielle actrice se retourna.

— As-tu la brochure de *la Closerie* ?

M. Pilône vint à François, à qui il serra la main,
non sans une sorte de comme il faut dans les manières.

— Vous connaissez la pièce ? lui demanda-t-il, en
lui tendant la brochure.

— Oui, monsieur.

— Eh bien ! apprenez le rôle pour vendredi ;

nous ne ferons que deux répétitions ; il faudra savoir ; du reste le rôle est court.

— Deux répétitions, c'est bien peu.

— Pour une vieille pièce, sue, resue, répétée, re-répétée, c'est bien assez. Nous répétons quatre et cinq fois les pièces nouvelles. Oh ! nous faisons de la bonne besogne ici. Vous verrez !

En ce moment, M. Lurac quitta l'actrice avec laquelle il causait. Il tira sa montre :

— En scène ! en scène ! dit-il en frappant ses mains l'une contre l'autre.

Les femmes posèrent leurs tricots dans de petits paniers à ouvrage, qu'elles avaient auprès d'elles.

— Moi, je ne parais qu'au second acte ! dit madame Pilône ; j'ai le temps !

Et elle continua à tricoter.

François se disposa à suivre les artistes qui allaient entrer en scène.

— Eh ! toi, lui dit la Pilône, tiens-moi compagnie, puisque tu ne répètes pas.

Une jeune actrice se mit à rire tout haut. Notre héros la regarda. Elle était jolie.

— Madame, dit-il à madame Pilône, je tiens à voir la répétition. Je ne connais pas le théâtre et...

— Bon ! bon ! alors, je vais avec toi dans la salle. Tu peux me tutoyer, tu sais ?

Voyant qu'il ne pouvait faire autrement, François se laissa suivre à l'orchestre par sa tutrice forcée

qui tricotait toujours. Une idée lui était venue tout
à coup : Tous ces gens avec lesquels je dois vivre,
je ne les connais pas. Cette officieuse madame Pilône me les fera connaître.

Il s'assit. Elle se plaça très-près de lui.

Sur la scène les artistes discutaient, François ne
savaient à quel propos.

— Voyons! lui dit sa voisine, pendant qu'ils ba-
vardent là-bas, conte-moi ton histoire, hein? Je suis
bonne femme, moi. On peut tout me dire. Tu as
l'air d'un bon petit diable. Si on t'embête, tu n'as
qu'à me faire signe. Je te veux du bien.

François ne fit aucune difficulté à lui répéter la
fable qu'il avait composée à l'intention du directeur. Il ajouta même quelques détails qui, dans sa
pensée, devaient *faire* très-bien : il avait fait toutes
ses études, il était bachelier, ses parents lui laisse-
raient un jour une belle fortune. Ils auraient voulu
faire de lui un notaire; mais il n'y avait pas de danger qu'il y consentît, etc.

— Notaire, c'est une belle position ! dit la femme
ridée, en soupirant d'un air qui signifiait : Est il
bien possible qu'un homme qui pourrait être notaire vienne... à Roanne... jouer la comédie... à
cent vingt francs... dont soixante au *prorata* !

François était stupéfait. Eh! quoi, une artiste,
femme d'un artiste, trouvait des charmes au no-
tariat! Il eut l'envie de se lever et de laisser là

cette *bourgeoise*. Mais il réfléchit : Avant d'envoyer
promener cette vieille, se dit-il, il faut qu'elle m'ap-
prenne ce que je veux savoir. Il s'enhardit :

— Y a-t-il longtemps, demanda-t-il, que Lurac
(Lurac tout court, ah ! mais !) est marié ?

— Il y a deux ans.

— Deux ans. Mais sa fille ?

— L'enfant, comme il l'appelle. Il l'a eue de sa
première femme qui chantait les Dugazon et les Bé-
ziers.

— Elle est bien grande pour son âge.

— Pour son âge ! Quel âge lui donnes-tu donc ?

— Mais dix ans, douze ans.

— Ah ! ah ! elle en a seize, et, quand je dis seize,
je lui fais la partie belle. Elle marche sur les dix-
sept à les attraper vite, tu sais.

— Cependant, la façon dont elle est habillée,
l'emploi qu'elle tient...

— Ah ! oui, les Léontine Fay. Elle est bonne !

— Elle est bonne ?

— Oui, je veux dire : c'est une bonne charge !
une bonne plaisanterie, tu sais.

— Ah ! très-bien ! dit François, et, à part lui :
Mais elle veut donc que je sache tout, cette vieille,
avec ses *tu sais !*

— Si tu la voyais, mon petit dans les rôles d'enfant ? Une perche ! elle a la tête de plus que son
père. L'autre jour, il la portait dans ses bras. C'était

à crever de rire. Et sa voix donc? Quelle mue! Je
ne te dis que ça!

— Lurac a-t-il du talent?

— Hem! tu sais, un directeur. Il choisit ses rôles.
Après ça, il sait son métier. Oh! je n'en dis pas de
mal. Il tient son bout.

Savoir son métier! tenir son bout! O Racine! François écoutait bouche béante.

— Sa femme, à la bonne heure. Oh! pour celle-là,
il n'y pas à dire non : du talent! Si elle n'était pas
coiffée de son nabot, il y a beau temps qu'elle serait
à Paris.

Nabot! beau temps! Quelle langue!

— Elle, mon mari et moi, voilà la troupe! Le
reste, tu sais...

— Mais non, je ne sais pas! dit François en se
prenant la tête.

La Pilône le regarda.

— Le reste, c'est de la graine à salade. Ils sont
six d'abord, qui vont deux par deux, comme les
oies. Les trois hommes, heu, heu! Les trois femmes,
gnan, gnan!

François commençait à se blaser. Sans cela il eût
cherché les rapports de la graine à salade avec les
oies, et des heu heu avec les gnan gnan. Il préféra
continuer.

— Et ce bon homme?

— Le père Dominique. Il a eu son temps. Main-

tenant c'est fini. Plus de mémoire; sourd comme
un pot; enfin, on ne peut pas l'envoyer aux Inva-
lides, n'est-ce pas, puisqu'il n'a pas servi? Il souffle
bien.

— Et cette jolie fille qui riait tout à l'heure?

— Fanny? tu la trouves jolie, toi? Une grue. Ça
fait sa tête parce que ça a deux robes à se mettre
sur le dos. Moi aussi, j'en ai des robes, et plus de
deux! mais je les garde pour le théâtre. A la ville,
je mets ce qui me tombe sous la main.

— Et ta main froisse diablement ce qui tombe
sous elle! pensa François.

Plus il faisait connaissance avec madame Pilône,
plus M. Pilône lui inspirait de sympathie. En ce
moment, le jeune homme était en scène. Il disait
avec chaleur une tirade : « Ma mère! ma mère! »

— Tombe donc! dit-il, en s'interrompant, à l'actrice qui lui donnait la réplique.

« Ma mère! ma mère! »

Elle tomba.

— Recommence, et plus vite que ça! Ne prends
pas de temps! Tu me retrouves, tu es émue, vlan!

— Vlan! dit François.

— J'ai toujours peur de *manquer* le fauteuil! dit
l'actrice.

— Voyons! reprit Pilône, pas de bêtises. Y es-tu?

— Oui.

« Ma mère! ma mère!... »

— Allons ! c'est mieux.

La répétition continua.

— Il vous donnera des leçons, dit la Pilône à François. Seulement, devant lui, ne me faites pas trop les yeux doux. Il ne vous dirait rien. Il ne veut pas avoir l'air d'être jaloux ; mais ensuite, ce seraient des scènes !...

François allait protester de la pureté de ses intentions, mais le regard clair de la quadragénaire lui coupa la parole. Il crut comprendre que madame Pilône considérait, comme partie intégrante de l'emploi du jeune premier, l'obligation de lui faire les yeux doux. Il s'expliqua le rire de Fanny.

— Vieille folle ! pensa-t-il, si tu crois que je vais me faire rire au nez !...

Il se leva :

— Je vais étudier. A demain.

— Tu ne restes pas, pour me voir répéter?

— Oh ! fit-il avec impatience. Mais, se contraignant aussitôt : — Je veux avoir tout le plaisir de la représentation.

— Eh bien ! à demain mon bébé. Couche-toi de bonne heure. C'est le matin qu'on apprend le mieux.

Quand il fut dans la rue :

— Je ne penserai à rien avant d'être chez moi, se dit François.

Il se sentait la tête trop lourde p

quer avec ordre les souvenirs de cette journée si
pleine, faire les réflexions que lui suggéraient les
faits.

— Garçon, dit-il, en traversant le vestibule de
l'hôtel, apportez-moi du café.

— Cela me fera du bien, se disait-il à lui-même.

La fièvre l'avait repris. Tout se confondait dans
son cerveau. L'air du soir, les passants de la rue,
les objets extérieurs, rien n'avait pu dissiper l'es-
pèce de cauchemar qui avait pesé sur lui, depuis le
moment où il avait franchi le seuil du gouffre.

Le café bu :

— Voyons! voyons! dit-il, pensant tout haut ; visite au directeur d'abord :

Il revit la chambre de mademoiselle Wattebled,
les malles, chaque meuble, chaque personnage. Une
odeur de rôtisserie lui monta au nez. Mais les paroles de M. Lurac battaient son oreille, sans qu'il
pût se rappeler exactement chaque phrase. Il fit un
effort et arriva à reconstruire, réplique par réplique,
toute la scène. — Cent vingt francs par mois! se
dit-il. Sans avoir une notion bien exacte du prix des
choses nécessaires à vivre, il se demanda si ces cent
vingt francs suffiraient à ses besoins. Il avait atteint
son but; l'ivresse de la première heure avait disparu. Son intérêt était en jeu maintenant. Il sonna. —
Ma note! demanda-t-il au garçon. — Il faut qu'à
partir de demain, je règle ma dépense sur mon

gain ! Quand il eut la note : *Souper, déjeuner, dîner
— sept francs ; chambre — quatre francs ; service —
un franc. Total — douze francs.* Pour un jour et deux
nuits ! Il ne pourrait pas même vivre quinze jours
par mois sur ce pied ! Et si le *prorata* venait à sé-
vir ? C'était invraisemblable, mais enfin c'était possible. — Demain, je consulterai un de mes camarades, le père Dominique par exemple, il doit s'y
entendre, celui-là ! Je lui demanderai comment il ar-
range sa vie, et je l'imiterai. Voilà une question bien
résolue.

« Deuxième question : le rôle que j'ai à apprendre. Je m'y mettrai tout à l'heure. J'ai vu jouer la
pièce à Lyon. Comment s'habillait l'acteur ? Il avait
une redingote noire et un pantalon gris. Juste le
pantalon et la redingote que j'ai dans ma malle. S'il
avait fallu un autre costume, comment aurais-je
fait ? Parbleu ! la direction me l'aurait fourni ! Il
prit son engagement et le relut : *L'artiste doit four-
nir ses habits de ville.* Quelle sottise d'avoir vendu
mes habits ! Bah ! on ne pense jamais à tout. Le
mal est fait. J'ai vu un magasin de confections dans
la rue. Quand j'aurai besoin d'un paletot, j'irai le
louer là. En tout cas, je suis tranquille pour dimanche. Passons !

« Mes camarades ! »

Ici, François, en dépit de son parti pris de voir
en beau tout ce qui touchait à son cher théâtre, fut

obligé de s'avouer qu'entre son rêve et la réalité,
il y avait plus de distance qu'entre Roanne et Lyon.

La magnifique jeune femme aux yeux noirs adorait son *nabot* ; l'intéressant jeune homme aux yeux
bleus était marié à cette vieille sorcière qui voulait
qu'on fût épris d'elle. Double mystère ! Comme le
vieil acteur du bord de l'eau avait l'air malheureux
Et cette jeune fille, cette Fanny, la seule qui ne fût
pas mariée dans la troupe, sans doute c'était quelque grisette qui tenait à monter sur les planches,
seulement pour montrer son minois. Ces femmes
qui faisaient du tricot ! ces hommes en habits rapés,
à barbe de trois jours, dont la physionomie n'exprimait qu'une résignation morne ! La mélancolie du
mince Pilône avait du moins quelque chose de poétique ; sa femme suffisait à l'expliquer. Mais la tristesse, l'abattement des autres, quoi donc les causait ? François se rappela les artistes de Lyon. Ceux-
là étaient gais pour la plupart ; ils étaient bien
vêtus. L'imagination de notre héros, quand elle
avait créé des comédiens courant la province, le
avait taillé sur le patron des héros du *roman comique* ou des types de la comédie italienne: pauvres
maigres, avec des ajustements délabrés peut-être
mais insouciants, joyeux, jeunes ! toutes les femm
étaient jeunes, la duègne exceptée ! Ici, quelle di
férence ! ces gens, qu'il venait de voir et de co
doyer, avaient l'air d'ouvriers faisant par force

métier pénible. Ni rires, ni pleurs. Point d'élans.
L'allure que donne l'habitude. Et encore les ouvriers portent le costume du travail ; on ne remar-
que ni l'usure, ni les pièces sur une blouse, le regard est fait à cela. Mais ces paletots, ces habits,
ces étoffes lustrées, racroquevillées, effrangées, qui
avaient été neuves, et qui se trouvaient encore sur
le théâtre, quand leur place était dans une papete-
rie, quel spectacle ! François se secoua, comme s'il
eût fait froid. Puis il se mit à rire. — Bah ! fit-il, si
tous ces pauvres diables en sont là, c'est qu'ils se
sont trompés sur leur vocation. S'ils avaient du talent, ils ne croupiraient pas à Roanne. Moi qui suis
bien élevé, qui ai bonne mine, qui aime le théâtre,
j'aurai du talent je parviendrai !

Il alla se regarder dans la glace. Il prit tour à tour
plusieurs physionomies. Il finit par se sourire à lui-
même. Et, comme à tout prendre, peu lui impor-
taient les autres, il souriait encore quand il se retourna.

— A présent, je vais étudier, se dit-il. Ma revue
est finie. Tiens ! j'avais oublié l'enfant !

Il rit tout haut, et prit sa brochure.

Il lut son rôle ; puis il lut la pièce, pour se bien
mettre en situation ; il retourna à la glace. Enfin, il
se mit au lit. Là, il essaya de se rappeler ses répliques ; le sens, sinon les mots, de la plupart lui revinrent. Il sentait quand il en passait une. Alors,

il consultait la brochure. Il fit ainsi tant que dura sa bougie.

— Je n'ai pas donné un souvenir à Clémence ! se dit-il. Par une association d'idées naturelles il alla de Clémence à Maurice, de Maurice à sa cousine ; tout son monde d'hier vécut. — Il faut pourtant que je dorme ! Mais le sommeil ne venait pas. L'aube teignit les vitres d'un bleu pâle. Bientôt, le jour lui permit de lire. Alors, il reprit la brochure. Ses yeux fatigués se fermèrent. Il s'endormit et rêva de la vieille Pilône, dont les yeux clairs brillaient dans l'orchestre obscur.

XI

— Mon ami, dit le père Dominique à François, voudriez-vous me montrer votre engagement?

— Le voici.

— Ah ! ah ! dit le bonhomme. Notre budget est le même : vous avez bien fait de vous adresser à moi. Je demeure chez M. Merle, épicier-grainetier, un brave homme, qui me loue, pour quinze francs par mois, une chambre très-propre. Il est vrai que cette chambre a deux lits et qu'il s'est réservé le droit de me donner un compagnon ; mais le lit que je n'occupe pas est dans une alcôve ; c'est comme une chambre à part. Si vous venez chez M. Merle comme je vous le conseille, nous serons chacun chez nous et nous nous entendrons bien. L'avantage du logement, c'est que les Merle tiennent pension : on peut

dîner avec eux, et cela ne coûte que vingt sous. Un
excellent dîner, le potage, deux plats, du dessert,
du vin. Je ne sais pas comment ils font. On est là
comme dans sa famille. Madame Merle est une
bonne grosse mère très-propre. Elle vous blanchira,
si vous le voulez. Elle prend un sou par chemise de
moins que les blanchisseuses de la ville. Et toujours
l'aiguille à la main. Chez elle, le linge ne s'en va
pas.

— Le linge ne s'en va pas ! Quelle pratique de la
vie chez ces artistes !

— Ainsi, comptons ! reprit le père Dominique ;
quinze francs de chambre, trente de nourriture,
cinq de blanchissage, nous n'arrivons qu'à cinquante francs tout compris.

— Pardon ! il me semble que vous oubliez le déjeuner.

— Vous déjeunez ! dit le vieil acteur d'un ton si
naïvement étonné, que François ne put s'empêcher
de rire.

— Mais, certainement, je déjeune. Ah ! ah !.

— Alors fit le bonhomme intrigué, comment ferez-
vous pour vous habiller ?

— Pour m'habiller !

— Oui, puisqu'il ne vous restera que dix francs !

— Dix francs !

— Sans doute ! cinquante et dix font soixante.

— Mais je gagne cent vingt francs !...

François s'arrêta : le spectre famélique du *pro-rata* venait de se dresser devant lui.

— Le *prorata*, ce sont les soixante francs dou-teux, dit-il, répétant les paroles du directeur.

— Oh! ils ne sont pas douteux! dit le père Domi-nique. On ne les touche jamais.

J'ai un peu d'argent à moi.

— Eh bien! gardez-le et n'en dites rien à per-sonne! On vous exploiterait.

— Qui donc?

— Les autres, parbleu! Oh! ne supposez rien de mal! Voilà quarante ans que je joue la comédie, et je sais à quoi m'en tenir. Les acteurs sont presque tous très-honnêtes. Ils sont ridicules, parce qu'ils disent tout haut ce que chaque artiste, quel que soit son genre, pense tout bas, à savoir : qu'il est un homme de génie! Mais cette vanité même est une preuve de la bonté de leurs sentiments. Des gens qui se mettent si haut, ne voudraient pas descen-dre jusqu'à des actions basses et viles. Ils sont donc incapables de voler, ou de tricher au jeu. Mais ils sont en proie à un tel besoin d'argent qu'ils en em-pruntent volontiers. Peut-être croient-ils pouvoir le rendre un jour ; c'est même probable avec la foi qu'ils ont dans leur talent. Seulement, cela n'arrive jamais. Ainsi, tenez-vous pour averti.

— Voulez-vous, dit François, me mener chez votre propriétaire! Nous prendrons ma malle à

l'hôtel, en passant. Je suis bien heureux de vous
avoir trouvé. Avec vous, je serai vite au courant de
tout.

— C'est moi qui suis content. Je dors très-peu.
Le soir, j'aime à bavarder. Je vous conterai un tas
d'histoires. Ah! j'en ai vu, allez! Savez-vous que
j'ai eu l'honneur de jouer avec Talma? C'était dans
Britannicus. Je faisais Narcisse. Lui faisait Néron.
Nous étions presque toujours en scène ensemble. Si
vous l'aviez entendu dire ce vers :

> Pour la dernière fois, qu'il s'éloigne, qu'il parte!
> Je le veux. Je l'ordonne...

Et celui-ci :

> Caché près de ces lieux, je vous verrai, madame.

Et toute la grande scène :

> Je me souviens toujours que je vous dois l'empire...

Ah! voyez-vous, c'était ça!...

Une heure après, François était devenu le pensionnaire de M. Merle.

Le soir, il se rendit au théâtre avec le vieil acteur.

Il se faisait une fête d'assister à la représentation.

Au contrôle, la belle madame Lurac trônait, avec

l'enfant à côté d'elle. M. Lurac debout saluait les spectateurs à leur entrée.

— Ah! vous voilà, vous! dit-il à François. Dépêchez-vous. Vous savez que vous paraissez au lever du rideau.

— Moi?

— Vous, parbleu! Il faut bien vous habituer au public. Allez vite trouver Pilône!

François prit le corridor des artistes, inquiet de ce qu'on allait lui faire faire, extrêmement contrarié de ne pouvoir aller dans la salle.

— M'habituer au public! après ça, c'est peut-être vrai, ce qu'il dit. La tête tourne peut-être les premières fois.

— Tenez! lui dit Pilône, qui se promenait dans le foyer, en manches de chemise, laissant sécher son rouge, avant d'aller s'habiller; tenez! prenez-moi ce costume-là sur cette chaise. Eh bien! oui, c'est un costume de gendarme. Qu'y a-t-il d'étonnant à cela! Venez, maintenant. Voici votre loge. Elle n'est pas grande, mais vous n'y êtes que trois. Habillez-vous! Vous vous mettrez beaucoup de rouge, des moustaches, des favoris. Tâchez d'être méconnaissable ; vous ne débutez que dimanche, il ne faut pas que le public sache que vous existez, auparavant.

Cette dernière recommandation enchanta François, qui ne tenait pas à se montrer en gendarme.

Pilône, du reste, mit la plus grande obligeance à commencer son éducation en matière de toilette. Il lui prêta son blanc, son rouge, lui fit poser ses *postiches* par le coiffeur du théâtre, lui indiqua tous les petits secrets de la comédie : la façon de se faire un teint bronzé, un teint livide, des rides, etc.

— On joue, à l'heure qu'il est, un vaudeville *la Vendetta*. Vous allez vous tenir dans la coulisse. A un moment donné, on vous dira votre *entrée*. Vous irez droit à Giraud qui joue *l'Arnal*. Vous lui mettrez la main sur le collet. C'est tout. Vous n'avez rien à dire. Giraud chantera son couplet final et la toile tombera. Ne regardez pas dans la salle, ou n'y regardez qu'une personne. Sans cela vous auriez le vertige... Bonsoir. Je vais m'habiller.

— Je vous remercie! dit François.

— Tout à votre service, puisque ce damné métier vous plaît.

— Est-ce qu'il ne vous plaît pas à vous?

— A moi? J'en ai par-dessus les épaules.

— Cependant, vous avez du talent...

— Ce n'est pas une raison. Le métier me déplaît, mais j'aime la besogne bien faite. Dans deux ans, vous serez comme moi.

Quand François fut dans la coulisse, le cœur lui battit très-fort. — Enfin, se disait-il, je vais me trouver sur la scène! Pilône parlait de vertige.

— A vous! lui cria l'acteur qui faisait les entrées.

Il poussa la porte et entra résolûment.

Pilône l'avait grimé avec un art consommé.

C'était un beau gendarme.

La salle éclata de rire. Il regarda droit dans la salle. Il y avait cent têtes à l'orchestre et au parterre ; il les vit toutes d'un seul regard.

— Arrêtez moi donc ! fit Giraud à voix basse.

Il se réveilla comme d'un rêve et mit la main sur le collet de l'acteur ; puis il tira vers le fond son prisonnier.

— Lâchez-moi ! lui dit celui-ci, furieux.

François crut que c'était une phrase du rôle. On ne lui avait pas dit de lâcher. Il ne lâcha pas.

— Mais lâchez-moi donc ! hurla Giraud ; ne voyez-vous pas qu'il faut que je chante mon couplet ?

— Bravo, le gendarme ! criait on au parterre.

— Vive la gendarmerie ! fit une voix.

François suffoquait.

Giraud s'arracha brusquement de ses mains, et alla chanter son couplet à l'avant-scène.

Lui allait rentrer dans la coulisse.

— Restez ! dit la voix de Lurac.

La toile tomba au milieu des applaudissements et des rires.

François se trouva en face du directeur.

— Vous savez que je n'aime pas les *cascades !* dit

celui-ci. Je vous prie de ne pas recommencer une autre fois.

François tourna le dos à M. Lurac, pour ne pas céder à la tentation de lui répondre quelque insolence, et il raconta son aventure à la vieille bergère. Celle-ci rit beaucoup.

— Eh! toi! cria-t-elle au directeur. Ce n'est pas sa faute à cet enfant. Il n'avait pas répété.

— J'ai cru que vous ne me lâcheriez pas! dit Giraud, en riant aussi.

— Eh! vite à votre costume de la grande pièce! cria le directeur.

— Comment! ce n'est pas fini?

— Non, ce n'est pas fini. Et tenez-vous mieux.

Cette fois, François représentait un paysan, en compagnie de deux apprentis menuisiers et d'un ouvrier lampiste, qui figuraient au cachet. Une grande perruque rousse, que lui prêta son camarade Pilône, cachait son front et ses joues. Il se tint bien, cria à l'unisson : *Vive madame la duchesse!* et s'habitua, suivant le conseil qu'il avait reçu, à choisir une personne dans la salle qu'il pourrait regarder entre les répliques, si malgré lui ses yeux quittaient ses interlocuteurs.

— A demain, lui dit Pilône. Si vous savez votre rôle, je vous indiquerai des *effets*.

— A demain, mon petit! lui dit la bergère. Tu as été gentil comme tout.

Ce soir, le lendemain, le surlendemain, François
ne pensa qu'à son rôle. Tout le reste lui était indifférent, étranger ; il ne s'en apercevait même
pas.

— Je veux réussir, s'était-il dit ; je tiens à prou-
ver à ce drôle (son directeur) que je ne suis pas
un petit garçon avec lequel la politesse est super-
flue.

Absorbé comme il l'était, il se laissa aller à sa
nature dans les petites choses de la vie, sans penser
à régler aucun de ses mouvements. Aussi les artistes
se rangèrent-ils, presque tous, à l'avis de mademoiselle Fanny, formulé ainsi : — *Fait-il sa tête, cet oi-
seau là !*

J'ai dit : presque tous ; le vieux Dominique, en
effet, était d'autant plus fier de connaître François,
que François traitait avec plus d'indifférence ses
autres camarades. Madame Pilône continuait à pro-
téger ouvertement « son » jeune premier ; quant à
Pilône, sa femme l'avait dit : il donnait d'excel-
lentes leçons, et il les donnait avec une bonne volonté d'autant plus parfaite que de chacune il
résultait une petite jouissance pour sa vanité.

Le grand jour se leva enfin.

— Faites-moi répéter mon rôle une dernière fois !
dit François au vieux Dominique.

Celui-ci allait partir pour sa promenade ordinaire
dans les prés. Il n'y manquait jamais, ayant pris

l'habitude de ronger chaque matin quelques racines pour tromper sa faim. Il disait que c'était très-bon pour la santé.

— Vous déjeunerez avec moi, dit François.

— Merci. C'est une mauvaise habitude que je ne veux pas reprendre.

A onze heures, François sortit. Il n'entrait en scène qu'à sept. Comment passer tout ce temps?

C'était un dimanche. Il faisait un soleil magnifique. Les rues étaient pleines de promeneurs endimanchés. François allait fièrement, s'imaginant qu'on le regardait, qu'on parlait de lui, qu'on se promettait d'assister à son début. Il lut et relut les affiches :

LA CLOSERIE DES GENÊTS. etc.

. . . .

. . . .

Georges d'Estève.   LA HAYE.

. . . .

La Haye, c'était lui !...

Il rencontra Pilône et l'invita à prendre quelque chose dans un café. Ils s'assirent devant la porte. François affectait de parler familièrement à l'acteur. Une fois, il le tutoya : tout le monde connaissait Pilône dans la ville ; en le voyant avec Pilône, tout le monde   remarquerait, lui. S'il allait ne pas

réussir le soir, après cette journée triomphale?
Alors il quitterait Roanne ; il irait plus loin. Son
engagement? Bah ! M. Lurac ne le retrouverait pas
plus que ne l'avaient retrouvé ses parents. Mais il
réussirait ! Il en avait le pressentiment. Il rédigea
dans sa tête la lettre qu'il écrirait le lundi à Maurice. Lundi, il aurait quitté Lyon depuis huit jours.
Que de choses imprévues et nouvelles pendant ces
huit jours ! Le dimanche précédent, il était sur le
bord de l'Azergue avec Clémence ; ce dimanche-ci,
il buvait de la bière avec Pilône devant le café de
la Comédie à Roanne. Quel changement à vue ! Il
débuterait dans quelques heures. Décidément, il
marchait à pas de géant dans la vie.

Cinq heures. La bonne grosse madame Merle fait
boire au débutant un verre de menthe, pour lui
donner du ton. M. Merle lui promet de *claquer* des
deux mains. Comment ferait-il pour *claquer* d'une
seule? C'est son secret.

Six heures. François s'habille, aidé de Dominique.
Il se réjouit en pensant que la vieille Pilône joue le
rôle de la belle Léona. Elle lui déplaît assez pour
qu'il soit sûr de mettre du naturel dans les choses
désagréables qu'il doit lui dire.

Sept heures. On a frappé les trois coups. L'orchestre se tait. La toile se lève.   .   .   .   .   .   .

.   .   .   .

.   .   .   .

17

Minuit. — Mon petit, il faut que je t'embrasse !
s'écrie la Pilône, qui essuie son rouge aux joues de
François.

— Mon cher ami, vous avez joué comme un
ange !

C'est la belle madame Lurac.

— Très-bien ! très-bien !

C'est l'enfant qui bat des mains d'une manière
enfantine.

— Pas mal !

Mademoiselle Fanny elle-même rend les armes.

De la part des hommes, ce sont des poignées de
main à briser les doigts du débutant.

Une voix manque au concert, celle de M. Lurac.
Ah ! la voilà qui se fait entendre :

— Décidément, je crois que vous ferez mon affaire. A demain !

Ah ! demain peut venir. Il peut apporter des rôles
nouveaux, un héritage inattendu, un engagement
au Théâtre-Français, un rendez-vous avec la plus
belle des femmes. Quoi qu'il apporte demain sera
moins beau qu'aujourd'hui !.....

XII

— Il faut vous faire un répertoire pour l'année
prochaine ; c'est la condition indispensable d'un
bon engagement. Ne vous plaignez donc pas si je
vous mets un peu à toutes sauces. Plus tard, vous
m'en saurez gré. Voici un bout de rôle pour jeudi.
La pièce n'a qu'un acte. Le tour de force sera d'apprendre et de répéter cet autre rôle pour dimanche,
et cet autre pour dans quinze jours. Bah ! vous
devez avoir une bonne némoire. Mettez-vous tout
de suite à la besogne et vous *arriverez*.

M. Lurac jeta trois brochures sur la table du
foyer et tourna le dos à François abasourdi.

Trois rôles à apprendre ! Trois rôles à la fois !
Pourrait-il en venir à bout ?

— Oh ! vous en verrez bien d'autres, lui dit le

père Dominique. Cet homme (le directeur) ne doute de rien. Tenez! l'année dernière, nous avions un artiste en représentation. On monte *Gaspardo le Pêcheur*. Au prologue, vous le savez, Gaspardo s'enfuit dans une barque. Le jour de la répétition générale arrive. Pas de rivière ; de barque encore moins. L'artiste réclame. Lurac fait la sourde oreille. L'autre insiste et dit qu'il ne jouera pas sans barque. Alors, mon Lurac tire d'un coin une vieille cage à poulets qui se trouvait là, je ne sais comment, et la pousse sur la scène.

« — La voilà, votre barque !

« — Ça, une barque ?

« — C'est la même chose : ça va sur l'eau ! »

Oh ! vous ne connaissez pas les directeurs !

— Je commence à en connaitre un, répondit François ; je suis payé pour cela.

— Payé? fit le vieil acteur. Attendez la fin du mois pour le dire...

François rentra chez lui pour étudier. Il s'était promis de se promener tout le jour pour jouir en public de son succès de la veille ; il voulait écrire à Maurice ; mais, après son départ et les événements qui l'avaient suivi, une longue lettre était indispensable. Il dut remettre lettre et promenade. Première contrariété. Le rôle dans la petite pièce lui déplut ; c'était à celui-là qu'il fallait se mettre d'abord. Deuxième contrariété. Ses nerfs étaient en branle.

Il allait par la chambre, lisant tout haut le rôle,
s'interrompant de temps en temps pour répéter des
passages de celui qu'il avait si bien joué la veille,
s'efforçant de concentrer son attention sur son
étude, emporté sans cesse par son imagination vers
d'autres points.

— Je ne saurai jamais! se dit-il. Il se dépita.
Puis il pria le père Dominique de lui donner la réplique, afin de ne plus être distrait. Il veilla assez
tard et s'endormit, la tête lourde de migraine, les
reins brisés.

Il commençait un rude apprentissage.

Tenir un rôle, là, dans ses mains, se dire qu'on
serait heureux d'en composer la physionomie, d'en
saisir toutes les nuances, d'en rendre tous les effets;
se sentir assez intelligent pour interpréter, en la
complétant, la création de l'auteur ; et, au lieu de
pouvoir se livrer à cette étude et poursuivre cet
idéal, être forcé d'apprendre à la hâte par cœur les
mots de ce rôle, le répéter à la diable, sans même
le secours d'une tradition, le jouer en n'en rendant
qu'à demi la pensée, quel supplice pour qui se sent
la vocation du théâtre ! Ce supplice est celui de tous
les artistes de province un peu bien doués. Ce fut
celui de François.

Mais ce ne fut pas le seul.

Comme il avait admiré les acteurs, il était per-
suadé qu'acteur on l'admirerait à son tour. Ce culte

qu'il avait voué aux comédiens de Lyon, les bourgeois de Roanne le lui voueraient sans doute à lui.
Il s'attendait à une avalanche de compliments, à
une pluie d'invitations ; la petite poste serait forcée
de prendre un employé de plus, tant les femmes de
la ville lui enverraient de billets doux. Hélas, sauf
un second clerc de notaire et un ferblantier qui
jouaient la comédie en amateur, nul dans la ville ne
fréquentait les comédiens. Personne n'allait au café
du théâtre, sinon, dans les entr'actes, quelques
spectateurs altérés. Ni demi-tasses, ni parties de bé-
zigue, ni poignées de main ; à peine un regard.
Quant aux billets doux, François en reçut un. Ce
fut un commissionnaire qui le déposa au théâtre
sous la forme d'une petite boîte enveloppée dans du
papier. La boîte contenait un paquet de cigares
d'un sou, de ces *petits bordeaux* chers à la province
économe, qui les proclame supérieurs aux Londrès
et se vante de les faire venir de Bordeaux même.

Quand François montra en riant, à Pilône, le cadeau qu'il avait reçu :

— Ah! c'est de la bouchère! dit le premier rôle.

Et il apprit à son camarade que la ville de Roanne
avait l'honneur de posséder une amie des artistes
bien connue, par ses cigares, de toute la troupe, le
père Dominique y compris. Cette bonne femme, qui
avait vendu des côtelettes dans sa jeunesse, assistait
régulièrement aux représentations, on ne sait trop

pourquoi, car elle n'y voyait que d'un œil et elle était tout à fait sourde.

Négligé par les laïques, François se retourna vers les prêtres de l'art, ses compagnons. Pauvres gens ! ils ne songeaient guère à exercer un sacerdoce ! Ils avaient grandi au milieu d'un chantier, ou sous le toit d'un atelier. Ils n'étaient pas tout à fait les premiers venus parmi leurs pareils. Les uns avaient une jolie voix et chantaient en travaillant ; les autres lisaient et contaient ensuite les histoires qu'ils avaient lues. De là, de petits succès qui avaient exalté leur vanité. A cette vanité, le public du chantier et de l'atelier avait cessé de suffire. Conteurs et chanteurs avaient abordé le théâtre. Pour eux, c'était un autre métier, voilà tout, d'un échelon plus haut que le premier sur l'échelle sociale. Et ils faisaient ce métier de leur mieux, sans enthousiasme, mais sans abattement, ne se plaignant que du retard ou de l'insuffisance de la paye. Mariés, ils vivaient en famille ; quelques-uns avaient des enfants. Parvenir à acheter un jour pour quinze cents francs de costumes, devenir directeurs après avoir été acteurs ; patrons après avoir été ouvriers, tel était le dernier mot de leur ambition.

Nulle instruction, une conversation qui tournait sans cesse dans le cercle étroit de leurs occupations journalières, une indifférence absolue pour tout le reste. — Garçon, la *Gazette des théâtres!* comme les officiers : — Garçon, l'annuaire! Parmi eux, Pilône et Dominique, seuls excitèrent chez François quelque curiosité et quelque sympathie.

Pilône était le fils naturel d'une actrice. Son enfance avait été heureuse. Il avait reçu un peu d'instruction. Orphelin de bonne heure, élevé dans les coulisses, l'idée de prendre une autre profession que celle de comédien ne lui était même pas venue. Bien doué, apprécié dès ses débuts, il aurait peut-être forcé les portes d'un grand théâtre. Mais sa femme l'avait rejeté pour jamais dans l'abîme où s'agitent les troupes d'arrondissement : marié! et le malheureux aimait sa femme. Pas de circonstances atténuantes : il la voyait telle qu'elle était ; il rougissait d'elle, il rougissait de lui-même ; il l'appelait *sa tante* par ironie. Et il l'aimait! et il en était jaloux!... Pilône, triste comme le sont les gens assez sagaces pour connaître leur mal et trop faibles pour s'en guérir jamais, demandait à l'ivresse un apaisement. Un premier verre d'absinthe chassait ses idées noires ; un second lui ouvrait les portes du palais des songes ; un troisième le ramenait à la réalité, qui lui semblait alors plus misérable. Quelquefois il prenait François par le bras, et, fixant sur lui ses yeux troubles, il commençait la confidence de son chagrin. Mais il s'arrêtait dès les premiers mots, et faisant un geste qui signifiait *à quoi bon?* il retombait dans son silence habituel.

Une fois sur le théâtre, l'artiste reparaissait. Nul ne dirigeait mieux une répétition, n'organisait un ensemble avec plus de goût, n'improvisait une mise en scène avec moins d'éléments......

Pilône intéressa, pendant quelques jours, notre héros. Mais il ne donnait qu'une note, et François s'en lassa vite. Le père Dominique était plus varié. Il possédait un curieux répertoire d'anecdoctes, qui montaient tour à tour à fleur de sa mémoire, lorsque se présentait un fait ayant quelque analogie avec l'une d'elles. Mais les neuf dixièmes de ces histoires, gaies dans la forme, avaient un fond triste : l'éternelle lutte du Ragotin affamé, altéré et transi, avec le sort qui lui refusait le pain, le vin et le gîte. Le vieil acteur riait d'un rire d'enfant, en se rappelant un bon repas conquis, après une diète forcée, un sommeil de douze heure dans un lit bien chaud, après une semaine passée à la belle étoile. A Vienne en Dauphiné, il avait couché dans le tombeau de Ponce-Pilate et s'était nourri de raves arrachées en maraude : « Elle était bonne, celle-là ! » A voir ce pauvre Dominique avec sa tête dépouillée et ses soixante francs par mois, on était tout triste de l'entendre.

François se tourna du côté des actrices. Déception encore !

La belle directrice lui plut entre toutes. Elle jouait les jeunes premiers rôles. Il était fréquemment en

scène avec elle et lui disait au moins deux fois par
semaine qu'il l'aimait plus que la vie. Elle alors
d'abaisser sur lui ses yeux noirs et de lui tendre une
main blanche sur laquelle il appuyait ses lèvres. Il
finit par croire que *c'était arrivé*, une expression de
la Pilône. Le souvenir de Clémence ne le troubla
pas un instant. Maurice lui écrivait régulièrement.
Il savait que « sa petite blonde de la rue Mercière »
l'aimait toujours. Être aimé ! Il n'en demandait pas
plus. Le serait-il de madame Lurac ? Avant de se
hasarder à lui parler de l'amour qu'il souhaitait
qu'elle eût pour lui, il résolut de lui exprimer ses
désirs par un jeu muet, mais d'une éloquence fami-
lière aux âmes tendres. Il la regardait longuement,
il lui serrait longuement la main ; en la quittant le
soir, il soupirait. Hélas! vains efforts. La directrice
ne songeait qu'à ses rôles, à ses costumes, surtout à
son contrôle, et, quand elle avait du temps de reste,
à son mari. — Comme j'ai bien fait de ne pas me
déclarer ! se dit François après quelques semaines
de soupirs perdus. Cette femme n'a de sentiment
que sur la scène. Hors de là, c'est bien la créature
la plus pot-au-feu !...... Sa beauté est une ironie...
ses regard, comédie ! Eh ! qu'elle aille faire rôtir ses
oies !

L'enfant ne comptait pas. Elle avait la taille d'une
femme, mais son emploi la condamnait à n'en avoir
ni la grâce, ni la coquetterie. Sa voix cassée dès le

bas âge, était rauque, et les longues jambes que
son jupon de baby laissait à découvert expliquaient
la manie qu'avait son père de l'appeler : — Mon
petit poulet.

Mademoiselle Fanny? Sans doute, elle était jolie ;
mais c'était une grue, et elle avait encore moins de
talent que d'esprit. Elle essayait d'établir sa supré-
matie, en prenant de grands airs, particulièrement
désagréables à François. Du reste, entre ces deux
nouveaux venus au théâtre, il y avait une sorte de
rivalité, comme entre deux élèves qui entrent dans
la même classe. Celui qui est second pardonne diffi-
cilement à l'autre d'être premier. Que l'amour-propre soit en jeu au théâtre, il n'y a plus ni hommes
ni femmes : tout le monde est artiste. Fanny en voulait à François d'avoir plus de succès qu'elle. Pour
satisfaire sa rancune, la calomnie ne lui coûtait rien,
et, unissant du regard madame Pilône et le jeune
premier, elle disait à qui voulait l'entendre : Si La
Haye a de beaux rôles, cela n'a rien d'étonnant !

Ce que disait l'actrice était d'autant plus vraisemblable que c'était vrai à moitié. La Pilône protégeait
François avec une intrépidité de grognard, que la
résistance de l'ennemi et la longueur de la campagne
ne peuvent décourager. Ses victoires passées étaient
pour elle les garants de sa conquête à venir. N'était-
elle pas venue à bout de Pilône, qui était un premier rôle, et Pilône vaincu essayait-il de secouer le

joug du vainqueur? Non! Eh bien! pareil sort attendait le jeune premier rebelle jusque-là aux traits
de ses yeux clairs.

Un jour, elle livra bataille, l'amazone. Il faut conter cela :

La compagnie de M. Lurac ne passait pas l'année
tout entière à Rouanne. Elle donnait encore des représentations à Tarare, à Charolles, à Charlieu, et dans
quelques autres lieux. Lors des changements de ré-
sidence, le directeur, sa femme, l'enfant, M. et Madame Pilône partaient les premiers dans un fiacre
réformé qu'on appelait la calèche. Arrivés au but
du voyage, les femmes visitaient le théâtre, en faisaient ouvrir les fenêtres et balayer la scène, les
hommes s'occupaient du maire, du commissaire de
police et des affiches. Le lendemain, un grand bruit
de ferraille se faisait entendre à l'entrée de la ville
et les badauds voyaient paraître un omnibus, dont
le dos pliait sous le poids des malles.

Ce fut le coupé de cet omnibus que madame Pilône choisit pour champ de bataille. On se rendait
à Tarare. Elle prétexta une indisposition pour ne
pas partir avec son mari. Le lendemain, au moment
où les actrices se disposèrent à s'entasser dans la
Babel à quatre roues, celles qui s'approchèrent du
coupé le trouvèrent encombré de bagages. — Lurac m'a permis de disposer du coupé! dit une voix
qui sortit de derrière une caisse. C'était la voix de

madame Pilône. Les actrices se tassèrent à l'intérieur, où les acteurs montèrent à leur tour. François
venait un des derniers. — Nous allons étouffer là-
dedans ! dit-il. J'ai bien envie de grimper sur l'im-
périale. — Viens par ici, mon petit, lui cria la Pilône
je t'ai gardé une place ! — Ah ! ah ! firent les actrices
en riant. Notre héros les regarda en face : — Puisque vous riez, j'y vais.

Le cocher fouetta les chevaux.

Octobre allait finir ; mais il faisait un beau soleil
et la campagne était superbe. François, la tête à la
portière, écouta d'abord les propos des artistes qui
venaient à lui, par les vasistas ouverts de l'omnibus ;
puis il se laissa gagner par le charme du paysage
qui se déroulait à perte de vue devant ses yeux.
Il admira les verts sombres des taillis, le feuillage
rouge et le jaunepâle des bouquets d'arbres, les petits
nuages blancs qui couraient sur l'azur du ciel. Il
suivit le vol des oiseaux que le bruit de la voiture
faisait lever des sillons. Sourd aux voix qui reten-
tissaient à son oreille, ne pensant plus à rien du
présent, il laissa son imagination faire un voyage
mélancolique dans le passé.

Une main passa sur son épaule, qui alla chercher
une de ses mains.

— Vous êtes triste, dit une voix, pourquoi ? Dites,
et je vous consolerai !

— Au diable ! pensa François, et tout haut :

— Je pensais à ma famille, à mon enfance. Je ne suis pas triste.

— Si, vous l'êtes : vous avez des larmes dans les yeux.

— C'est la poussière !

— La poussière ? *Ce n'est pas à moi qu'on la fait !* Voyons, mon petit, entre nous, là, conte-moi ton chagrin. Je suis bonne camarade, tu sais ?

— Eh bien ! dit François, je vais tout vous dire.

Et tout bas : — Attends ! attends, vieille folle ! je t'apprendrai à me déranger !

— Tiens ! dit madame Pilône, mets-toi à ton aise. Voilà un coussin.

— Merci. Je m'étais attendri, en pensant à une femme que j'aime et dont je suis séparé.

— Qu'est-ce que c'est que cette femme ? Tu l'aimes. Est-ce qu'elle en vaut la peine, au moins ?

— Si elle en vaut la peine ! s'écria François. Et avec une chaleur beaucoup moins jouée qu'il ne le croyait, il dépeignit Clémence en l'embellissant ; il raconta les débuts de sa liaison en les poétisant ; il dit ses regrets, ses espérances, les projets qu'il caressait ; il dit tout et bien d'autres choses encore, une seule exceptée toutefois : c'est que sa Béatrix vendait des chapeaux.

Quand il eut fini.

— Eh bien ! mais c'est très-gentil, tout ça ! dit la Pilône.

Quelle femme ! Et lui qui croyait l'avoir terrassée !

La Pilône, en tacticienne consommée, venait de changer son plan de campagne. — Ah ! ah ! il a une amourette, le petit. Soit. Je serai sa confidente. Nous parlerons de celle qu'il aime. Pour le plaisir d'en parler, il recherchera ma compagnie. Je serai si bonne, si tendre, je lui serrerai si doucement la main, qu'il ne pourra plus se passer de moi. Dans ces termes, je n'aurai plus qu'à attendre une occasion. Ce sera plus long, je le sais bien, mais c'est sûr. Je connais ça.

Elle connaissait tout, cette vaillante femme, et elle aurait peut-être réussi, si la jalousie de Pilône n'était venue se mettre en travers de ses projets. Le mari fut instruit du voyage en coupé. Dès lors, il ne quitta plus sa femme des yeux et ne la laissa jamais un instant seule avec François. Bientôt il s'aperçut qu'il prenait des précautions inutiles, et que son camarade ne songeait pas plus à courtiser la vieille coquette qu'à jouer les travestis. Son humeur en devint plus sombre : il en voulait à madame Pilône de songer à un autre qu'à lui ; il en voulut à François de ce qu'il dédaignait une femme que lui-même avait assez aimée pour l'épouser. Notre héros eut un ennemi.

S'il n'en avait eu qu'un ! Mais les choses se liguèrent bientôt pour le persécuter, et leur persécution fut bien autrement active que celle des hommes.

Impossible de dire toutes les misères, depuis les

plus grandes jusqu'aux plus infiniment petites, qui
assaillirent François. La notion des principales suffira :

Un élève de la pension Berthoud-Michalet ne pouvait, en matière de confortable, être un bien grand
dilettante. Cependant, François avait l'habitude des
nappes propres, des serviettes, des verres bien
essuyés. La vie de cabaret qu'il lui fallait mener,
lors des tournées de la troupe, révoltait sa délicatesse. Les acteurs, pour obéir aux exigences de leur
budget, prenaient leurs repas dans des bouchons
obscurs et malpropres. Aux tables voisines de la
sienne, François voyait des ouvriers, de ceux qui
n'ont pas de famille et qui vagabondent, des rem-
plaçants, la lie de la population. Il respirait une
atmosphère imprégnée de miasmes. Souvent, il ne
mangeait que du pain, tant tout le reste lui répugnait.

En sortant de table, il eût été heureux d'aller
prendre une tasse de café, lire les journaux, voir
d'autres visages, entendre d'autres discours ; mais
souvent l'argent nécessaire à cette fantaisie lui faisait défaut ; ou bien, il jouait en premier : force était
de monter s'habiller aussitôt après le dîner.

L'hiver vint. L'hiver, surtout quand on voyage,
des vêtements chauds sont nécessaires. Or, nous
connaissons la garde-robe de François. Le froid aux
pieds lui était particulièrement insupportable. Fais
comme moi, lui dit le père Dominique ; je porte des

chaussons de laine dans des sabots. Il se mit à
rire ; puis il se chaussa comme le vieil acteur.
En route, il s'enveloppait dans une grande couverture
que lui prêtait madame Merle. Mais dans les rues,
et sur le théâtre, pendant les répétitions, il grelottait
dans sa petite redingote boutonnée jusqu'au cou.
Il avait des engelures aux doigts. Un rhume continu
dénaturait sa voix. — Ce n'est pas La Haye qui parle,
disaient ses camarades, c'est Ducantal !

Ces misères communes aux malheureux de tous les
états n'étaient rien en comparaison des misères spé-
ciales aux comédiens. François jouait les jeunes premiers. Il lui fallait des gants, des cravates, des
souliers bien vernis, une coiffe immaculée à son
chapeau ; je ne parle pas des habits, des redingotes,
des dorsays, des gilets et des pantalons, à quoi bon ?
Les deux premiers mois, François, grâce aux cent
francs qu'il avait apportés de Lyon, sut satisfaire à
toutes les rigueurs de ses rôles. Il avait cet amour-
propre particulier aux acteurs et aux pianistes, qui
pousserait ces infortunés à s'arracher le pain de la
bouche pour planter une épingle dans leur cravate.
Mais, sa bourse vidée comment faire ? François
s'adressa au marchand d'habits, devant la boutique
duquel il avait souvent souffert, comme dût souffrir
Tantale. Il voulut louer des vêtements. Mais le juif
n'avait pas confiance dans la solvabilité des artistes.
— Déposez-moi le prix des habits ! dit-il à François ;

18

vous pouvez les perdre ou les poisser, il me faut une garantie. Le jeune homme lui tourna le dos et se rendit chez M. Lurac. — Quel malheur, dit l'impressario, que nous ne soyons pas de la même taille ; mais Pilône, qui est grand comme vous, mettra volontiers sa garde-robe à votre disposition. — Mon habit noir tant que vous voudrez, répondit le premier rôle à François, tout le monde a un habit noir ; mais un autre vêtement, impossible : le public dirait que nous en avons qu'un pour deux !

C'était vrai. Et pas d'argent ! Et nul moyen de s'en procurer ! Maurice ? Il enverrait vingt francs, quarante peut-être. A quoi bon s'humilier en les lui demandant ? François lui écrivait sans cesse qu'il avait de grands succès, qu'il était très-heureux, qu'il se félicitait d'avoir quitté Lyon. Il faudrait avouer qu'il avait menti. Jamais.

Notre héros s'habilla comme il put ; mais la conscience qu'il n'était pas élégant dans ses vêtements lui fit perdre toute élégance dans ses manières. Sur la scène, il était contraint, gêné. Il ne retrouvait son aplomb que sous le velours-coton des jeunes princes de mélodrame fourni par le magasin.

Moins de six mois après son entrée dans la troupe tout ressort l'avait abandonné. Sous les coups de la mauvaise fortune, il avait plié comme les autres. Il faisait maintenant son métier. L'étude de ses rôles ne troublait plus ses nuits. Il comprenait l'utilité du souffleur. S'il se relevait parfois, c'était sous une observation du directeur, qu'il traitait comme un professeur de l'institution Berthoud. Mais après, il était forcé de le subir. Oh ! les temps étaient bien changés.

Une seule fois, les artistes touchèrent le prorata ; fin décembre. Ce fut un beau jour. François acheta un paletot, paya M. Merle, et comme il lui restait dix francs, il envoya à Clémence un petit médaillon en argent doré. Deux jours après, il reçut une gentille lettre. Sa petite amie lui envoyait aussi ses étrennes : une jolie bague, qu'elle avait achetée avec ses économies. La bague était en or. Quand vous saurez que François la vendit moins d'un mois après vous comprendrez le degré de détresse où le pauvre diable était descendu.

L'hiver s'avançait. Plus de prorata. Pendant le carnaval, on fit salle comble, mais M. Lurac soutint que cette salle comble était une hallucination de ses artistes qui avaient trop bien dîné. — On va au bal pendant le carnaval ; on ne vient pas au théâtre.

On y vient encore moins pendant le carême. Aussi les trente premiers jours de cette période maudite se passèrent-ils en excursions. On allait dans trois villes par semaine, et l'on jouait jusqu'à cinq fois. Quelles courses ! Et dire qu'on n'attrapait jamais la recette !

L'année théâtrale finissait au dimanche des Rameaux. La veille, François se sentit courbaturé, malade ; ses yeux pleuraient ; tout tournait autour de lui. Il se raidit. — Je jouerai ! se dit-il. C'était la dernière réprésentation ; il voulait être applaudi encore une fois.

En entrant en scène, il oublia son mal. Il eut, dans ses regards et mouvements, une fièvre qu'on prit pour de la passion. On le rappela avec la belle madame Lurac.

Le lendemain, il était au lit, avec une fièvre cérébrale, mourant. Toute la troupe avait quitté Roanne, à l'exception de Dominique. — Il faut bien, avait dit le vieil acteur, que quelqu'un prenne soin de cet enfant !

XIII

— C'est là que je vous ai vu pour la première fois, mon vieux camarade. Oui, c'était le lendemain de mon arrivée. La Loire charriait des brouillards comme maintenant. Le soleil se levait de même. La prairie m'apparaissait ainsi. Vous non plus, vous n'êtes pas changé. Tandis que moi...

François jeta un coup d'œil sur le pantalon râpé qui flottait autour de ses jambes amaigries. Il prit à deux mains les revers de sa redingote, trop étroite naguère, et s'en enveloppa comme d'une robe de chambre.

— Quand je me regarde dans une glace, je ne me reconnais plus !

— Bah ! dit le père Dominique. Vous voilà debout. Vous avez vingt ans. Dans huit jours, vous ne vous rappellerez seulement pas que vous avez été malade.

— Je m'en rappellerai toujours !

Et le jeune homme serra la main du vieux.

— Bon ! bon ! Prenez mon bras ! L'air du matin donne appétit. Nous allons rentrer déjeuner.

Déjeuner ! Il déjeunait ce jour-là le brave homme !

François eut deux bonnes larmes, de ces larmes qui font du bien.

— En déjeunant, nous causerons de nos petites affaires. J'ai fait un plan. Je vous le dirai.

— Dites-le-moi tout de suite.

— Nous ne voulons pas demeurer à Roanne toute l'année, n'est-ce pas ? Les Merle sont de bonnes gens. Ils vous ont bien soigné. Ils ont confiance en nous, et nous feront crédit de ce que nous leur devons jusqu'à ce que nous soyons casés quelque part. Mais, enfin ils ne sont pas riches, leur commerce ne leur rapporte pas des cents et des mille, et nous ne pouvons rester indéfiniment à leur charge.

— Où aller ? dit François, avec ce ton dolent des convalescents, chez lesquels l'esprit d'initiative est en proportion des forces.

— A Paris.

— A Paris !

— Certainement. N'est-ce pas là-bas que sont les agents dramatiques ? On ne fait jamais de bons en-

gagements par correspondance. Il faut voir les gens.
A Paris, j'ai des amis, j'ai Valaincourt.

— Valaincourt, de la Comédie-Française?

— Lui-même. C'est un *chaud!* Je veux vous présenter à lui. Mais ce n'est pas tout. A Paris, vous retrouverez votre famille...

— Ma famille, dit François, n'habite pas Paris...

— Ah! qu'est-ce que vous disiez donc?

— J'ai été forcé d'inventer une histoire, pour Lurac. Mais à vous, mon vieux, je ne cacherai rien. Écoutez.

— Vous devriez retourner à Lyon, dit le père Dominique, quand François eut achevé son récit.

— Moi? jamais! répliqua notre héros, avec une énergie d'homme bien portant.

— En ce cas, mon projet tient. Nous partons ce soir pour Paris.

— Nous partons... nous partons... mais comment?

— Ah! voilà! dit le bonhomme, en riant doucement.

— Voilà quoi?

— C'est mon secret. Devinez!

— Oh! dit François, je n'ai pas l'esprit à rire. Vous aviez raison tout à l'heure. Il faut partir. Mais pour partir, il faut...

— De l'argent, n'est-ce pas?

— Eh ! sans doute.

— Beaucoup d'argent même. Car enfin, nous n'irons pas à Paris à pied. J'ai fait le compte. Le voyage nous coûtera au moins cent francs. Et puis, arrivés là-bas, nous ne pouvons pas coucher dans la rue. C'est bon à Vienne, cela. A Paris, on vous *ramasse*. Nous dînerons dans un endroit que je connais et où l'on est très-bien pour ses dix-huit sous ; encore faut-il les avoir. Il est indispensable aussi d'aller au café, à cause des relations. Bref, il nous faut bien encore une centaine de francs à chacun, pour faire un peu figure... Qu'en dites-vous ?

— Que voulez-vous que je dise ?

— Regardez !

Et le père Dominique d'ouvrir sa main, et de la mettre sous le nez de François.

— De l'or !

Oh ! les beaux louis ! Oh ! les napoléons radieux ! Le soleil derrière les peupliers était moins brillant. La main qui les contenait tremblait de plaisir, et le bruit des pièces entre-choquées était plus harmonieux que le murmure de la Loire.

— Il y en a quinze ! quinze, monsieur qui avez fait vos études ! Voyons ! cela fait-il trois cents francs ?

— Où avez-vous trouvé tout cet argent ? s'écria François.

— D'abord, ce n'est pas de l'argent. Est-ce que

c'est beau comme ça, de l'argent ? Est-ce que ça fait
tout voir en jaune comme ça ? De l'argent ! c'est
bon pour tout le monde. Mais pour nous...

Le pauvre père Dominique riait et pleurait.

— Trouvé ! Est-ce que ça se perd, ces petites bêtes là ? trouvé ! C'est mon fils !...

— Votre fils ! Vous lui avez écrit ?... Vous lui
avez demandé ?...

— Il le fallait bien. Cela m'a un peu coûté, je
l'avoue. Je connais mon garçon, c'est moi qui l'ai
fait. Je savais d'avance qu'il se saignerait aux quatre veines pour son père. Mais c'est justement pour
cela que je reculais. L'enfant est marié, il est père
de famille, il a ses charges. Vous me direz qu'il
joue les premiers rôles, et qu'à Marseille on est
mieux payé qu'à Roanne. Oui. Mais il est *quatre* et
moi je suis tout seul. Quand je dis tout seul, c'est
bien parce que je suis *deux* que je lui ai écrit. Enfin,
il a envoyé ce qu'il fallait. Tu ne m'en veux
pas ?...

— T'en vouloir ! à toi ! oh ! tiens ! tu es le
meilleur des hommes ! Tu es mon père ! Il faut que
je t'embrasse !

— Que t'es bête ! Je veux bien.   .   .   .   .

.   .   .   .

Alors, sur le boulevard du Temple, florissait le
café Achille, rendez vous des comédiens de province,

comme les galeries du Palais-Royal autrefois, ou comme le café des Variétés aujourd'hui.

— A une heure chez Achille ! avait dit le père Dominique, le matin, en quittant François pour aller voir un agent. De là, je te mènerai chez Valaincourt.

François reconnut, assis autour des tables du café, jouant aux cartes ou devisant à haute voix, quelques personnages pareils par la démarche, le costume, et la physionomie, sinon les traits, à ses camarades de Roanne. Ici comme là-bas, démentis vivants aux philosophes qui prétendent que les alliances sont basées sur les similitudes, le jeune premier était accouplé avec la duègne, la jeune première avec le comique, et l'ingénue avec le financier.

— Je connais tout ce monde-là ! se dit notre héros, qui se mit à une table, devant la porte, et s'amusa à regarder les passants.

Il était là depuis quelques instants, quand deux acteurs qui venaient du côté de la Bastille entrèrent dans le café. Ils parlaient très-haut, scandant et accentuant comme s'ils eussent été sur la scène, traînant la voix au commencement de la phrase, la haussant au milieu et la laissant retomber à la fin. Ils passaient leurs camarades en revue :

— Connais-tu Brossard ? disait l'un.

A quoi l'autre indigné répondait :

— Si je connais Brossard ? — Du talent !

— As-tu vu La Montagne ?

— Oui. Il est dans les papiers peints.

— Il a donc renoncé à ses nobles projets !

Leurs voix se mêlèrent à celles de l'intérieur, et François n'en entendit pas plus long.

Bientôt le père Dominique parut. Le jeune homme se leva et courut à sa rencontre, tant il avait hâte d'être présenté à Valaincourt.

Ce doyen des pensionnaires de la Comédie-Française demeurait rue de Rivoli, au cinquième étage d'une maison voisine du ministère des finances ; de ses fenêtres, on voyait le jardin des Tuilleries.

Quand, après bien des poignées de main, les deux vieux acteurs eurent remué les cendres de leur passé pour en faire jaillir des souvenirs, le père Dominique parla de François. — J'ai passé l'année avec lui, dit-il en terminant. Il *va*. Je ne voudrais pas le voir *manquer le coche* comme moi, c'est pourquoi je te l'amène !

Valaincourt se leva et s'achemina d'un *pas noble* vers une petite bibliothèque placée à l'extrémité de la chambre. Il y prit un volume, l'ouvrit, et, le présentant à François :

— Je vais, dit-il, vous donner la réplique :

> Qui m'eût dit qu'un rivage à mes vœux si funeste
> Présenterait d'abord Pilade aux yeux d'Oreste..,

La première scène d'*Andromaque* achevé :

— Encore une ! dit Valaincourt.

Et, après cette seconde scène :

— Bon ! bon ! respirez ! A Molière maintenant.

L'audition dura une demi-heure. Puis Valaincourt se promena, sans rien dire, pendant cinq minutes qui durèrent une journée.

— Vous avez fait vos études? dit-il enfin.

— Oui, monsieur.

— Eh bien ! je vais vous adresser une question : Croyez-vous qu'on puisse devenir un grand écrivain, si l'on ne sait pas la syntaxe?

— Je ne le crois pas, monsieur.

— Ni moi non plus. De même, on ne peut devenir un bon comédien qu'à la condition de savoir dire le vers. C'est trois ans de travail. Avez-vous de quoi vivre pendant ce temps-là?

— Hélas ! non, monsieur.

— Entendez-moi. Je ne vous demande pas si vous avez vingt mille francs de rente. Vous ne songeriez pas au théâtre. Je vous demande simplement si, par votre famille, par vos relations, par un travail quelconque, vous pouvez vous procurer le strict nécessaire. A Paris, c'est cent francs par mois à peu près...

— Je suis seul et je ne sais aucun métier.

— En ce cas, un conseil, un seul, dur, mais salutaire: renoncez au théâtre!

— Est-il donc indispensable de passer par le Conservatoire pour devenir un grand artiste?

— Un grand artiste, comme je le comprends, comme vous devez le comprendre, oui. Si vous étiez un ouvrier chapelier, amoureux du théâtre, je ne vous parlerais pas de la sorte. Je vous dirais : Va, mon garçon, gagne ta vie n'importe où, et tâche de te faire applaudir n'importe par qui, en jouant de ton mieux n'importe quoi. Mais je vous crois une ambition plus haute, et c'est pourquoi je vous répète : Ou ne soyez pas comédien, ou prenez la seule voie pour le devenir. Un notaire fait six ans de stage, avant de traiter d'une charge. Avant d'émarger, un employé est deux ans surnuméraire. Un avocat fait son droit, avant de plaider. Au seuil de toutes les carrières se dresse la même nécessité: l'étude. La vocation, me direz-vous? Je ne nie pas la puissance de la vocation. On naît cordonnier, c'est possible, et tant bien que mal on peut parvenir à garantir un pied de sauvage des cailloux, mais du diable si, sans apprentissage, on arrive à chausser un chrétien !...

C'est surtout dans les arts, continua Valaincourt, qu'il n'est pas permis d'être médiocre, sous peine d'horribles souffrances. Tenez ! vous avez là, sous vos yeux, un double exemple qui doit vous donner à réfléchir. Dominique et moi avons débuté vers la fin du bon temps. Il y avait encore un public qui

avait le goût des belles choses. Les chemins de fer
ne jetaient pas vingt-cinq mille Visigoths par jour
sur le pavé de Paris. On jouait le *Cid* au Batignoles.
Si vous nous aviez vus alors? Nous donnions de la
tête comme de jeunes coursiers ; nous étions frin-
gants ; rien n'aurait pu nous arrêter. Voyez-nous
aujourd'hui. Lui, qui était un ambitieux, a voulu
jouer les grands rôles ; il est allé en province faire
un métier qui l'a tué, sans le mener à rien. Moi,
plus modeste, je me suis fait une petite place ici.
Hier, on a reçu sociétaire un jeune homme de vingt
et un ans. J'en ai soixante, et je ne le serai jamais !
Êtes-vous sûr d'être plus heureux que nous? En sortant du Conservatoire, vous entrez de droit à la Comédie-Française ou à l'Odéon. Vous atteignez en
quelques jours le but que d'autres poursuivent pendant des années. Mais qu'au contraire la nécessité
vous rejette en province, il faudra un miracle pour
vous en tirer. Ne m'accusez pas de misanthropie.
Le premier comédien de France en ce moment,
Brossard cabotine dans le Midi. Il n'a jamais pu obtenir un début chez nous

— Brossard ? dit François, se rappelant la conversation qu'il avait entendue au café Achille.

— Brossard. Saviez-vous ce nom seulement? C'est
celui d'un grand artiste. Je le cite toujours aux
jeunes gens qui croient à la gloire, comme vous,
comme le petit La Montagne...

— La Montagne? pensa François, il est dans les papiers peints.

Un instant après, il descendait l'escalier avec le père Dominique.

— Valaincourt est nerveux aujourd'hui, dit le vieil acteur; il ne faut pas prendre tout ce qu'il dit au pied de la lettre. C'est le sociétaire de vingt et un ans qui le *pousse au noir*. Écoute ! je *signe* demain. Je vais à Avignon ; moi, j'aime le Midi. Ton emploi est vacant, j'ai parlé de toi, et si tu veux...

— Merci. Je réfléchirai. Rien ne presse... Je serais bien content de passer l'année avec toi, mais...

— Mais quoi?

— Mais *La Montagne est dans les papiers peints !*

XIV

Un wagon de troisième classe emportait le père
Dominique vers le Midi.

François, qui avait accompagné son vieil ami jusqu'à la gare, revenait à pas lents en suivant les bou-
levards.

C'était un dimanche soir ; les voitures prenaient
la file sur la chaussée et les piétons se coudoyaient
sur les trottoirs. Au milieu de cette foule, François
se sentit le cœur serré par une sensation inconnue.
— Qu'ai je donc ? se demandait-il. Soudain la notion de l'isolement traversa son cerveau. Dans une
petite barque, sur l'océan, mais à deux, il se fû
senti moins seul qu'à Paris, au milieu de ces cen
taines de mille de visages étrangers.

Il était là, et nul de ceux qui l'aimaient n'étai

auprès de lui. Quand il vivait dans la même ville,
vingt fois il s'était promené sans compagnon, comme
aujourd'hui. Mais c'était dans la même ville ! Une
rue, une autre rue, une autre encore, et il retrouvait un visage bienveillant, une main ouverte ; il entendait une parole sortir d'une bouche connue.
Tandis que ce soir, plus rien !... Après avoir eu la
notion de l'isolement, François eut celle de la famille et du pays. — Je dois avoir quelque ami de
collége à Paris. Impossible que dans cette arche, où
se trouvent des échantillons de toutes les espèces,
la pension Berthoud ne soit pas représentée ! Il
passa en revue tous ses anciens camarades, se rappelant les instincts de chacun, et se demandant lequel ses instincts avaient dû amener dans la capitale. Un tel est sans doute soldat, un tel commis...
Il regardait autour de lui, cherchant un visage
connu. Oh ! mademoiselle Jenny, les plaques rouges
de vos joues sèches que l'enfant ne pouvait contempler sans effroi, le jeune homme les saluerait à cette
heure comme une pléiade d'étoiles ! Où êtes-vous,
mademoiselle Jenny ?

De désespoir, François entra au café Achille et
se surprit à écouter avec intérêt les anecdotes et
les plaisanteries des habitués. Eh ! mon Dieu, c'é-
taient des acteurs comme lui. A défaut d'amis, de
parents et de clocher, la corporation.

La nuit retrempa les forces de notre héros, et il

19

se réveilla le lendemain, avec une demi-douzaine d'ambitions. De quoi chasser l'ennui pendant une matinée.

En général, ce qui décide les enfants à choisir tel ou tel état, c'est un spectacle qui les frappe vivement, ce sont des discours qu'ils entendent sans cesse. Parlez à un enfant de voyages, il voudra être marin ; élevez-le dévotement il se fera prêtre. Il y a des pays où tout le monde se fait maçon ou chaudronnier, ne voyant que des chaudronniers et des maçons. C'est là la part d'influence du milieu, de la famille, dans les destinées. La vie de collége ou de pension efface le plus souvent ces impressions ; jamais elle ne les fait naître. Seulement l'émulation développe la vanité, et l'instruction la confiance en soi. Les neuf dixièmes des bacheliers se trouvent à dix-huit ans parfaitement indifférents en matière de profession. Il veulent gagner de l'argent pour s'amuser, ne pas trop travailler pour gagner cet argent, mais surtout occuper une position qui soit pour leur amour-propre féconde en jouissances. Ceux qui n'ont pas d'imagination se contentent de la couche sociale immédiatement supérieure à celle où végétaient leurs pères ; ainsi le fils de l'huissier qui se promet d'être notaire, ou le fils du petit marchand qui rêve d'être ingénieur. Les autres, comme François, vont un peu à l'aventure. Un jour, nouveaux Pizarre, ils rêvent la conquête d'un nouveau Pérou ; un autre jour, la gloire littéraire les

éblouit; un autre, la gloire artistique leur paraît
préférable ; un encore, c'est le pouvoir qui attire.
Parfois, ils sont Pizarre, Voltaire, Michel-Ange et
Napoléon dans la même journée. Quel dommage
qu'il faille dîner le soir !

La passion de François pour le théâtre avait jusque-là rempli son esprit comme l'eau remplit un
verre. A mesure qu'il avait bu, le verre s'était vidé.
La dernière goutte était tombée sur le palier de
l'ami Valaincourt.

— Moi aussi, s'était dit notre héros, je quitterai
le théâtre pour les papiers peints !

Mais ses papiers peints à lui étaient plus difficiles
à trouver que ceux de La Montagne.

En effet, La Montagne était descendu ; d'artiste il
s'était fait marchand. Avec un peu d'intelligence, beaucoup de bonne volonté et des reins solides, il pouvait
faire fortune tout comme un autre. François, lui,
voulait monter. Désespérant de devenir Talma, il
voulait être quelque chose de plus, ou de mieux :
premier ministre par exemple, ou grand poète.

Veuillez vous rappeler qu'il avait vingt ans, et
vous ne vous étonnerez plus de le voir, le surlendemain du départ du père Dominique, frapper à la
porte d'un bureau de placement. Pour demander
une place de ministre ? Pas tout à fait. François sentait vaguement qu'il était trop jeune et qu'il fallait
attendre un peu. Mais en attendant, pour se faire

la main, un poste de secrétaire ne lui eût pas trop déplu. Secrétaire d'un homme d'État? Moyennant cent sous payés d'avance, l'homme du bureau promit de lui trouver ça.

Quand François, marchant sur ses tiges, revint au bureau pour la quinzième fois depuis huit jours, l'homme lui offrit une place de pion dans l'institution Troubat, à Bordeaux. Ce voyage était aux frais du titulaire.

— Pourquoi pas, se dit François, me renvoyer tout de suite chez Michalet-Berthoud!

Et tout haut:

— Je veux rester à Paris.

— A Paris, nous n'avons qu'une place de teneur de livres.

— Je ne sais pas la tenue des livres.

— Nous avons bien encore une place de commis. Mais il faut un cautionnement.

— En ce cas, monsieur, veuillez me rendre mes cent sous.

— Plaît-il?

— Je vous demande les cent sous que je vous ai remis il y a huit jours, à la condition que vous me trouveriez une place.

— Je vous en ai trouvé trois.

— Dont aucune ne me convient.

— Ce n'est pas ma faute. Je chercherai de nouveau.

— C'est inutile. Je ne reviendrai plus.

— Alors, monsieur, permettez-moi à mon tour de vous réclamer un franc, différence entre la petite somme déposée et les ports de lettres que j'ai payés à votre intention.

— Je n'ai pas de monnaie.

Quand François fut dans la rue :

— Ces cent sous m'auraient été fort utiles, se dit-il. Que faire? Ce matin, quand je suis allé chez un avoué, demander des rôles à copier, le premier clerc m'a demandé mes papiers. Pour être commissionnaire, il faut une médaille ; pour remuer de la terre avec une pelle, un livret !

Ce soir-là, François mangea un gilet et eut la notion qu'on pouvait mourir de faim à Paris !

Toutes ces notions commençaient à faire une science.

Quand il rentra à l'hôtel, le garçon lui dit qu'en vertu d'un nouveau règlement les locataires devraient à l'avenir payer tous les jours le loyer de leurs chambres.

— Voilà ! dit François en riant ; demain j'irai dans un hôtel du faubourg Saint-Germain.

Mais son éclat de rire s'acheva en imprécation, comme celui d'Oreste.

Puis vint l'abattement.

Il songea à Dominique, aux bons Merle, et se dit que la province était plus hospitalière que Paris.

— Allons ! je vois qu'il faut *faire* encore un an de province.

En conséquence, il alla le lendemain chez les agents dramatiques.

Partout la même réponse : les troupes d'été étaient au complet ; il fallait attendre septembre pour entrer dans une troupe d'hiver.

— Eh ! je ne puis attendre septembre ! cria François au dernier agent.

L'industriel se connaissait en désespoirs.

— Si c'est comme ça, répondit-il, il y a un moyen de s'arranger. J'ai reçu une lettre de la Guadeloupe. On me demande un cornet à piston.

— Mais je ne sais pas jouer du cornet !

— Vous apprendrez pendant la traversée. Il n'y a que l'embouchure de difficile. Le reste n'est rien. On souffle. Pf ! pf ! pf !...

François s'enfuit.

Il s'arrêta devant le premier théâtre qu'il trouva sur sa route. Il força la porte du directeur sollicita une place de figurant.

— Faites-vous inscrire à la régie ! dit le directeur.

François se fit inscrire. Il était le trentième.

Pris d'une rage froide, il alla successivement frapper à tous les théâtres. Rien.

Ses cheveux lui entraient dans la tête comm autant d'épingles :

— Est-ce que la fièvre va me reprendre ? Est-ce que je vais devenir fou ?

Une voix intérieure lui cria :

— Les soldats mangent.

Il courut place Vendôme à l'état-major, pour s'engager.

— Votre extrait de naissance ?

François sortit en chancelant :

— Je serai mort avant qu'il soit arrivé !

La notion du non être.

Un autre se serait laissé aller. Lui avait cela de bon qu'il se redressa. La peur, quand elle ne paralyse pas l'animal, fait le héros.

Un fiacre passait, qui était vide. François monta dedans et se fit conduire à son hôtel. Il redescendit, ce qui lui restait de sa garde-robe sous le bras. — Au temple ! dit-il froidement au cocher. Le cocher sourit. Cela eût fait rougir le jeune homme un mois plus tôt.

La voiture payée, François compta sa bourse. Il lui restait douze francs.

— Cent lieues. Dix jours. Dix francs. Je puis dépenser quarante sous pour me refaire des forces.

Il entra dans une crêmerie, avala une tasse de bouillon, but un verre de vin et s'endormit d'un sommeil de plomb.

— Monsieur ! Eh ! monsieur, il est dix heures.

Nous allons fermer. Si vous alliez dormir dans votre lit ?

— Dix heures ! Je devrais être en route !

François descendit jusqu'à la Seine, suivit le quai, passa le Pont-neuf et remonta la rue Dauphine.

Il vit une boutique de boulanger brillamment éclairée.

— Il faut, pensa-t-il, que je fasse ma provision !

Il entra.

Devant le comptoir, quelques étudiants debout mangeaient des gâteaux. Au milieu d'eux, s'agitait un petit homme à barbe grise, vêtu d'un habit noir et coiffé d'un chapeau à la mousquetaire en feutre gris. Quoique François n'eût pas une grande pratique de la vie parisienne, il reconnut tant de suite un exemplaire du type des sculpteurs qui sculptent l'ombre, des peintres qui peignent en imagination et des écrivains qui parlent de leurs livres, type introuvable ailleurs qu'à Paris, le seul endroit du monde où la paresse ne tue pas l'intelligence. Le petit homme traitait de hautes questions :

— Non ! disait-il, la moyenne des grands hommes ne s'est pas accrue, depuis que l'instruction est à la portée de tous. Les concours n'ont jamais produit que des médiocrités. Le génie est un produit de la nature et de la volonté individuelle. Avec ça que la société va vous en fabriquer des hommes de génie !

Faites un peuple de bacheliers : l'équilibre des professions sera peut-être rompu pendant quelque temps, mais je vous parie qu'il ne se passera pas dix ans, sans que chaque métier ait juste le nombre d'artisans nécessaire aux besoins des consommateurs. La société a ses lois fatales, comme la nature. Il n'y aura rien de changé, sinon que le paysan sèmera son blé en grec et le battra en latin. La terre, la grange et le moulin n'y perdront pas un grain. Pour lire Aristote dans l'original, mon chapelier n'en fera pas moins des chapeaux, et Virgile n'empêchera pas mon animal de tailleur de m'affubler d'un habit ridicule.

— Bravo ! fit un étudiant.

— Oh ! tu n'as pas besoin d'applaudir, toi. Je n'ai pas fini. Je disais donc que la moyenne des grands hommes ne s'est pas accrue. Mais comme, en revanche, s'est élevée la moyenne des imbéciles qui se croient des grands hommes ! Il n'y a pas que Thémistocle que les lauriers de Miltiade empêchent de dormir. Personne ne dort plus. Combien êtes-vous ici ? Dix. Qu'il vous arrive de penser à l'avenir, vous serez dix à vous demander : — *Que serai-je ?* C'est : — *Que ferai-je ?* qu'il faudrait dire.

— Que fais-tu donc, toi ?

— Moi ? je prêche. Pour les neuf dixièmes des hommes et pour les neuf fractions du dixième qui reste, le bonheur est dans une situation utile et obs-

cure. Mais faites donc comprendre que leur devoir
est d'être heureux à trois mille crapauds qui se de-
mandent quel uniforme ils adopteront pour leur statue. Comme si, du moment qu'on n'a pas la robe
couleur du temps de Peau d'Ane, tous les costumes
n'étaient pas égaux ! Et comme si, excepté celui
d'empereur, tous les métiers ne se valaient pas ! Je
boirais bien quelque chose.....

François sortit, emportant le pain qu'il venait
d'acheter. Une heure après, il était en pleine campagne, sur la route de Fontainebleau.

— Oui, oui, répétait-il à haute voix, le bonheur
est dans une situation utile et obscure. Le petit
homme de la rue Dauphine a raison.

— C'est égal, continua-t-il plus bas, j'avais pris
mon parti avant de l'entendre. Je l'avais pris tout
seul. Cet homme est à Paris depuis trente ans au
moins, moi, je n'y suis que depuis deux mois, et je
suis aussi fort que lui. Qu'est-ce que je dis donc ? Il
reste, lui, et moi je pars : je suis plus fort !

Pardonnez à François, lecteurs ! ce fut son dernier
accès de vanité.

XV.

Dix jours plus tard, un jeune homme pâle, maigre, les vêtements raides d'humidité et blancs de poussière, s'accoudait sur un des parapets du pont de Saint-Laurent. Le soleil, passant sur la Saône, embrasait les quais de Mâcon ; les façades des maisons resplendissaient, et les tuiles des toits coupaient de lignes rouges le bleu profond du ciel. Sur l'autre rive, au contraire, une large bande d'ombre s'étendait le long des masures, dont un jour crépusculaire faisait ressortir le délabrement et la tristesse. C'est du côté de ces masures que le voyageur tourna ses regards. Bientôt ils s'arrêtèrent sur l'une d'elles et ils n'allèrent pas plus loin.

Pauvre maison de la blanchisseuse et du pêcheur, asile héréditaire de bonnes gens, qui t'habite depuis que Pierre Lapalud et sa femme t'ont quittée ? Voici leur fils, le savant, le coureur d'aventures, qui revient. Lui seras-tu hospitalière ? Ta porte s'ouvrira-t-elle devant lui, vieille maison ? Retrouvera-t-il bien tous les meubles à la place qu'ils ont gardée dans sa mémoire ? Et, sur la table de noyer, la friture saint-laurentine lui chantera-t-elle la bienvenue ? Tu es muette, vieille maison, tu ne réponds pas. Et cependant il y a là-bas, sur le pont, des yeux qui t'implorent, des mains qui se tendent vers toi !

Ah ! tu te laisses attendrir. Une de tes deux fenêtres s'est ouverte, et, sur le rebord, un homme et une femme se sont accoudés. Ils sont jeunes. Tant mieux. Les jeunes gens sont faciles à l'étranger. Mais celui qui attend est trop éloigné pour distinguer leurs traits. Pourquoi ne s'approche-t-il pas ? Il est comme cloué au parapet. Enfin, le voilà qui vient. Il marche d'un pas rapide, comme quelqu'un qui sent qu'il retournerait en arrière s'il ne courait pas en avant. Il a quitté le pont. Il suit la grève. Il marche dans ton ombre, maison bénie ! Il hésite. C'est qu'il compare ce qu'il est à ce qu'il avait rêvé d'être, lorsqu'il reviendrait vers toi.

— Que désirez-vous, monsieur ? lui demande doucement la femme.

Il a l'air malheureux, et, comme elle est femme, elle a adouci sa voix.

— Je... vous... C'est ici la maison de mon père.

— François Lapalud !

Quelqu'un a prononcé son nom ! Quelqu'un sait son nom ! Il n'est plus chez les barbares ! Ah ! que le voyage était long ! Mais aussi que l'arrivée est belle ! Le pèlerin peut secouer la poudre de ses pieds : quelle cathédrale vaudrait cette maison de pêcheur ? Paris, d'où il vient, Paris n'est pas mal, mais Saint-Laurent est mieux ! . . . . . .

. . . .

. . . .

Lyon. François est à Lyon. Il a redescendu la Saône. Il a retrouvé une à une ses sensations d'il y a dix ans. Les bruits de l'arrivée ont frappé son oreille comme un écho. Debout sur le quai, il attend qu'il fasse nuit pour traverser la ville. Nuit, car il veut, inaperçu, passer par la rue Mercière et jeter un coup d'œil furtif par-dessus les rideaux d'un magasin.

Clémence. Elle est là, assise, les doigts occupés, la tête penchée. Comme ses cheveux blonds sont d'une jolie nuance à la lumière ! Elle relève la tête. Comme son teint est blanc !

Quelqu'un vient, qui se dirige vers la boutique. François de se retirer vivement. Mais, il ne se trompe pas ! C'est Maurice, Maurice qui vient faire sa visite journalière à la belle Henriette.

Ah ! ma foi, François n'y tient plus :

— Maurice !

— Toi !...

Tous deux s'acheminent vers la rue Saint-Pierre.

— Ma chère cousine !

— Mon enfant ! Quand je vous disais qu'il reviendrait, mademoiselle Jenny !...

— Et mon cousin ?

— Je crus, monsieur, lorsque vous partîtes.....

— Le voilà !

. . . .

. . . .

. . . .

. . . . , ...

Nous retrouverons, s'il vous plaît, nos personnages à dix ans de là.

La rue Saint-Pierre a été élargie, et le soleil y
luit comme ailleurs ; on voit le ciel du pas des portes, et quatre personnes peuvent passer sur le trottoir, sans que la quatrième tombe dans le ruisseau.
Le vieux palais Saint-Pierre, pour faire fête aux
belles maisons qu'on a bâties en face de lui, s'est
dépouillé de son triple manteau de fumée, de poussière et de suie. Les magasins, à son exemple, ont
fait leur toilette, et, comme la toilette sied surtout
aux jeunes visages, les vieux marchands ont fait
place à d'autres.

Sur les vitres du magasin de lingerie, le passant
lit toujours *Madame Lapalud*, mais le nom est im-
primé en lettres d'or. Dans les comptoirs, deux jeu-

nes et jolies têtes ont remplacé le front de la cousine et les plaques de mademoiselle Jenny. A la petite table, on rit tout haut. Que de changements !

Cinq heures. La nouvelle maîtresse de maison interroge la porte du regard, comme faisait l'ancienne. La porte s'ouvre : c'est un jeune homme qui paraît.

— Bonsoir, Clémence !

— François, tu es en retard de cinq minutes !

Il tire sa montre. Serait-ce la même que. ?... Peut-être bien. Il n'a été absent qu'un an, et l'administration accorde treize mois.

— C'est vrai. Je suis en retard. Raison de plus pour nous mettre à table tout de suite.

— Mauvaise raison, car j'attends Maurice et Henriette qui m'ont promis de venir dîner avec nous.

François regarde autour de lui. Il cherche quelqu'un.

— Lui aussi est en retard ! dit-il tout haut.

— Je vous demande pardon, répond une voix cassée. Et, de derrière la petite table, sort un vieillard, au doux visage rasé avec soin.

— Quel dommage ! s'écrie une jeune fille ; nous ne saurons pas, avant demain, la fin de l'histoire de Talma !

Mais où donc sont le cousin et la cousine Lapalud ? Ils habitent à Sainte-Foy, une jolie maison, à mi-coteau, précédée d'une terrasse d'où l'on découvre toute la ville.

— Ce fut cette terrasse qui décida de mon choix, lorsqu'il fallut, pour obéir à ma femme que j'achetasse une propriété, dit le cousin à ses visiteurs.

Quant à la cousine, c'est toujours une excellente femme. Elle a pris auprès d'elle mademoiselle Jenny, uniquement pour avoir une victime à couvrir de bienfaits. Ces jours-ci madame Berthoud-Michalet est venue la voir.

— Je suis bien embarrassée, lui a-t-elle dit. Vous savez que j'ai marié Athalie. C'était l'année de Lambutte. Eh bien ! ma chère, figurez-vous que son mari vient de mourir. Vous connaissez M. Berthoud ? Son grand ouvrage l'absorbe de plus en plus, et il est impossible de parler affaires avec lui. Je voudrais consulter quelqu'un...

— Adressez-vous à votre ancien élève, mon cousin le chef de bureau. Voilà un homme capable ! Il me doit tout.....

Paris, octobre 1865.

FIN

TABLE DES MATIERES

Saint-Amand

www.ingramcontent.com/pod-product-compliance
Lightning Source LLC
Chambersburg PA
CBHW071849020726

47502CB00003B/667